La chirurgienne des Caraïbes

*

Le patron de Samantha

ANN McINTOSH

La chirurgienne des Caraïbes

Traduction française de
VIRGINIE CANTIN

BLANCHE

HARLEQUIN

Collection : Blanche

Ce roman a déjà été publié en 2020

Titre original :
BEST FRIEND TO DOCTOR RIGHT

HARPERCOLLINS FRANCE
83-85, boulevard Vincent-Auriol, 75646 PARIS CEDEX 13
Service Clients — https://www.harlequin.fr/contenu/contactez-nous
ISBN 978-2-2805-1786-7 — ISSN 0223-5056

Édité par HarperCollins France.
Composition et mise en pages Nord Compo.
Imprimé en avril 2025 par CPI Black Print (Barcelone)
en utilisant 100% d'électricité renouvelable.
Dépôt légal : mai 2025.

FSC
www.fsc.org
MIXTE
Papier issu de sources responsables
FSC® C159065

Pour limiter l'empreinte environnementale de ses livres, HarperCollins France s'engage à n'utiliser que du papier fabriqué à partir de bois provenant de forêts gérées durablement et de manière responsable.

1

La sonnette tinta doucement, annonçant un visiteur inattendu.

Le Dr Mina Haraldson leva la tête de l'écran de télévision qui diffusait une faible lueur dans son salon. Blottie sous un lourd édredon, elle se sentait à l'abri du monde et flottait dans un étrange brouillard mental. Elle avait vaguement conscience que quelque chose d'inhabituel s'était produit, mais elle ignorait ce dont il s'agissait jusqu'à ce que la sonnette retentisse à nouveau.

Pas besoin de répondre, ni même d'aller voir qui c'était. Elle n'avait pas commandé de nourriture ni quoi que ce soit d'autre. Ses parents, persuadés que leur présence n'était plus nécessaire, étaient partis en Floride pour leurs vacances d'hiver habituelles. Son frère était chez lui, en Colombie-Britannique. Elle le savait parce qu'elle avait été obligée d'adopter un ton joyeux, la veille, lors de leur conversation téléphonique hebdomadaire du vendredi soir.

Si elle avait échoué à convaincre Braden de son bien-être, il aurait déjà dit quelque chose. Elle avait dû faire du bon travail, car il avait raccroché sans chercher à en savoir plus, la croyant sur parole quand elle avait affirmé que tout allait bien.

Peut-être devrait-elle suivre des cours de théâtre, maintenant que sa carrière médicale était terminée ? Après tout, un acteur pouvait se débrouiller avec une seule main, contrairement à un chirurgien. Elle mettrait cela sur sa liste de « perspectives d'avenir », si elle trouvait assez d'énergie pour en créer une, songea-t-elle, les yeux emplis de larmes.

Quand la sonnerie retentit une troisième fois, elle lança :

— Allez-vous-en !

Aussitôt après, son téléphone émit un bip.

Ouvre la porte, beauté. Calypso Kiah est là et prêt à faire la fête !

Kiah ?

Sa colère disparut aussi rapidement qu'elle était venue, faisant place à un élan de joie si intense que Mina eut l'impression que son cœur allait exploser.

Que faisait-il ici, maintenant ? Il avait dit qu'il allait à Calgary pour le mariage de son cousin, puis qu'il viendrait lui rendre visite à Toronto, mais pas avant le 25. Ou plutôt, le 21 ?

Quel jour était-ce donc ? Elle n'en avait aucune idée.

De toute évidence, elle avait perdu la notion du temps.

Dans son empressement, Mina s'aida de ses deux bras pour se lever. Venue des terminaisons nerveuses de son moignon, la douleur irradia jusqu'à l'épaule. Il s'était écoulé plus d'un an depuis l'accident, mais il lui arrivait encore d'oublier qu'elle avait perdu sa main. Quelque part au fond d'elle-même, elle n'avait apparemment pas accepté que sa main gauche ait disparu.

Et, à chaque rappel, son cœur s'arrêtait de battre un instant, et le déni revenait, aussi fort que le jour où elle s'était réveillée à l'hôpital et avait appris l'amputation.

À la hâte, elle plaqua son bras gauche contre sa poitrine avec sa main droite.

Kiah était à la porte, et elle ne pouvait pas le laisser partir. Il était son plus vieil ami, et le meilleur au monde.

Elle ne l'avait pas vu depuis cinq ans.

Son téléphone portable était réglé pour déverrouiller la porte du rez-de-chaussée, mais elle n'avait jamais maîtrisé l'art de l'utiliser efficacement d'une seule main. Elle se précipita vers le panneau situé près de la porte d'entrée et appuya sur le bouton de l'Interphone.

— Kiah. Kiah, tu es toujours là ?

L'espace d'un instant, elle crut qu'il était parti. Puis sa voix, profonde et mélodieuse, lui parvint, son accent insulaire à peine déformé par l'Interphone.

— Bien sûr que je suis encore là, ma chère. Tu ne peux pas te débarrasser de moi si facilement.

De nouveau, elle sentit ses yeux se remplir de larmes.

— Dieu merci. Monte !

Alors qu'elle le faisait entrer, elle prit soudain conscience de l'état de son appartement. Des tasses sales, un vieux carton à pizza et des mouchoirs en papier jonchaient la table basse. La couette froissée pendait du canapé...

De quand datait donc son dernier shampoing ? Elle portait le même pantalon et le même sweat-shirt informes depuis au moins deux jours. Mais elle oublia bien vite sa honte, tant cette visite lui faisait plaisir. Kiah était là ! Une foule d'émotions l'assaillirent comme elle ouvrait la porte d'entrée et sortait dans le couloir.

Emmitouflé, comme il fallait s'y attendre pour quelqu'un qui venait d'une île tropicale en plein hiver canadien, son ami dézippait sa parka en marchant. Mina remarqua qu'il avait changé depuis leur dernière rencontre. Il avait l'air plus âgé. Quelques rides au coin de ses yeux, quelques fils d'argent dans sa chevelure, mais son sourire était toujours aussi beau : ses dents blanches tranchant sur sa peau sombre, la petite fossette sur sa joue gauche...

— Oh ! Kiah ! s'écria-t-elle, alors qu'il s'approchait pour la prendre dans ses bras. Tu m'as tellement manqué !

Puis, elle éclata en sanglots.

Kiah poussa doucement Mina vers le canapé, heureux qu'elle ait le visage au creux de son épaule et ne puisse pas voir le choc sur son visage.

Ce n'était pas sa Mina qu'il venait de retrouver, mais

l'ombre de celle qui était son amie. L'ancienne Mina était toujours bien mise, en toute occasion. Même à la plage, en jean et en T-shirt, elle dégageait une confiance en soi, une assurance qui en imposait. Mais plus maintenant. Avec ses vêtements informes, ses cheveux longs et son visage d'une pâleur cadavérique, elle était presque méconnaissable. Elle avait perdu tant de poids qu'il avait peur de la casser en la serrant contre lui.

Depuis leur rencontre, il y a plus de vingt ans, il pouvait compter sur les doigts d'une main les fois où il l'avait vue pleurer. Or elle semblait avoir perdu tout contrôle, et cela lui faisait un peu peur.

Pourtant, ayant grandi entouré de femmes, Kiah savait ce qu'il ne fallait pas dire à une femme en pleurs. Il s'assit près d'elle sur le canapé, et, doucement, murmura :

— Je vais m'occuper de toi, ma belle, ne t'inquiète pas.

Cela faisait mal de la voir ainsi, mais il était très heureux de pouvoir la soutenir et la réconforter, comme elle l'avait fait pour lui pendant des années, depuis le tout début. Depuis la classe de cinquième, pour être exact.

Traumatisé après la mort tragique de son père, Kiah redoutait son arrivée dans cette nouvelle école et, dès qu'il avait mis les pieds à la Moraine Academy, il avait su qu'il n'y trouverait jamais sa place. C'était grâce à la patronne de sa mère, Mme Burton, que lui et sa petite sœur Karlene avaient obtenu des bourses d'études pour intégrer ce prestigieux établissement privé. C'était l'école la plus proche de son manoir, et Mme Burton voulait que sa gouvernante soit disponible le matin et n'ait pas besoin de conduire ses enfants à l'école...

Dès le premier jour, Kiah avait vu le regard méprisant des autres enfants sur leurs vêtements bon marché et leurs chaussures sans marque.

— Je déteste déjà cet endroit ! avait lancé Karlene, assez fort pour que tout le monde l'entende.

Il avait accompagné sa sœur dans sa classe puis s'était

rendu à son premier cours, juste au moment où la cloche sonnait. Il avait pris la dernière place restée libre.

— Nous avons un nouvel élève, avait dit Mme Nowac. Ezéchias Langdon. Merci de lui réserver un bon accueil.

Aussitôt, il avait senti un coup de pied dans le dossier de sa chaise.

— Ezéchias ? C'est quoi ce nom stupide !

Kiah avait essayé d'ignorer les rires qui avaient déferlé dans la classe. Il avait espéré que venir au Canada serait une bonne chose pour sa famille, mais maintenant que son père était parti, le monde n'était plus qu'un endroit sombre et effrayant.

Si Kiah avait eu une baguette magique, il l'aurait agitée et serait retourné à Saint-Eustache pour courir sur la plage ou jouer au cricket avec ses amis.

— C'est un prénom biblique, avait expliqué la fille devant lui. Ezéchias était un roi de Judée. Tu devrais le savoir, Justin. Ton grand-père est pasteur, non ?

En levant les yeux, Kiah avait croisé pour la première fois ceux de Mina. Elle était si jolie qu'il avait senti son cœur bondir dans sa poitrine. Ses cheveux châtains encadraient son visage ovale, et ses grands yeux marron légèrement bridés brillaient comme des diamants. Plus tard, il avait appris qu'elle les tenait de sa mère coréenne, tandis que les cheveux plus clairs étaient l'héritage de son père, d'origine scandinave.

— Je m'occuperai de toi plus tard, Mina Haraldson…, avait menacé Justin, son voisin de derrière.

— Essaye ! avait répondu la jeune fille, sans se retourner.

Et malgré les conseils de sa mère, qui lui avait demandé de faire profil bas, Kiah s'était retourné et avait fait une grimace à Justin.

Lorsque Mina lui avait souri, il s'était senti pousser des ailes. Par la suite, elle l'avait beaucoup aidé, le faisant accepter par ses propres amis.

La mère de Kiah ne voyait pas d'un bon œil cette amitié, craignant que son fils ne soit déçu. Les Haraldson étaient riches, comme Mme Burton, sa patronne, et Kiah n'était qu'un garçon noir issu d'un milieu modeste. Mais elle avait tort. Sans Mina et sa famille, qui l'avait traité comme l'un des leurs, il aurait été perdu, et qui sait où il aurait fini ? Ils avaient été là pour lui dans les pires moments de sa vie, ce dont sa mère n'avait pas été capable.

Témoin de la crise cardiaque qui avait emporté son père, à peine un mois avant de rencontrer Mina, il était à la dérive, sans amarrage. L'amitié de Mina l'avait aidé à surmonter cette épreuve et à faire face à la rage de plus en plus violente de sa mère. Et quand sa sœur était morte, bien des années plus tard, Mina avait été la première personne qu'il avait appelée.

Elle était la meilleure amie qu'il ait jamais eue, et maintenant elle avait besoin qu'il lui rende tout ce qu'elle lui avait donné.

Alors que les sanglots de Mina diminuaient, Kiah remarqua qu'elle avait croisé les bras pour dissimuler son moignon, et il sentit son cœur se briser.

— Je suis désolée, murmura-t-elle en essuyant ses larmes.

Visiblement épuisée, incapable de parler, elle se laissa aller contre lui un instant, et il comprit qu'elle était en train de s'endormir. Ému aux larmes, il déposa un baiser sur ses cheveux, et répéta avant de la porter jusqu'à son lit :

— Je vais m'occuper de toi, ma belle, ne t'inquiète pas.

2

Quand elle émergea d'un sommeil sans rêves, Mina se sentit plus reposée qu'elle ne l'avait été depuis très longtemps.

Puis, soudain, elle se souvint.

Kiah !

Bon sang, elle avait dû s'endormir dans ses bras, la veille au soir. Était-il parti ?

C'est alors qu'elle entendit de la musique reggae en provenance de son salon, où se mêlaient des bruits de cuisine. Et...

— Hmm, murmura-t-elle en remontant ses draps, ça sent bon !

Lorsqu'elle ouvrit la porte de sa chambre, elle trouva Kiah aux fourneaux, sa tête et ses épaules bougeant au rythme de la musique.

Comme s'il avait senti son regard, il se tourna et lui sourit.

— Enfin debout ?

— Oui, répondit-elle, en songeant qu'elle devait avoir une mine affreuse. Est-ce que j'ai le temps de prendre une douche avant le petit déjeuner ?

— Bien sûr, mais fais vite, sinon ça va refroidir.

— Pas de problème, dit-elle en regagnant sa chambre à la hâte, alléchée par l'odeur des plantains cuites, spécialité de l'île de Saint-Eustache, dont Kiah était originaire.

Il avait dû aller à l'épicerie pendant qu'elle dormait, car il n'y avait pas de nourriture chez elle.

Elle prit le temps de se laver les cheveux, tout en songeant aux conversations qu'elle avait eues avec Kiah depuis l'accident. Ils s'étaient parlé au téléphone au moins deux fois par mois, souvent plus, et il avait essayé à de nombreuses reprises de savoir ce qui se passait avec son bras. Il l'avait questionnée en tant qu'ami et en tant que médecin, mais elle avait éludé ses questions, incapable de faire face à la perte de sa main.

Il avait été plus facile de lui raconter comment Warren l'avait quittée – même si elle s'était gardée de lui répéter toutes les horreurs que son ex lui avait dites. Comme le fait qu'il n'était plus fier d'être vu en sa compagnie, que son moignon le rebutait, et qu'elle ne serait plus un atout pour sa carrière. Elle n'avait découvert qu'après qu'il la trompait depuis bien avant l'accident et avait prévu de la quitter de toute façon. Le fait qu'il se soit servi de son handicap comme prétexte n'avait fait que confirmer sa vraie nature.

Une nature qui s'était révélée plus sombre encore que ce qu'elle avait cru quand Warren, avocat de profession, avait essayé de l'escroquer lors du règlement du divorce, alors même que c'était lui qui avait voulu mettre fin à leur mariage.

Heureusement, elle avait engagé une redoutable avocate, qui avait fait en sorte qu'elle obtienne tout ce qui lui était dû, et même davantage.

Mina était en colère – surtout contre elle-même. Elle savait depuis longtemps que les choses n'allaient pas bien entre elle et Warren, mais elle avait ignoré les problèmes, les mettant sur le compte du stress dû à leurs carrières respectives. Alors qu'elle rêvait d'un enfant, il l'avait convaincue de repousser sa grossesse, prétendant ne pas être prêt. Comment avait-elle pu ne pas s'apercevoir à quel point il était égoïste, cynique ? En vérité, maintenant que tout était terminé, elle se demandait si elle pourrait jamais faire confiance à son jugement.

Lorsqu'elle sortit de la chambre, elle se força à sourire à Kiah. Sa présence l'avait toujours apaisée, alors autant en profiter pendant le peu de temps qu'il passerait en ville.

— Allez, à table, marmotte ! dit-il en posant deux assiettes remplies de bacon, d'œufs, de toasts et de plantains sur la table. Je suis affamé.

— Je n'arrive pas à croire que tu m'appelles comme ça, toi qui es capable de dormir jusqu'à midi !

— Maintenant que je dois m'occuper de Charm, ce n'est plus possible, répondit-il avec une grimace. Cela me manque parfois.

— Comment va Charm ? Et Miss Pearl ?

— Charm pousse comme une mauvaise herbe. Elle a déjà presque douze ans ! Quant à sa grand-mère, elle se porte bien, compte tenu de son âge et des problèmes de santé qu'elle a eus.

La grand-mère de Kiah avait eu une crise cardiaque juste après qu'il eut obtenu son diplôme de chirurgien ; ensuite, Kiah avait été nommé tuteur de sa nièce, à la mort prématurée et tragique de sa sœur Karlene. Il était rentré à Saint-Eustache à cause de la mauvaise santé de Pearl et y était resté après son rétablissement. Mina avait cru longtemps qu'il ne reviendrait jamais au Canada.

Il lui avait tant manqué !

— Douze ans, déjà ? C'est fou...

Kiah se contenta de hocher la tête, avant de se concentrer sur son assiette.

Quand il eut dévoré ses toasts, il se pencha en arrière sur sa chaise, son café à la main.

Mina se tendit aussitôt. Elle connaissait trop bien cette posture désinvolte.

Voilà...

— Je veux te parler de quelque chose.

Feignant la même nonchalance que lui, elle agita sa fourchette dans sa direction.

— De quoi donc ?

— Je veux que tu viennes à Saint-Eustache avec moi pour y enseigner la chirurgie orthopédique.

Stupéfaite, elle le regarda comme s'il était devenu fou.

— Comment ?

Très sérieux cette fois, Kiah poursuivit :

— Écoute-moi... Une union des cliniciens des Caraïbes vient de se constituer, et Saint-Eustache l'a rejointe. Elle donne aux jeunes médecins la possibilité de se rendre sur différentes îles et d'apprendre auprès de divers spécialistes. Tu pourrais nous aider à nous préparer, dans l'éventualité où nous serions acceptés au sein de ce groupement.

Comme elle le fixait en silence, Kiah eut un geste d'impatience.

— Tu ne comprends pas ? Nous avons de grands médecins, mais c'est un tout nouveau monde pour nous. Comme nous ne sommes pas un hôpital universitaire, il est délicat de mettre en place un programme de formation complet. C'est un domaine dans lequel tu es extrêmement compétente, et ce serait une excellente façon de mettre en pratique certaines de ces connaissances. Et pendant que tu y es, tu pourrais aussi améliorer une partie de nos capacités chirurgicales. Ce ne serait que pour un mois ou deux, ou aussi longtemps qu'il te faudra pour élaborer un programme cohérent.

La douleur qui s'était emparée d'elle était si forte qu'elle réveilla sa colère. Elle se leva précipitamment, renversant sa chaise.

— Tu plaisantes ? Je ne peux pas m'exhiber comme ça dans un hôpital. À quoi sert un chirurgien qui n'a qu'une seule main ? Suis-je encore un médecin, d'ailleurs ?

Elle se détourna pour que Kiah ne puisse pas voir à quel point ses larmes étaient proches, et la rage la quitta aussi vite qu'elle était apparue. Ses épaules s'affaissèrent sous le poids de la vérité qu'elle s'apprêtait à exprimer à haute voix pour la première fois.

— Tu ne comprends donc pas que je ne suis plus bonne à rien ?

— Non, répondit Kiah d'un ton dur, presque froid. Je ne comprends pas ça. Ce que je comprends, c'est que tu es devenue lâche.

Mina le fusilla du regard.

— Qu'est-ce que tu as dit ?

— Tu es lâche. Tu te caches pendant des mois, puis quand je viens t'offrir une chance de revenir à la vie, tu me traites de fou. Mais as-tu seulement un argument valable à me donner ?

Elle ouvrit la bouche pour répliquer, mais les mots restèrent bloqués dans sa gorge. Enfin, après ce qui lui parut une éternité, elle parvint à articuler :

— Qu'est-ce qui ne va pas chez toi, Kiah ? Tu n'as pas reçu le mémo ? J'ai perdu ma main. Je ne peux plus opérer...

— Mais tu peux enseigner et superviser, nous aider à trouver la meilleure façon de former les médecins qui viendront nous rejoindre, la coupa-t-il alors qu'il savait qu'elle détestait cela. Tes compétences sont reconnues par tout le monde, des grands sportifs aux hommes politiques, et tu n'as pas le droit de les laisser se perdre. À moins que tu ne préfères passer le reste de ta vie professionnelle à te morfondre et à ressasser le passé ?

— Mais qu'est-ce que tu en sais ? s'exclama-t-elle, furieuse. La façon dont je choisis de passer mon temps est mon affaire, pas la tienne !

Il acquiesça de la tête et lui jeta un regard insolent.

— C'est vrai, mais depuis quand suis-je censé ne pas me mêler de tes affaires ? Je t'offre l'opportunité de continuer ta carrière médicale, et tu agis comme si je te demandais d'opérer le pape de la colonne vertébrale, avec les gardes suisses qui te surveillent !

Elle se figea, une expression de perplexité sur le visage, puis éclata de rire en s'imaginant la scène.

Soulagé, Kiah ne put s'empêcher de rire avec elle puis, une fois qu'ils eurent recouvré une sorte de calme, il se pencha en arrière et la regarda.

— Donc je suppose que c'est un oui ?

— Bien sûr que non, mais... je te promets d'y réfléchir.

C'est à cet instant-là que Kiah comprit qu'il avait gagné la partie.

Avec un grand sourire, il déclara :

— D'accord, réfléchis-y tant que tu veux. Nous partons jeudi prochain.

3

Mina était convaincue que l'idée de Kiah était l'une des plus stupides qu'elle ait entendues depuis longtemps. Malgré ses doutes, moins d'une semaine plus tard, elle arrivait sur la petite île caribéenne de Saint-Eustache.

Chaque fois qu'elle avait exprimé une objection, Kiah avait eu une réponse : « Nous avons besoin de ton aide », « à quoi bon avoir fait dix ans d'études pour tout laisser tomber ? », « tu détestes l'hiver, non ? ».

En plus de la convaincre de le suivre, Kiah avait également réussi ce que personne d'autre n'avait pu faire depuis plus d'un mois : la faire sortir de son appartement et la ramener à la vie. Il l'avait invitée au restaurant, lui avait pris rendez-vous chez le coiffeur… Bref, il ne lui avait pas laissé le loisir de se morfondre chez elle comme elle le voulait.

Mais, chaque fois qu'elle sortait, elle vivait toujours très douloureusement les regards interrogateurs, les expressions horrifiées, les inévitables questions de ceux qui découvraient son moignon et semblaient lui souffler : « Tu n'es plus comme tout le monde. Tu es invalide, désormais. »

La seule personne qui ne la regardait pas différemment était Kiah, dont la présence lui faisait oublier la souffrance dans laquelle elle menaçait de se perdre.

Alors qu'elle regardait par le hublot de l'avion qui s'apprêtait à atterrir, la vue de cette terre montagneuse, entourée d'eau aigue-marine et bordée de plages dorées lui fit chaud au cœur. Elle avait toujours aimé l'île et ses habitants, et elle n'éprouvait aucune inquiétude à s'y installer. Si elle ne s'était pas sentie capable de travailler à l'hôpital, elle aurait refusé de remplir les papiers que Kiah avait fait préparer pour elle. Du moins l'espérait-elle…

Elle resterait quelques semaines ici pour se changer les idées et prendre un nouveau souffle et, si elle décidait de ne pas accepter l'offre d'emploi qu'on lui proposait, elle rentrerait chez elle.

Lorsqu'ils débarquèrent, elle s'arrêta pour prendre une grande bouffée d'air chaud qui lui mit du baume au cœur.

Saint-Eustache était un paradis tropical peu connu, et la vue de ces collines luxuriantes se dressant sous le ciel le plus bleu qu'on puisse imaginer la rasséréna. Et si Kiah avait eu une bonne idée, finalement ?

Quand elle le surprit en train de lui sourire, elle comprit qu'il le savait déjà.

Ils auraient passé la douane beaucoup plus rapidement si une foule de gens n'étaient pas venus saluer Kiah, heureux de revoir le Dr K, comme on l'appelait ici. Chacun d'entre eux avait un mot gentil pour Mina, beaucoup demandaient même à Kiah qui elle était.

— C'est ma meilleure amie, répondit-il à une dame âgée, en passant son bras par-dessus l'épaule de Mina.

— Quand vous mariez-vous, alors ?

Kiah éclata de rire, imité par Mina, tandis que la vieille dame lançait :

— Si vous avez la chance d'avoir un meilleur ami du sexe opposé, vous devez l'épouser. Vous pensez que c'est facile à trouver ?

Puis elle s'éloigna en marmonnant que la jeune génération ne comprenait rien.

— Elle a sans doute raison, dit Kiah en la guidant doucement vers la sortie de l'aéroport. Si ça continue, je ne pourrai jamais épouser aucune autre femme. Car aucune femme n'accepterait que ma meilleure amie soit aussi belle que toi !

L'espace d'un instant, elle se prit à espérer qu'il soit possible de remonter le temps, et que Kiah la dissuade d'épouser Warren.

Mais il ne faisait que plaisanter, aussi répondit-elle sur le même ton :

— C'est la chose la plus sexiste que je t'aie entendu dire depuis longtemps. Tu devrais avoir honte de parler comme ça des femmes ! De plus, tu sais très bien que ce n'est pas la raison pour laquelle tu n'as pas de petite amie.

— Ah oui ? dit-il, en prenant des clés de voiture dans sa poche. Alors quelle est la vraie raison, mademoiselle Je-sais-tout ?

— Que toute femme doit être intelligente pour que tu t'intéresses à elle, et que si elle est intelligente, elle l'est forcément trop pour être avec toi !

— Touché ! dit-il en posant la main sur son cœur.

Ils riaient encore quand ils montèrent dans la voiture.

Lorsqu'ils arrivèrent chez Kiah, la grand-mère de celui-ci, Pearl, salua Mina comme une enfant perdue depuis longtemps, la serrant si fort dans ses bras qu'elle fit sortir l'air de ses poumons. Puis elle s'adressa à la jeune fille qui se tenait sur le seuil de la porte.

— Charmaine, viens dire bonjour à tatie Mina. Tu te souviens d'elle, n'est-ce pas ?

La jeune fille ressemblait tant à Karlene, sa mère, que Mina sentit les larmes lui monter aux yeux.

— Oui, dit Charm d'un ton grave en lui tendant la main, je me souviens d'elle.

Se rappelait-elle que la dernière fois qu'elle avait vu Mina, c'était juste après la mort de ses parents ? Elle était en état de choc, traumatisée...

— Tu n'embrasses pas ton oncle préféré ? lança Kiah.

— Tu es mon seul oncle, répliqua-t-elle, mais elle s'arrêta tout de même pour lui donner un baiser et accepter un câlin en retour.

Pendant le dîner, Mina surprit à plusieurs reprises la jeune fille en train de l'observer à la dérobée. Mais dès que leurs regards se croisaient, Charm détournait le sien.

Elle ne fut pas complètement surprise lorsque, alors que le repas tirait à sa fin, Pearl lâcha sans préambule :

— Dis-moi, pourquoi ne portes-tu pas ta prothèse ?

Même si elle s'attendait à des questions difficiles, Mina espérait que celle-ci lui serait épargnée. Elle jeta un regard suppliant à Kiah, qui baissa les yeux vers son assiette.

Alors elle répondit d'un ton qu'elle voulait résolument optimiste :

— Je n'en ai pas encore. J'essaye de déterminer laquelle sera la meilleure pour moi.

— Hum, dit la vieille dame, peu convaincue, plus tu attends, plus il sera difficile de t'y habituer, tu ne crois pas ?

— Grand-mère, intervint Kiah, pourrais-tu laisser Mina tranquille quelques jours avant de commencer à lui faire la leçon ?

Puis, avec un clin d'œil à Mina, il rassembla les assiettes et suivit Pearl à la cuisine.

Une fois seule avec elle, Charm lui demanda :

— Pourquoi me regardes-tu comme ça ?

— Désolée… Tu me rappelles beaucoup ta mère, expliqua Mina, émue. Même ta façon de parler me fait penser à elle. Sais-tu ce qu'elle disait quand nous étions jeunes ?

Charm secoua la tête d'un air méfiant.

— Elle disait toujours « prouve-le ! » chaque fois que quelqu'un disait quelque chose avec lequel elle n'était pas d'accord ou dont elle doutait. Elle ne s'en laissait pas conter.

Charm réfléchit quelques instants avant de demander :

— Étais-tu amie avec elle ? Comme avec oncle Kiah ?

— Pas aussi proche, non. Elle était un peu plus jeune que nous, et… ta grand-mère n'aimait pas qu'elle traîne avec nous. Elle nous laissait l'emmener au cinéma ou à la fête foraine parfois, mais ta mère avait ses propres amis.

Elle s'attendait à ce que Charm lui demande pourquoi, mais celle-ci se contenta de froncer les sourcils.

— Tu l'aimais bien ?

— Oui. Elle était très sincère, franche, et elle avait un grand sens de l'humour. Un peu sarcastique, mais jamais méchant. Elle ne cherchait pas à blesser, mais elle disait toujours la vérité.

Charm jeta un coup d'œil en direction de la cuisine avant de murmurer :

— Grand-mère et oncle Kiah ne parlent pas beaucoup d'elle.

— Parfois, quand quelque chose fait très mal, il est difficile d'en parler, dit Mina, les larmes aux yeux.

Pour changer de sujet, Charm désigna du menton le bras gauche de Mina, et lança :

— Alors, qu'est-il arrivé à ta main ?

— Ma main a été écrasée lors d'un accident de bateau.

Le simple fait de le dire à haute voix provoqua une vague d'émotions – colère, douleur et chagrin mêlés.

— Les médecins n'ont rien pu faire pour la sauver ?

Mina secoua la tête.

— Hélas, non, elle était trop endommagée. C'est ce que je faisais, avant, tu sais, réparer les os cassés, écrasés et brisés. Quand j'ai vu la radio de ma main, j'ai su que je n'aurais rien pu faire de plus que le chirurgien qui m'a soignée.

Soudain, Kiah entra dans la salle à manger.

— Qu'est-ce que vous faites ici, toutes les deux ? leur demanda-t-il avec un regard exagérément soupçonneux.

Pince-sans-rire, Charm répondit :

— Nous complotons pour prendre le contrôle du monde.

— Eh bien, désolé de vous interrompre, mais il est temps pour toi de commencer à te préparer pour aller au lit. Tous tes devoirs sont faits ?

— Oui, dit Charm. Je n'avais que quelques problèmes de maths, et ils étaient faciles.

— J'y jetterai un coup d'œil demain, promit Kiah, en

serrant la jeune fille dans ses bras. Prends ta douche, et tu pourras lire pendant une demi-heure avant l'extinction des feux, d'accord ?

— D'accord. Bonne nuit ! lança-t-elle en s'engageant dans le couloir.

Kiah la regarda un instant, puis tendit la main à Mina.

— Allons nous asseoir dehors. Il y a une belle brise, ce soir.

D'instinct, elle prit sa main, et elle eut soudain l'impression qu'elle voyait Kiah pour la première fois. De nouveau, elle prit conscience de sa beauté, tout comme elle l'avait fait il y a si longtemps, lorsqu'elle l'avait vu passer devant son bureau, le premier jour d'école.

Et comme pour souligner l'étrangeté de tout cela, elle perçut son parfum, chaud et boisé, aussi familier pour elle que le sien, et pourtant différent, tout à coup.

— Mina ? Tu vas bien ?

— Oui, je vais bien, répondit-elle d'un air absent. Je vais chercher un pull et je te rejoins. L'ai frais me fera du bien.

Kiah retint un instant sa main, ses doigts fermes et forts autour des siens.

— Tu es sûre ?

— Oui...

Comme il posait son regard sur elle, elle sut avec certitude que quelque chose venait de changer, entre eux. Irrévocablement.

Restait à savoir ce dont il s'agissait...

4

Comme il n'était pas de garde avant plusieurs jours, Kiah avait prévu de faire faire le tour de l'île à Mina. Malheureusement, dès le lendemain de leur arrivée à Saint-Eustache, il avait été convoqué à une réunion d'urgence à l'hôpital, en sa qualité de membre du conseil médical.

— On a rapporté des cas possibles de chikungunya à Trinidad, et comme il y a beaucoup de circulation entre les îles, la ministre de la Santé veut s'assurer que notre plan d'action est solide, pour éviter la contamination. Pearl y va aussi, en tant que présidente des infirmières de district, alors tu peux m'accompagner, si tu le souhaites. Tu pourras inspecter l'hôpital pendant que nous serons en réunion, et peut-être même signer des papiers pour qu'on puisse établir ton permis de travail.

Assise à la table, Mina finissait son café. Quand elle leva les yeux, Kiah comprit qu'elle allait refuser, mais avant même qu'elle puisse parler, sa grand-mère entra dans la pièce.

— Dépêche-toi de te changer, ou nous serons en retard ! lança-t-elle à Mina.

À sa grande surprise, Kiah vit Mina se lever et répondre :

— D'accord, donnez-moi quelques minutes.

Une fois la jeune femme partie, sa grand-mère s'adressa à lui :

— Nous devrions inviter Mina à participer à la réunion avec la ministre.

— Pourquoi, mamie ? Elle est spécialiste en orthopédie, pas en épidémiologie.

Sa grand-mère lui jeta un regard noir, puis baissa la voix pour dire :

— Utilise ta tête, Ezéchias. Combien de temps crois-tu qu'elle tiendra à rédiger des manuels et formuler des procédures ? Pour l'instant, elle est en transition, mais elle est chirurgienne de formation, ne l'oublie pas. Elle doit anticiper la suite.

— Et en quoi cela est-il intéressant pour elle ? demanda Kiah, en essayant de ne pas montrer son irritation.

— Il faut lui rappeler qu'elle a d'abord été médecin avant d'être chirurgienne. Beaucoup d'options s'offrent à elle, mais tant qu'elle ne s'en rendra pas compte, elle ne fera aucun progrès. J'ai déjà parlé d'elle à un certain nombre de personnes, et je pense qu'elle sera beaucoup plus occupée qu'elle ne le pense…

Tout en méditant ces paroles, Kiah acheva de se préparer. Mina était sur la mauvaise pente, il le savait. En la faisant venir à Saint-Eustache, sa seule intention était de la ramener à la vie, de la sortir de sa dépression. Une fois qu'elle se serait remise, prête à continuer sa vie, il n'était pas question qu'elle reste ici.

Mina était une citadine, habituée à l'agitation et au bruit, sans parler de l'activité frénétique d'un grand hôpital universitaire. Elle avait aussi une vie sociale active, et le rythme plus lent de Saint-Eustache ne l'intéresserait pas longtemps.

Il en était sûr.

Ce qui importait maintenant, c'était d'aider Mina à accepter la perte de sa main, car il n'était pas dupe du visage heureux qu'elle montrait au monde. Parfois, quand il l'observait à la dérobée, il voyait son désespoir derrière son visage impassible.

Il aurait voulu lui dire que tout s'arrangerait, mais il ne fallait rien précipiter. La perte de sa main et son divorce avaient ébranlé sa confiance en elle, et il voulait l'aider à la récupérer.

Mina n'était pas pressée d'aller signer des papiers, aussi saisit-elle avec enthousiasme l'occasion de participer à cette réunion.

Pourtant, le simple fait d'être à l'hôpital lui donnait envie de partir en courant. Jadis, cela avait été son milieu, un endroit où elle se sentait parfaitement à l'aise. Aujourd'hui, l'agitation et les odeurs des couloirs lui étaient devenues étrangères, presque hostiles.

La ministre de la Santé haussa les sourcils.

— Ravie de vous rencontrer, docteur Haraldson, dit-elle en serrant fermement la main de Mina. J'ai beaucoup entendu parler de vous, et je suis heureuse que vous ayez décidé d'apporter votre expertise à nos cliniciens au cours du prochain mois.

Mina dut résister à la tentation de se tourner vers Kiah. De toute évidence, il avait fait en sorte que sa participation soit attendue et, comme elle n'avait qu'une parole, elle était maintenant bel et bien coincée pour au moins un mois.

— Tout le plaisir est pour moi, madame la ministre, s'entendit-elle répondre.

Mais dès qu'elle eut gagné son fauteuil, elle envoya à Kiah un regard qui promettait un châtiment.

Il lui répondit d'un charmant sourire, ce qui l'agaça davantage encore.

— Comme vous le savez tous, plusieurs cas de chikungunya ont été signalés à Trinidad, déclara la ministre. Et nous devons faire tout notre possible pour essayer de protéger Saint-Eustache d'une épidémie similaire.

— Nous n'avons pas eu de flambée majeure d'une maladie à transmission vectorielle sur l'île depuis le début des années 1990, annonça Pearl, bien que les cas soient en augmentation depuis les cinq dernières années.

Au fil de la réunion, Mina se surprit à trouver le sujet intéressant. La ministre évoqua la réticence à relancer un programme de brumisation, délétère pour la faune et les personnes qui avaient une faiblesse pulmonaire. Elle demanda ensuite à tout le monde de réfléchir à des solutions pour renforcer le programme d'éradication des moustiques existant. Voyant qu'on suggérait uniquement d'augmenter la fréquence des messages d'intérêt public à la télévision et à la radio, Mina jugea bon d'intervenir.

— De quand datent ces annonces ?

La ministre se tourna vers le responsable de la santé publique, qui haussa légèrement les épaules et répondit :

— Je crois qu'ils ont été développés pendant ou juste après l'épidémie de dengue de 1992.

— Dans ce cas, vous pourriez peut-être envisager de concevoir une nouvelle campagne publique.

La ministre la regarda.

— Pourquoi ?

— Parce que toute une génération, celle des moins de trente ans, ignore ce qu'implique une épidémie majeure et n'est probablement pas aussi prudente qu'elle devrait l'être. Ajoutez à cela des annonces si anciennes que les gens ne les écoutent même plus, et vous pourriez ruiner tous vos efforts.

Comme chacun méditait ces paroles en silence, Mina se sentit soudain mal à l'aise. La prenaient-ils seulement au sérieux ?

Puis la ministre hocha la tête, un peu radoucie.

— Je comprends votre point de vue, docteur Haraldson, mais malheureusement notre budget annuel ne couvrira pas les frais nécessaires au lancement d'une campagne d'information.

Kiah, qui s'était tu jusque-là, prit la parole.

— Cette population de trente ans et moins ne regarde peut-être même pas tellement la télévision locale ou n'écoute pas beaucoup la radio. Si nous diffusions des messages sur les réseaux sociaux ?

— Ce serait beaucoup moins cher, approuva Mina. Et les écoles ? Quel genre de sensibilisation y faites-vous ?

— Que je sache, aucune, répondit Pearl, mais les infirmières se rendent régulièrement dans les écoles et pourraient élaborer un programme pour compléter les conférences habituelles que nous donnons.

— Que diriez-vous d'une sorte de concours dans les écoles, en lien avec les conférences des infirmières ? suggéra Mina. Quelque chose pour les faire parler, débattre en classe ? La plupart des enfants ont un téléphone portable, n'est-ce pas ?

Pearl répondit :

— Presque tous, hélas ! D'ailleurs, ils sont tellement occupés avec leurs écrans qu'ils n'écoutent plus les adultes.

— Alors, faisons d'une pierre deux coups ! lança Mina, enthousiasmée par son idée.

— Tu veux lancer... un concours vidéo ? demanda Kiah.

— Oui. Tous les téléphones d'aujourd'hui ont de bonnes caméras, et je pense que nous serons surpris de l'ingéniosité dont feront preuve les plus jeunes.

— Je trouve cette proposition très intéressante, déclara la ministre d'un air satisfait. Merci à tous pour votre contribution. Je vous tiendrai informés au fur et à mesure que nous lancerons ces nouvelles idées. Merci d'avoir participé, docteur Haraldson. Ce n'est peut-être pas votre domaine de compétence, mais je vois déjà que vous serez une ressource précieuse pour l'avenir.

— C'est moi qui vous remercie, madame la ministre. C'était très intéressant.

— Kiah, si tu faisais visiter l'hôpital à Mina ? suggéra Pearl une fois que la ministre eut pris congé.

— Mamie, ça peut attendre, je t'assure. Je suis toujours en vacances et j'ai bien l'intention d'en profiter avant ma garde de dimanche soir. J'emmène Mina à la plage. Tu veux que je te raccompagne à la maison ?

Pearl se rendit beaucoup plus facilement que Mina ne l'avait prévu.

— Non merci, répondit-elle d'un ton sec. Je prendrai un taxi quand je serai prête.

Alors qu'ils quittaient le bâtiment et s'approchaient de la voiture, Mina s'arrêta. Kiah fit quelques pas de plus avant de s'apercevoir qu'elle ne le suivait plus, et jeta un regard interrogateur dans sa direction.

— Je ne veux pas aller à la plage.

Même si elle s'annonçait stressante, la visite de l'hôpital était préférable à l'idée d'enfiler un maillot de bain ou de lézarder au soleil.

Kiah leva les sourcils.

— Pourquoi pas ? Tu adores la mer.

Elle le dévisagea d'un air furieux. Il savait exactement pourquoi elle ne voulait pas aller à la plage mais semblait déterminé à le lui faire dire.

Elle s'approcha de lui, si près qu'elle le touchait presque, et dit :

— Je ne veux pas que les gens me regardent. Je ne veux pas avoir à répondre aux curieux qui me demandent ce qui est arrivé à ma main. Et, surtout, je ne veux pas que les gens aient pitié de moi !

Le visage de Kiah se ferma, et elle vit distinctement sa mâchoire se serrer avant qu'il parvienne à articuler :

— La seule personne qui a pitié de toi, c'est toi-même.

En un éclair, sa colère se mua en une violente rage qui fit bouillir le sang dans ses veines. Le poing serré, elle dut se retenir pour ne pas frapper pour la première fois de sa vie...

C'est alors qu'elle sentit les doigts de Kiah sur son poignet.

— Docteur K, attendez ! lança une voix féminine, derrière eux.

Mina luttait pour recouvrer son calme. Sans se retourner, elle commença à se frotter le poignet tandis que Kiah, imperturbable, se tournait vers l'infirmière qui venait de l'interpeller.

— Oui, que puis-je faire pour vous ?

— Le Dr Golding vous demande de ne pas partir. Nous

avons un patient qui arrive, et il voudrait que le Dr Haraldson l'aide à s'occuper de lui.

D'une seconde à l'autre, la fureur de Mina se mua en une peur panique.

5

Mina se figea. Son cœur battait si fort qu'elle en était étourdie, et elle comprenait à peine ce que disait l'infirmière.

— Plongeur sous-marin… Accident… Harpon dans la cuisse… Arrivé en ambulance de Barefoot Bay.

C'est tout ce qu'elle put recueillir. Le reste des informations se perdit dans le bourdonnement de ses oreilles.

Qu'est-ce que son confrère attendait-il d'elle, au juste ? Depuis son accident, elle n'avait pas vu de patient, n'avait pas traité ni même diagnostiqué de blessure. Sans sa main gauche, elle était inutile. Pourquoi tout le monde ne pouvait-il pas l'admettre, comme elle-même ?

— Mina…

Elle revint à la réalité en sentant des mains fortes se refermer sur ses épaules. La voix douce de Kiah perça le brouillard qui avait envahi son cerveau.

— Mina, l'ambulance va arriver d'une minute à l'autre. Nous devons nous préparer.

— Je… Je ne peux pas vous aider, Kiah.

Les mots avaient franchi avec peine sa gorge nouée.

Tout en la secouant doucement, Kiah prit ce ton à la fois franc et obstiné qu'elle ne connaissait que trop bien.

— Bien sûr que tu peux nous aider ! Tu es médecin, et c'est notre métier aussi. John Golding est jeune, inexpérimenté.

S'il a besoin d'aide, c'est ton devoir de lui venir en aide, à lui et à son patient.

— Mais sans ma main…

Il planta ses yeux dans les siens.

— Mina, tu as perdu une main, pas la tête. Ne sais-tu pas combien ton expérience est précieuse, tes connaissances utiles ?

Cette question l'obligea à se concentrer sur les yeux de Kiah, et elle lut force et confiance dans son regard.

— D'accord, dit-elle, bien que sa voix vacille encore, voyons ce que nous pouvons faire.

— Très bien.

Kiah lui sourit, puis se pencha pour déposer un léger baiser sur ses lèvres.

— Nous serons les mains, et toi la tête. Tu n'auras qu'à guider nos gestes et nous dire ce qu'il faut faire.

Alors qu'il l'accompagnait jusqu'à l'entrée de l'hôpital, elle tenta d'oublier la douceur de sa bouche sur la sienne, et les merveilleuses sensations que son baiser avait fait naître en elle.

Qu'est-ce qu'il lui prenait, tout à coup ? Après tout, ce n'était que Kiah, et ils échangeaient des baisers depuis qu'ils étaient enfants. Rien n'avait changé entre eux, et elle n'avait aucune raison de s'affoler.

Ses dernières craintes se dissipèrent dès qu'elle franchit les portes de l'hôpital.

L'infirmière, qui les attendait, dit aussitôt :

— Si vous voulez bien me suivre, docteur Haraldson… Je vais vous chercher des blouses.

— Merci, répondit Mina en lui emboîtant le pas.

Quand elle se fut changée, l'infirmière la conduisit au service des urgences et s'approcha d'un box, tandis qu'une sirène retentissait au loin.

L'homme qui s'avança vers elle avait l'air d'un étudiant, même si sa voix était profonde et confiante lorsqu'il se présenta.

— Docteur Haraldson, merci de votre aide. Je suis John Golding.

Elle lui fit un signe de tête et passa devant lui pour aller chercher des gants.

— Ravie de vous rencontrer, docteur Golding. Que pouvez-vous me dire sur le patient ?

— D'après le rapport des ambulanciers, il s'agit d'un homme de vingt-cinq ans, Donovan Exeter. Il faisait de la plongée sous-marine quand il a été touché à la cuisse par un harpon.

— Le projectile a-t-il transpercé la cuisse ? demanda-t-elle.

— Oui, et il est toujours planté dans le muscle. Il est entré par la face antérolatérale, et la pointe est ressortie par la face interne de la cuisse. Les ambulanciers ont immobilisé la jambe.

— Des signes d'ischémie distale, de déficit du pouls ou d'hypotension ?

— Non. Le membre est chaud, les pouls de l'artère pédieuse et du tibia postérieur sont forts, et la tension artérielle est élevée. Le patient est également capable de bouger ses orteils.

Pendant qu'ils parlaient, Mina comprit qu'elle n'avait aucun moyen d'enfiler son gant, alors que le patient serait là d'un instant à l'autre.

Avec tout le calme dont elle était capable, elle se tourna vers l'infirmière et demanda :

— S'il vous plaît, pouvez-vous m'aider à mettre ce gant ?

À sa grande surprise, l'infirmière répondit sans ciller :

— Bien sûr, docteur.

— Merci, dit-elle à l'infirmière, avant d'enfoncer son bras gauche dans la poche de sa blouse.

Un rapide examen du patient confirma que la seule façon de connaître l'ampleur des dommages causés à sa jambe était de lui faire passer une radio.

Mina s'approcha de lui pour lui expliquer ce qui allait se passer ensuite.

— Monsieur Exeter, nous allons devoir faire quelques examens pour évaluer les lésions avant de tenter d'extraire ce harpon.

Une fois que le patient eut donné son consentement, on le conduisit dans la salle de radiologie.

— Penses-tu qu'il aura besoin d'une angiographie ? demanda Kiah, venu la rejoindre. Si c'est le cas, je vais devoir faire appel au radiologue en chef, qui est en congé aujourd'hui.

Mina secoua la tête.

— J'ai l'impression que la lésion vasculaire sera légère. Rien ne laisse à penser non plus que le fémur ait été endommagé, mais nous le saurons dès que nous aurons les résultats de la radio.

La suite prouva qu'elle avait raison, même s'il n'y avait encore aucun moyen de savoir avec exactitude ce qu'ils trouveraient quand le harpon serait retiré. Dans des cas comme celui-ci, le projectile exerçait une pression sur les blessures internes, endommageant souvent des veines ou des artères. Ce n'est qu'en relâchant cette pression qu'on avait une idée plus précise de ce qui devait être réparé.

À la dernière minute, Mina refusa d'entrer dans le bloc opératoire.

— La blessure semble assez simple à traiter, expliqua-t-elle à Kiah. Quelques hématomes modérés à opérer. Je ne veux pas vous déranger.

— C'est John qui va pratiquer l'opération, répondit Kiah, et nous le superviserons ensemble. Mais si quelque chose d'inhabituel survient, je veux que tu sois là pour t'assurer que nous faisons de notre mieux pour le patient.

Avant même qu'elle puisse protester, Kiah leva le bras pour la faire taire.

— Donovan Exeter a vingt-cinq ans, Mina. Il est encore jeune, avec beaucoup d'années devant lui, espérons-le. Le moins que l'on puisse faire est de s'assurer qu'il recouvre pleinement les capacités fonctionnelles de sa jambe. Nous ne voulons pas prendre le risque qu'il garde des séquelles d'un accident aussi stupide que celui-ci.

Mina se détourna pour qu'il ne puisse pas voir les larmes qui brillaient dans ses yeux. Les paroles qu'il venait de prononcer l'avaient touchée au cœur. Personne n'aurait dû voir sa vie gâchée à cause d'un accident.

— D'accord, dit-elle, fière de parler sans trembler, je vais aller me préparer. Et je dois trouver quoi faire avec ce fichu bras gauche ! Il n'est pas stérile, et je ne peux pas porter de gant dessus.

Kiah lui posa une main sur l'épaule.

— Ne t'inquiète pas, on va s'arranger, d'accord ?

— Bien sûr, murmura-t-elle, en se dirigeant vers le bloc.

Kiah regarda Mina entrer dans la zone de lavage, et lorsqu'elle en franchit les portes, coiffée, masquée et équipée de chaussons jetables, son langage corporel en disait long. Voilà une femme qui aurait voulu être n'importe où, sauf à l'endroit où elle se trouvait.

Il était sur le point d'aller l'aider à se préparer quand une infirmière s'approcha d'elle.

— Puis-je vous aider, docteur Haraldson ?

— S'il vous plaît, répondit Mina d'un ton froid et contrôlé. Je vous remercie.

L'infirmière mit son tablier non stérile et lui lava minutieusement la main et le bras.

En allant chercher des blouses, Kiah lança en passant devant Mina :

— Je vais m'habiller, puis je t'aiderai pour la suite.

— Merci.

Quiconque ne la connaissait pas aurait pensé que sa réponse était simplement polie, mais Kiah n'était pas dupe. Mina détestait se retrouver dans cette situation. Elle était l'une des personnes les plus autonomes et les plus compétentes qu'il lui ait été donné de rencontrer, et se faire assister ainsi était pour elle une véritable épreuve.

Il eut envie d'ajouter un mot gentil, mais il se retint. Une attitude trop bienveillante ne ferait que l'agacer et la gêner davantage.

Elle géra mieux la blouse et les gants qu'il ne l'avait prévu, en demandant à l'infirmière de la laisser s'habiller elle-même.

— Après tout, je vais devoir m'habituer à me débrouiller seule, n'est-ce pas ? En cas d'urgence, personne n'aura le temps de m'aider.

D'une main experte, elle a réussi à ouvrir partiellement la blouse et à y glisser son bras gauche. Puis, retenant son souffle, Kiah la regarda du coin de l'œil écarter l'emmanchure droite.

— Voilà ! dit-elle en glissant son bras droit dans la manche. Ça n'était pas si difficile !

— C'est bien, lança-t-il avec un sourire qui, bien que caché derrière son masque, était sans équivoque.

Une fois que l'infirmière eut attaché la blouse, il dit en s'approchant d'elle :

— Et maintenant, les gants. Comment veux-tu procéder ?

— Comme d'habitude, dit-elle d'un air de défi. Je n'opère pas, donc mon avant-bras et ma blouse devraient rester en place.

— Parfait, chef ! répondit-il, bientôt récompensé par un éclair dans ses beaux yeux bruns.

Ils rejoignirent John Golding, et une fois qu'il fut prêt, tous les trois entrèrent dans la salle d'opération.

Mina ne s'était pas trompée sur l'étendue des blessures, et lorsque le harpon fut retiré, ils n'eurent plus qu'à procéder à l'évacuation des caillots.

— Il faut surveiller de près sa tension artérielle, confirma Mina à l'anesthésiste. C'est l'un des premiers signes de lésions vasculaires. Mais normalement, nous avons tout traité.

Kiah la voyait à l'œuvre pour la première fois, et il était ravi. Dès qu'elle avait franchi la porte du bloc, sa gêne et sa nervosité avaient disparu, faisant place à une grande concentration. Pourtant, bien que ce soit elle, la spécialiste, elle avait laissé John donner le ton, se contentant de répondre à ses questions sans lui dire quoi faire, à moins qu'il ne le demande.

— Beau travail, docteur Golding, déclara Mina alors que

le jeune médecin appliquait le bandage à pression négative. Vous avez de bonnes mains.

John leva vers elle ses yeux brillants de fierté.

— Merci à vous, docteur Haraldson, de m'avoir guidé et d'avoir mis vos compétences au service de mon patient.

Lorsqu'ils se retrouvèrent hors du bloc, en tenue de ville, Mina avait l'air totalement différent. Elle était détendue, souriante.

— Ça s'est bien passé, dit-elle alors qu'ils se dirigeaient vers la voiture. À plusieurs reprises j'ai eu envie de prendre les instruments et d'opérer moi-même, mais ce n'était pas aussi horrible que je le pensais.

— J'ai le droit de te dire que je te l'avais bien dit ? Parce que tu sais que je ne vais pas me gêner ! répliqua Kiah, qui fut aussitôt puni d'une tape sur le bras.

— Sûrement pas !

— Tu es un professeur-né, reprit-il. Je n'avais pas réalisé à quel point jusqu'à ce que je te voie en action.

Mina haussa les épaules.

— Je n'ai jamais eu de problème pour enseigner aux autres. Je suppose que c'est pour cela que l'hôpital de Toronto m'a demandé si j'envisageais de travailler comme conférencière. J'ai refusé, parce qu'à l'époque, je ne pouvais pas imaginer de ne pas avoir mon propre cabinet, ou de ne plus pouvoir opérer.

Surpris, Kiah s'arrêta.

— Ils ont proposé de te garder, et tu as refusé ?

Mina continua de marcher, sans même regarder en arrière, et répondit :

— Oui, je ne me rendais pas bien compte…

Mais maintenant, elle avait ouvert les yeux, réalisa soudain Kiah, désemparé à l'idée qu'elle parte encore plus tôt qu'il ne l'avait prévu.

6

Ce soir-là, après le dîner, Pearl déclara :

— Vous devriez sortir tous les deux, puisque vous n'avez pas pu aller à la plage cet après-midi.

— J'avais l'intention d'aider Charm à faire ses devoirs, répondit Kiah.

Mina savait qu'il s'était senti un peu coupable d'être parti en laissant toutes les tâches parentales à Pearl, mais la vieille dame lui fit un signe de la main.

— Elle les a faits chez Mme Gordon cet après-midi, et je les ai vérifiés quand elle est rentrée. En plus, c'est vendredi soir. Elle mérite un peu de repos, comme nous tous !

— Et grand-mère a dit qu'on pourrait regarder un film ce soir ! ajouta la jeune fille.

Kiah fronça les sourcils.

— Une de ces histoires d'amour idiotes que vous aimez tant toutes les deux ?

Charm se tourna vers Mina et murmura :

— Je ne sais pas ce que tu fais avec lui ! Il ne connaît rien à l'amour !

Kiah jeta à sa nièce un regard faussement courroucé.

— Oh ! vraiment ? Sache qu'au contraire, je suis très romantique !

— Je le demanderai à ta copine, rétorqua l'insolente. Si jamais tu en as une un jour !

Mina faillit s'étouffer de rire, et même Pearl semblait avoir du mal à contenir son hilarité. Au lieu de réprimander son arrière-petite-fille pour avoir provoqué son oncle, elle semblait beaucoup apprécier la scène qui se déroulait sous ses yeux.

Kiah poussa Charm sur le canapé et se mit à la chatouiller en disant :

— Demande pardon à ton oncle préféré !

— Mon seul oncle ! s'écria-t-elle en tentant de lui échapper.

Finalement, Pearl ordonna :

— Ça suffit, Ezéchias ! Tu vas la faire vomir.

Charm se blottit contre lui.

— Pourquoi tu n'es pas venu me chercher au collège aujourd'hui ? Je croyais que tu viendrais.

— Mina et moi avons dû aider à une opération à l'hôpital.

— Oh ! c'est cool ! Je ne pensais pas que tu retournerais si vite au travail.

Mina perçut la déception dans la voix de la jeune fille, mais elle n'exprima aucun reproche. Tous deux s'entendaient visiblement très bien, et Mina sentit une douce chaleur l'envahir à cette pensée. Kiah avait beau avoir endossé le rôle de parent à la suite d'une tragédie, il était évident qu'il s'en sortait très bien.

— Je n'avais pas prévu d'astreinte, mais j'ai été appelé en renfort, expliqua-t-il. Comment c'était, les cours ?

— Bien. Il y a un nouveau, dans ma classe. Il s'appelle Ramesh et il vient d'arriver d'Inde. Les autres élèves ont ri quand ils ont entendu son nom, mais je leur ai dit qu'ils étaient stupides et j'ai expliqué que lui aussi devait trouver nos prénoms bizarres.

Soudain submergée par une vague de nostalgie, Mina se remémora les circonstances de sa rencontre avec Kiah.

Quand elle croisa son regard, elle vit dans ses yeux brillants quelque chose qu'elle n'avait jamais perçu auparavant. Une force brute qui lui coupa le souffle et fit bouillir son sang.

C'était comme si le temps s'était arrêté. Tout autour d'elle s'évanouit, et il ne resta plus qu'elle et Kiah, sous le charme d'un instant impossible à décrire.

Son regard toujours rivé au sien, Kiah déposa un baiser sur les cheveux de Charm.

— Tu as raison, ma chérie, murmura-t-il. C'est très bien d'avoir repris ainsi tes camarades.

Incapable de soutenir plus longtemps son regard intense, Mina baissa les yeux.

Troublée, elle se leva et lâcha brusquement :

— Si nous sortons, je ferais mieux d'aller me doucher et me changer.

Une fois dans sa chambre, elle ferma la porte derrière elle, et son anxiété reprit le dessus.

Sortir était la dernière chose qu'elle avait envie de faire. Bien sûr, elle était ravie d'être retournée dans une salle d'opération. Cela lui avait rappelé les raisons profondes qui l'avaient poussée à devenir médecin, et, pour la première fois depuis l'accident, elle avait renoué avec sa vocation.

C'était un peu comme se réveiller d'un sommeil profond et agité, avec l'amère sensation d'avoir perdu un temps précieux, songea-t-elle en savourant la caresse de l'eau chaude sur sa peau.

Mais à l'hôpital, personne ne faisait vraiment attention au fait qu'il lui manquait une main, tandis que partout ailleurs, ce n'étaient que regards étranges, remarques à voix basse, sourires gênés...

Pourtant, se cacher ne changerait rien, et elle n'avait pas d'autre choix que d'accepter cette réalité qu'elle avait refusée jusque-là.

C'est ce qu'avait révélé son expérience d'aujourd'hui, avec ce patient blessé à la jambe. Elle se trouvait à la croisée des chemins, et devait laisser sa vie passée derrière elle pour aller de l'avant, dans sa vie professionnelle comme personnelle. Avec le recul, elle se demandait où les choses avaient mal tourné et pourquoi elle avait pris certaines des décisions qu'elle avait prises. Mais en vérité, ressasser ses erreurs ne servait à rien.

Elle leva son bras gauche et regarda son moignon, le faisant bouger sous l'eau. Elle l'examinait avec attention pour la première fois. Jusqu'ici, elle avait tenté de l'ignorer, de faire comme si sa main était toujours là, comme par magie.

Tant de déni, de colère et de tristesse, pour quelque chose que personne ne pouvait changer...

Ses larmes menaçaient de couler, mais elle les retint, comprenant qu'elle ne ressentait désormais qu'une grande tristesse, et non la douleur intense qui accompagnait d'ordinaire ses souvenirs de l'accident.

— Il est temps de te ressaisir et d'accepter la réalité, Mina Haraldson...

Ces mots résonnèrent dans la cabine de douche, plus solennels quand ils étaient prononcés à haute voix.

— Plus besoin de t'apitoyer sur ton sort ou de prétendre que ta vie est finie. Il est temps de continuer ton chemin, poursuivit-elle pour elle-même.

Puis elle plaça sa tête sous le jet, laissant l'eau emporter les larmes qu'elle avait juré d'être les dernières qu'elle verserait pour Warren, pour l'accident, pour la perte de sa main. Pour une vie qui, si elle était honnête, n'avait plus beaucoup de sens malgré sa passion pour son travail.

Une fois habillée, Mina examina son reflet dans le miroir et vit qu'elle avait réussi à cacher les traces de ses larmes. Un peu d'ombre à paupières et de mascara avaient fait des merveilles, et son chemisier en lin lui allait bien.

En découvrant Kiah vêtu d'une chemise orange vif, elle ne put s'empêcher de sourire.

— Tu t'es fait un look d'oiseau de paradis ?

— Ça te plaît ? demanda-t-il en prenant la pose, une main derrière la tête, l'autre sur une hanche. Ça te gêne d'être vue avec moi ?

— Pas du tout ! Les femmes adorent les hommes en tenue de lumière, rétorqua-t-elle, faisant rire Pearl.

En réalité, la chemise mettait en valeur le teint sombre et lisse et les yeux noirs de Kiah. Alors qu'il embrassait Pearl puis Charm pour leur souhaiter bonne nuit, Mina avait du mal à détacher ses yeux de lui. Elle avait beau se répéter que ce n'était qu'un doux moment de nostalgie, son corps refusait de l'écouter.

Durant le trajet en voiture, elle veilla à entretenir une conversation légère, dans l'espoir de chasser les pensées troublantes qui l'envahissaient.

Au volant, Kiah observait Mina à la dérobée. Il s'interrogeait sur ce qui s'était passé entre eux auparavant, quand Charm avait parlé de son camarade de classe. Les paroles de sa nièce l'avaient ramené à sa première rencontre avec Mina, réveillant en lui ce qu'il avait toujours cherché à refouler.

Hélas, les sentiments qu'il éprouvait pour la jeune femme étaient forts, violents, et ne s'évanouiraient pas avec le temps, bien au contraire...

Il s'attendait à ce que Mina aborde le sujet, mais elle n'en fit rien. Au lieu de cela, elle parla du film que Pearl et Charm voulaient voir, comme s'il s'agissait d'un événement de la plus haute importance.

Ce qui, pour être tout à fait honnête, l'arrangeait bien.

Quand ils s'arrêtèrent devant le petit club, sur la plage, elle laissa échapper un cri de joie.

— Je me souviens de cet endroit, dit-elle en ouvrant la portière de sa voiture. Mais ça s'appelait le Sweet Spot à l'époque, n'est-ce pas ?

— Oui, répondit-il, heureux de la voir aussi enthousiaste.

— Ça n'a pas changé, dit-elle en inspectant les lieux.

Le bar, dans le plus pur style caribéen, était encore presque vide, car la plupart des gens sortaient plus tard. C'était une belle nuit, chaude, avec un soupçon de brise marine, et ils se frayèrent un chemin entre les tables jusqu'à la porte du fond, qui menait au patio.

Là, ils prirent une table près de la balustrade, devant la mer qui clapotait sur les rochers.

Quand Mina tourna son regard pensif vers l'eau, il se demanda à quoi elle pensait. Mais, avant qu'il puisse l'interroger, elle dit :

— Charm m'a posé des questions sur Karlene hier soir, après le dîner.

— Qu'a-t-elle dit ?

— Elle voulait savoir à quoi je pensais quand j'ai dit qu'elle me rappelait sa mère. Elle voulait savoir si j'aimais bien Karlene. Elle prétend que ni toi ni Pearl n'aimez parler d'elle, et je pense qu'elle a besoin que vous le fassiez.

Kiah sentit son cœur se serrer, puis il prit une profonde inspiration pour tenter de se ressaisir. Lorsque Mina posa la main sur la sienne, il s'y accrocha comme à une bouée de sauvetage.

— C'est ce que nous faisions, quand elle est arrivée chez nous, mais à chaque fois que nous mentionnions le nom de Karlene, Charm se fermait. Pearl et moi avons alors décidé d'arrêter, persuadés que lorsque Charm serait prête à parler de sa mère, elle nous le ferait savoir en posant des questions. Je pense qu'au fil du temps, parler d'elle est devenu de plus en plus délicat.

Elle lui serra les doigts un peu plus fort.

— Eh bien, discutes-en avec Pearl, et trouvez un plan. Cela fait cinq ans que Karlene et Roy sont morts. Peut-être que Charm a des questions auxquelles elle a besoin d'obtenir des réponses. Pas seulement au sujet de sa mère, mais sur ce qui s'est passé.

Il secoua la tête, ébranlé. La dernière chose qu'il voulait

était de discuter avec Charm de la fin tragique de ses parents, mais au fond de lui, il savait qu'il devrait le faire un jour.

— Elle doit savoir pourquoi Roy a tué Karlene avant de se donner la mort, et comprendre pourquoi ce drame s'est produit, Kiah. Charm déteste probablement son père, ce qui est tout à fait naturel, dans ces circonstances. Il ne fait aucun doute que toi aussi, d'une certaine manière. Mais elle a besoin d'en parler.

— Je ne sais toujours pas tout, Mina.

Des images de cette horrible nuit où un agent de police avait appelé du Canada pour l'informer du décès de Karlene et Roy resurgirent dans sa mémoire. Comment accepter de revivre ce cauchemar, même pour le bien de Charm ?

Mina lui caressait le dos de la main avec son pouce, essayant de l'apaiser du mieux qu'elle pouvait.

— Roy souffrait d'un syndrome de stress post-traumatique. Tu le sais.

— Mais comment expliquer cela à une enfant de douze ans ?

— Charm a mûri. Elle est capable d'entendre la vérité, à savoir que son père est revenu de la guerre transformé. Qu'il a essayé d'obtenir de l'aide, mais que cela n'a pas suffi.

Maintenant, la colère faisait place à la peur et à la tristesse, et il en fut soulagé.

— Dois-je lui révéler que sa grand-mère, une femme aigrie et dominatrice, n'a pas pu s'empêcher de jeter de l'huile sur le feu ? Que son pauvre père, qui combattait déjà les démons dans sa tête, ne pouvait plus supporter sa belle-mère et leurs incessantes disputes ? Parce que si elle doit tout entendre, je...

Sa voix se brisa, et il ferma les yeux.

— Non, elle n'a pas besoin de savoir cela pour l'instant. Mais elle doit savoir que son père n'était pas un monstre, et qu'elle non plus, par conséquent, tu comprends ?

— Je vois ce que tu veux dire, acquiesça-t-il avec une

réticence évidente. Mais pourquoi tout est-il si difficile, Mina ? Pourquoi la vie ne peut-elle pas être simple ?

— J'aimerais bien le savoir, Kiah, crois-moi !

Comme le serveur s'approchait, Mina lâcha sa main, le laissant désemparé.

7

Mina aurait voulu changer de sujet pour faire oublier à Kiah ses soucis et oublier les siens mais hélas, ses pensées la ramenaient toujours à Roy et Karlene.

C'est elle que Kiah avait appelée, après avoir été prévenu par la police, et c'est elle qui était allée chercher Charm au commissariat. Ce souvenir la hantait encore, et elle ne pouvait qu'imaginer ce que Kiah ressentait à l'idée de devoir revivre cette période avec sa nièce.

Elle fut soulagée de voir arriver le serveur.

— On prend un punch ? demanda Kiah. Tu te souviens qu'ils sont forts, n'est-ce pas ?

Mina acquiesça.

— Oui, mais j'ai envie de faire la fête, et je sais que tu prendras soin de moi si je suis un peu pompette.

Le club commençait à se remplir, et les gens à affluer vers leur table. Deux hommes que Kiah lui présenta sous le nom de Slim et Henkel s'installèrent. Ils étaient amusants, échangeant des blagues et des histoires avec Kiah tout en flirtant outrageusement avec Mina.

— Hé, pourquoi es-tu si curieux, Henkel ? demanda Kiah en interrompant la conversation, alors que son ami commençait à interroger Mina sur sa vie.

— J'essaye juste de connaître un peu mieux ta charmante

amie, répondit l'intéressé avec un sourire sournois. Elle est assez grande pour prendre soin d'elle-même, tu ne crois pas ?

Mina en profita pour s'éclipser, redoutant qu'on lui demande ce qui était arrivé à sa main.

— Excusez-moi un instant...

Il y avait une file d'attente devant les toilettes, et quand elle revint à sa table, la piste de danse était bondée, et tout le monde ondulait sur un air de calypso. Elle aperçut Kiah, au milieu de la foule, qui serrait de près sa cavalière, une femme magnifique avec de longs cheveux noirs brillants, un maquillage impeccable et une silhouette de rêve moulée dans un étroit fourreau.

Saisie d'une pointe de jalousie, Mina dut se faire violence pour continuer d'avancer jusqu'à sa table.

Slim et Henkel se levèrent à son approche, et Henkel lui tendit la main.

— Allez, venez danser avec moi, Mina...

Elle rit en secouant la tête et s'assit dans son fauteuil qui, par chance, ne faisait pas face à la piste de danse.

Avec un soupir déçu, Henkel prit place à côté d'elle, et la regarda droit dans les yeux.

— Alors, Mina, combien de temps allez-vous rester ici avec moi ?

Il faisait comme si elle était venue spécialement pour le voir et qu'elle allait emménager chez lui le jour même.

— Je ne le sais pas encore, répondit-elle en riant. Environ un mois, le temps de mettre au point de nouvelles procédures à l'hôpital.

— Si vous avez besoin de quelqu'un pour vous faire visiter des endroits plus sympas que celui-ci, faites-le-moi savoir, d'accord ? ajouta-t-il avec un regard lourd de sous-entendus.

Slim leva les yeux au ciel et s'interposa entre Mina et son ami.

— N'allez nulle part avec lui. Vous n'avez pas besoin d'un dragueur comme lui dans votre entourage, croyez-moi.

— Comment ça, un dragueur ? protesta Henkel en se tournant vers son ami. Dragueur toi-même !

— Peut-être, mais moi, je l'assume !

Mina ne put s'empêcher de rire de ce badinage, même si ses pensées restaient fixées sur la piste de danse. La chanson avait changé, mais Kiah n'était pas revenu.

Comme s'il lisait dans ses pensées, Slim jeta un regard à la piste et secoua la tête, avant de prendre une gorgée de punch.

— Nous l'appelions « Calypso Kiah » à l'université, lâcha Mina, affectant un air nonchalant.

— Ça ne m'étonne pas, répondit Henkel. Il suffit que quelqu'un frappe sur deux boîtes de conserve à l'autre bout de l'île pour qu'il se mette à danser ! Lui et sa partenaire se sont bien trouvés !

Slim gloussa.

— Quand je pense que cela fait six mois que Niesha essaye de prendre Kiah dans ses filets ! J'ai l'impression qu'elle a trouvé le bon appât, maintenant !

Intriguée, Mina jeta un coup d'œil par-dessus son épaule pour voir la scène, et le regretta aussitôt.

Lovée contre Kiah, les bras enroulés autour de son épaule, Niesha le regardait d'un air lascif, en ondulant des hanches…

Sentant une étrange chaleur lui picoter la nuque, Mina se força à se retourner pour chasser les émotions qui l'envahissaient. Ce n'est pas comme si elle n'avait pas l'habitude de voir les femmes se jeter à la tête de Kiah. Il était si beau ! C'était ainsi depuis leur adolescence, époque de ses premiers succès féminins. Pourtant, d'une certaine manière, ce soir, c'était différent.

Cela lui faisait mal.

Elle prit une longue gorgée de punch et tenta de se concentrer sur la conversation de ses compagnons. Elle y parvint si bien que quand Kiah revint à la table avec Niesha, Mina pensait avoir maîtrisé son inexplicable jalousie.

— Ouf ! Je suis épuisée ! lâcha Niesha en se laissant tomber sur une chaise près de Kiah. Sacré danseur !

Kiah se contenta de rire en regardant Mina, qui plaqua un sourire froid sur son visage.

— Niesha, voici mon amie Mina. Mina, je te présente Niesha.

— Salut ! dit Niesha avec un sourire, vous êtes l'amie de Kiah du Canada, n'est-ce pas ?

— Oui, acquiesça Mina en lui rendant son sourire, même si c'était la dernière chose qu'elle avait envie de faire.

— Je ne sais pas comment vous supportez le froid, là-bas.

— C'est une question d'habitude, dit Kiah. Mina est née au Canada, mais elle ne supporte pas toujours bien l'hiver.

Niesha se pencha vers lui, pressant son ample poitrine contre son bras.

— Pendant que j'y pense... Je suis en train de constituer une équipe pour une course de cinq kilomètres au profit d'une association caritative. Tu veux t'inscrire ?

Après cela, Niesha entretint une conversation dont Mina était exclue, car elle portait sur des lieux et des personnes qu'elle ne connaissait pas. Et quand Kiah tenta de la faire participer, elle résista, sans se départir de son sourire de façade.

Kiah consulta sa montre et décida qu'il était temps de rentrer. Niesha était trop bavarde, et il était épuisé. Elle l'avait traîné sur la piste de danse alors qu'il se rendait au bar, et il n'avait pas réussi à maintenir une distance décente entre eux. Connaissant ses intentions à son égard – des intentions qu'il ne partageait pas – il avait préféré couper court afin de ne pas l'encourager dans ce sens.

De plus, il en avait assez de voir Henkel courtiser sans vergogne Mina, qui se contentait de répondre en plaisantant à ses avances. Il ignorait d'ailleurs pourquoi ce spectacle lui déplaisait autant, mais il fallait absolument que cela cesse.

Dès qu'il voulut prendre congé, Niesha et Henkel protestèrent, mais Kiah ne se donna pas la peine de discuter avec eux. Au lieu de cela, il entoura de son bras les épaules de Mina et, après de brefs adieux, sortit du club.

Avant qu'il puisse ouvrir la portière de la voiture, Mina lui demanda :

— Dis-moi, Kiah, de quand date ta dernière relation ?

Elle connaissait la réponse, il en était sûr, mais il répondit quand même.

— Il n'y a eu personne depuis que Valerie et moi avons rompu. Pourquoi ?

— Tu ne m'as jamais dit ce qui s'est passé entre vous. Tu avais l'air heureux avec elle.

Kiah se passa la main dans les cheveux, mal à l'aise. C'était la dernière chose dont il voulait parler, surtout après leur conversation sur Karlene et Roy.

— Nos chemins se sont séparés, c'est tout...

— Et... Pour quelle raison, à ton avis ?

— Nous... n'étions pas d'accord sur la garde de Charm. Valerie a été très franche et a déclaré ne pas vouloir élever l'enfant d'une autre femme.

Mina semblait vraiment choquée.

— Mais, que croyait-elle qu'il arriverait à Charm, si tu n'en assumais pas la garde ?

— Je ne pense pas qu'elle s'en soit beaucoup souciée.

— C'est la pire chose que j'aie entendue depuis... depuis toujours. J'espère que tu lui as dit ce que tu pensais de son attitude !

— En effet, et je n'en suis pas fier. Je n'avais pas perdu mon sang-froid ainsi depuis des années.

Mina pinça les lèvres, avant de répondre :

— Tu venais de vivre la tragédie de la mort de Karlene, et tu subissais les agissements de ta mère au quotidien. Personne n'aurait pu te reprocher de sortir de tes gonds. L'avenir de Charm était en jeu.

— J'aurais dû m'attendre à sa réaction. Elle m'avait déjà dit qu'elle n'était pas du tout intéressée par les enfants.

— Et cela te convenait ? Avant ce... désaccord ?

Kiah hocha la tête.

— Cela n'avait pas vraiment d'importance pour moi, que nous ayons des enfants ou non. En fait, j'aurais préféré ne pas en avoir. J'ai toujours pensé qu'entre la mort précoce de mon père et l'instabilité émotionnelle de ma mère, il valait sans doute mieux que ces gènes ne se transmettent pas. Je n'ai pas changé d'avis.

Lorsqu'elle tendit la main et effleura sa joue dans une caresse aussi légère qu'une aile de papillon, il se figea, surpris par l'émotion que suscitait ce geste.

— Laisse-moi te dire un secret, murmura-t-elle en se penchant pour qu'il puisse l'embrasser, s'il osait. Parfois, il est bien plus facile d'accepter ses limites que de les dépasser et d'avoir le cœur brisé.

Avant qu'il puisse réagir, Mina combla l'écart entre eux et posa ses lèvres sur les siennes. Surpris par la force de sa réaction, il ne bougea pas, osant à peine respirer, de crainte qu'elle comprenne ce qu'il ressentait.

Ce n'était que Mina, bon sang !

Elle s'écarta, son regard fouillant le sien, puis elle saisit la poignée de la portière en disant :

— Bon sang, Kiah ! Tu m'as fait boire, une fois de plus, et maintenant tu ne veux pas m'aider à regagner mon lit !

Kiah retint un gémissement de frustration. Oh ! si, il voulait bien l'aider, mais il craignait d'aller trop loin et...

Quand elle éclata de rire, coupant court à ses fantasmes, il comprit qu'elle faisait semblant d'ignorer son trouble, et il lui en fut étrangement reconnaissant.

8

Le lendemain matin, Mina se réveilla et fixa le plafond, tout en se remémorant les événements de la soirée précédente.

Pourquoi avait-elle ressenti une telle jalousie en voyant Niesha accaparer Kiah et danser de manière si sensuelle avec lui ? Ce n'était pas comme si elle n'avait jamais vu Kiah flirter et danser avec des femmes auparavant. Depuis qu'ils avaient quatorze ou quinze ans, elle le taquinait sur ses succès féminins...

Mais la nuit dernière, ça avait été différent. Rompant avec ses habitudes, elle avait été tentée d'attirer son attention sur elle, rien que sur elle, et de lui faire oublier la belle et généreuse Niesha.

Et puis, comme si cela ne suffisait pas, une fois sur le parking, elle avait été prise d'une irrésistible envie de l'embrasser. L'émoi et la flambée de désir qui l'avaient saisie au moment où leurs lèvres s'étaient soudées lui avaient fait prendre conscience de la force de cette attirance physique soudaine.

Roulant sur le côté, elle regarda par la fenêtre. Elle aurait voulu pouvoir mettre son trouble sur le compte du rhum, mais elle savait bien qu'elle était loin d'avoir été assez ivre pour justifier ses actes par un excès de boisson.

Et il n'avait pas réagi à son baiser. Certes, elle ne s'attendait pas à ce qu'il y réponde avec passion. Cela aurait été un peu ridicule. Mais n'aurait-il pas dû au moins songer à le lui rendre ? Au lieu de cela, il avait posé sur elle un regard légèrement embarrassé.

Avec un soupir, elle s'assit dans son lit, tout en écoutant s'éveiller la maisonnée. Heureusement, songea-t-elle, que Kiah avait l'habitude qu'elle l'embrasse ainsi, de manière tout à fait amicale. S'il lui en parlait, elle n'avait aucune idée de la façon dont elle réagirait ni de ce qu'elle lui dirait.

Il n'évoqua pas leur baiser, et se comporta comme d'habitude. Tandis qu'elle aidait Pearl à préparer le petit déjeuner, il lui proposa d'aller se promener, dans la matinée.

Était-ce un prétexte pour se retrouver seul avec elle et lui parler de ce qu'il s'était passé la veille ?

— Bien sûr, répondit-elle. Tu veux venir avec nous, Charm ?

Outre le fait qu'elle appréciait la compagnie de la jeune fille, celle-ci ferait diversion, jusqu'à ce que Mina comprenne ce qui se passait dans sa propre tête.

— Oui, répondit Charm avec empressement, ce sera bien mieux que de rester ici à lire mon livre d'histoire. J'ai un devoir à rendre, mais c'est tellement ennuyeux !

— D'accord, tu peux venir, dit Kiah, mais je veux voir une première ébauche d'ici à la semaine prochaine.

— Peut-on s'arrêter chez Salty's pour acheter du maïs grillé ?

— Bien sûr…

La journée était magnifique, avec de rares nuages dans le ciel azur et une belle brise venant de la côte. Port Michael, la capitale de Saint-Eustache, était situé au sud-est de l'île, et Kiah longea la côte.

Charm était de bonne humeur et leur parla de la musique qu'elle aimait, de ses émissions de télévision favorites… Kiah l'écoutait avec plaisir, tandis que Mina remarquait de petits détails auxquels elle n'avait pas vraiment prêté attention depuis longtemps.

Le timbre profond et chaud de sa voix, le rire qui s'en échappait si facilement. La largeur de ses épaules et ses muscles fins et déliés. Ses mains sensuelles, avec leurs longs doigts et leurs larges paumes. La beauté absolue et époustouflante de son sourire, et les petites rides au coin de ses yeux qui se plissaient lorsqu'il souriait.

D'une manière étrange, c'était comme si elle le redécouvrait, plus charmant que jamais.

Pourtant, elle était sûre qu'elle ne pouvait pas, ne devait pas faire confiance à ce qu'elle ressentait en ce moment, car cela pourrait n'être dû qu'au cataclysme qu'elle venait de subir. Peut-être Kiah représentait-il sa stabilité passée et s'accrochait-elle à lui, son unique bouée de sauvetage après sa trop longue dérive ?

Penser ainsi la rendait un peu triste, et elle laissa échapper un soupir.

— Tout va bien ?

La question de Kiah la tira de sa rêverie, et elle remarqua que la conversation entre lui et Charm semblait s'être tarie.

— Oui, je me demande juste ce qu'ils vont me faire faire à l'hôpital lundi. À quelle heure devons-nous partir ?

— Je suis de garde demain soir, mais s'il n'y a pas d'urgence et que je ne suis pas appelé, je quitterai la maison vers sept heures, déposerai Charm au collège et me rendrai à l'hôpital à ce moment-là. Mais ne pense pas à ça maintenant ! ajouta-t-il en se garant sur un parking. Profitons plutôt de cette belle journée !

À peine sortie de la voiture, Charm se précipita vers l'échoppe où l'on vendait du maïs grillé tandis que Kiah et Mina la suivaient de loin. Kiah passa son bras autour des épaules de Mina, comme il le faisait souvent, puis s'arrêta sous un arbre ombragé pour éviter le soleil brûlant.

— Au fait, hier soir, Henkel a eu l'air de te faire des avances assez sérieuses, dit-il soudain. Il t'a demandé de sortir avec lui ?

Elle le regarda pour tenter de savoir où il voulait en venir, mais avec ses lunettes noires bien en place, elle ne pouvait pas lire l'expression de son regard.

— Sans vouloir offenser ton ami, je pense qu'il fait des

avances à toutes celles qui croisent son chemin. Je ne l'ai pas du tout pris au sérieux.

— Ce n'est pas un mauvais gars, et d'habitude il parle plus qu'il n'agit, mais j'ai eu l'impression que tu l'intéressais vraiment.

— Eh bien, moi, je ne suis pas intéressée par ce genre de choses, pour l'instant.

— Comme sortir, par exemple ? S'amuser un peu ?

Elle plaça son bras gauche sous son bras droit, à l'abri des regards.

— Non, mais je ne veux pas qu'on me regarde comme si j'étais une bête curieuse.

Kiah la fit pivoter vers lui et posa les mains sur ses épaules. Son expression était solennelle.

— Tout d'abord, tu n'es pas une bête curieuse, loin de là. Tu es la femme magnifique et merveilleuse que tu as toujours été. Et deuxièmement, je ne suggérais pas que tu te rapproches de Henkel…

Elle lui jeta un regard étonné.

— Que veux-tu dire ?

Il approcha son visage du sien, et elle sentit son souffle sur sa peau.

— Je ne veux pas que tu couches avec lui.

Mina ne sut quoi répondre, même si elle brûlait de lui avouer qu'elle ne voulait coucher avec personne sauf avec lui. Heureusement, l'émotion l'empêchait de prononcer un seul mot.

Comment serait-ce de faire l'amour avec Kiah, de sentir ces belles mains fortes sur sa peau ? Rien que d'y penser, elle sentit ses genoux faiblir, menaçant de se dérober sous elle.

Mortifiée par la tournure que prenaient ses pensées, elle baissa les yeux.

— Ce n'est pas parce que je suis récemment divorcée que je suis désespérée, dit-elle, autant pour elle-même que pour

Kiah. Tu n'as pas à t'inquiéter, je n'ai pas du tout l'intention de faire des conquêtes pendant que je suis ici.

Et avant qu'il ne puisse lui répondre, elle changea de sujet et l'interrogea sur sa mission à l'hôpital.

— On m'a dit que tu aurais une équipe d'administrateurs pour t'aider à mettre en place les procédures, expliqua Kiah. Mais je crois aussi qu'on te demandera de voir des patients, comme tu l'as fait pour John. J'espère que cela te conviendra.

— Ça devrait aller...

— C'est presque le tour de Charm, dit Kiah en lui touchant le bras. Allons la rejoindre !

Une fois qu'ils eurent choisi leurs plats, ils s'installèrent à l'une des tables de pique-nique, sous les arbres, et dégustèrent leur poulet, leur igname et, bien sûr, leur maïs grillé.

— Je me souviens d'avoir goûté ce plat la dernière fois que je suis venue ici, pendant mes études, et c'est toujours aussi délicieux, dit Mina en se resservant de la sauce barbecue.

Kiah se leva.

— Je vais chercher d'autres serviettes en papier...

Alors qu'il passait devant une autre table, quelqu'un l'interpella, et il s'arrêta pour discuter.

— Partout où nous allons, les gens le connaissent, soupira Charm.

— Ce n'est pas surprenant. Saint-Eustache n'est pas très grande, et il est très apprécié pour son travail.

— Oui, mais ce serait bien de l'avoir pour moi toute seule parfois, répondit la jeune fille.

Elle garda un instant le silence, puis ajouta :

— Je pense que tu devrais rester vivre ici avec nous, dit-elle. Tout le monde est plus heureux quand tu es là. Surtout oncle Kiah.

Ne sachant que répondre, Mina prit une bouchée d'igname grillée, espérant que Charm passerait à un sujet moins embarrassant. Hélas, c'est le contraire qui se produisit.

— Tu crois que je suis trop jeune pour avoir un petit ami ?

Certaines de mes amies en ont un, mais moi je trouve la plupart des garçons un peu stupides.

— Tu n'es pas obligée d'imiter tes amies, tu sais. Je comprends ce que tu dis au sujet des garçons. Je te conseille de te donner un peu de temps avant de commencer à sortir avec un garçon. Leur cerveau se développe plus lentement que le nôtre, si tu vois ce que je veux dire...

— C'est quoi, cette histoire de garçon ? fit une voix derrière elles.

Elles n'avaient pas entendu Kiah approcher, et Mina eut envie de rire en découvrant l'expression horrifiée sur son visage.

Avec un haussement d'épaules, Charm lança :

— Rien. On discutait, Mina et moi, et elle disait que le cerveau des garçons n'était pas comme le nôtre. Est-ce que le tien s'est bien développé, oncle Kiah ?

Mina éclata de rire sous le regard réprobateur de Kiah, qui répondit :

— Je ne suis pas sûr d'en avoir jamais eu un. Et si c'est le cas, j'ai parfois l'impression de l'avoir perdu...

Sans cesser de rire, Mina le regarda prendre place sur le banc, tandis qu'une nouvelle vague de désir déferlait dans son corps.

Elle comprenait parfaitement ce qu'il voulait dire.

9

Bien que le moral de Mina s'améliore de jour en jour, ce qui était encourageant, Kiah ne pouvait pas s'empêcher de s'inquiéter pour son intégration à l'hôpital. Non qu'elle ait un caractère difficile, mais le petit établissement public de Port Michael était bien loin de l'immense Toronto Sud.

C'est pourquoi il ne réagit pas lorsqu'il entendit Pearl dire à Mina :

— Ce sera différent de ce à quoi tu es habituée, parce que nos médecins sont très polyvalents. Tu es ici à titre consultatif en tant que chirurgien orthopédique et conseillère pédagogique, mais cela ne signifie pas que tu ne peux pas aider dans d'autres situations.

Mina hocha la tête, mais Kiah comprenait qu'elle était sceptique et se demandait si elle pouvait vraiment être utile avec une seule main.

À la fin de sa première semaine, cependant, Mina se sentait plus détendue.

— C'est différent, dit-elle à Kiah alors qu'ils rentraient ensemble chez eux. Aujourd'hui, j'ai supervisé une étudiante infirmière qui s'est fait une entorse à la cheville, mais il y a aussi du travail administratif et des urgences vitales.

— Cela ne te pose pas de problème d'habitude, n'est-ce pas ?

— Non. J'aime bien ça. C'est comme si je revenais au début. Que je repartais de zéro.

— Comme pendant ton internat, n'est-ce pas ?

— Oui, sauf que je dors plus !

À la maison, une routine s'était installée. Le fait de quitter la maison le matin avec Mina et Charm, qu'il déposait au collège, rendait Kiah heureux. Il avait l'impression de mener une vie de famille et n'avait nulle envie que ça s'arrête.

Il avait remarqué que Charm se rapprochait de Mina, lui demandant son avis ou la sollicitant pour faire ses devoirs. Au début, il craignait que Mlle Pearl n'en prenne ombrage, mais la vieille dame n'avait rien dit et Kiah la voyait souvent sourire à Charm et à Mina, comme si elle était heureuse de les voir ensemble.

Mais comment cela se passerait-il quand Mina devrait partir ? Charm avait déjà perdu tant de choses dans sa courte vie qu'elle serait sans doute bouleversée par cet adieu. Lui-même aurait le cœur brisé quand elle rentrerait au Canada et il ne voulait pas que sa nièce vive la même chose.

Plus inquiétant encore, quelque chose avait changé entre lui et Mina, sans qu'il sache dire quoi. Tout ce qu'il savait, c'est que malgré leurs discussions, leurs rires et leurs taquineries habituelles, il la sentait réticente envers lui, comme si elle lui cachait quelque chose. Lui qui s'enorgueillissait d'être capable de lire dans ses pensées acceptait mal que quelque chose lui échappe.

Le désir croissant qu'il ressentait pour elle le déstabilisait, et sa présence faisait resurgir les sentiments, les émotions qu'il avait toujours éprouvés à son égard.

Il se surprit à l'observer, notant la grâce de sa démarche, le balancement de ses hanches, la façon dont la lumière et l'ombre jouaient sur son visage. La douce courbe de ses lèvres lorsqu'elle souriait, son rire…

Mais, dans sa tête, résonnait encore la voix de sa mère :

« Ezéchias Langdon, ne t'avise pas de toucher à cette fille, ou je jure sur la tombe de ton père que je te battrai à mort et que je te renverrai chez ta grand-mère. Tu ne la mérites pas. »

Peu importe qu'elle ait dit cela vingt ans auparavant, et que cette menace ne signifiât plus rien pour lui. Il n'avait jamais oublié ces paroles, qui sonnaient aujourd'hui comme une malédiction.

C'est grâce à Mina et à sa famille qu'il avait pu survivre et réussir au Canada. Ils lui avaient ouvert leur maison, lui répétant qu'il y était toujours le bienvenu. Mina leur avait parlé des sévices qu'il avait subis chez lui et, pendant un certain temps, il avait eu l'impression que M. et Mme Haraldson avaient pitié de lui. Mais il avait fini par comprendre qu'ils le traitaient comme leur propre fils et avait craint de perdre tout cela s'il tombait amoureux de leur fille.

Ainsi avait-il décidé que son amitié avec Mina était plus importante que les sentiments qu'il éprouvait pour elle, et avait-il mis de côté toute idée de séduction.

Ensuite, elle avait épousé Warren, et même s'il était heureux que cela soit terminé maintenant, il ne pouvait toujours pas offrir à Mina ce qu'elle désirait : une relation au long cours, des promesses d'avenir...

Il l'avait invitée sur l'île pour l'aider à sortir de sa mélancolie, pas pour lui compliquer davantage la vie... tout en compliquant la sienne.

Au cours de sa deuxième semaine à l'hôpital, elle lui demanda conseil.

— J'ai reçu un appel d'un entraîneur de Trinidad me demandant d'examiner Yanique Smith, un de ses joueurs qui avait des problèmes à l'épaule. Je lui ai dit que je le rappellerais, mais que je voulais vérifier le protocole.

— Smith joue dans l'équipe nationale de cricket des moins de seize ans de Trinidad et est présenté comme le prochain Andy Roberts ! lança Kiah, admiratif.

Le regard perplexe de Mina l'amusa.

— Qui est Andy Roberts ?

— Il était l'un des meilleurs lanceurs des Antilles, et Smith est en passe de devenir aussi bon, sinon meilleur que lui.

— Quoi qu'il en soit, je ne sais pas comment gérer cela. Je ne sais même pas comment son entraîneur a su que j'étais ici, ni si c'est contraire au protocole de l'hôpital de faire venir des patients de l'extérieur par avion pour des consultations privées. En outre, je suis sûre qu'ils ont des spécialistes orthopédiques parfaitement compétents à Trinidad. Qu'est-ce que je dois faire, à ton avis ?

— Vérifie auprès du Dr Hamilton. En tant que directeur de l'hôpital, il te conseillera mieux que moi.

Quelques jours plus tard, le Dr Hamilton arrêta Kiah dans le couloir de l'hôpital et le gratifia d'un grand sourire.

— Kiah, quelle bonne idée vous avez eu de faire venir le Dr Haraldson ici ! Elle est un atout important pour notre établissement, et j'aimerais bien qu'elle reste. Ce serait terrible pour nous de la voir partir maintenant. Pouvez-vous tenter de la convaincre ?

Kiah se contenta de répondre qu'il essayerait, même s'il ignorait encore comment il aborderait le sujet avec elle. D'autant que, contrairement à son collègue et patron, il trouvait qu'il était temps que Mina reparte au Canada. Car il avait beau se répéter que l'attirance physique n'avait pas sa place dans leur relation, il ne pouvait pas s'empêcher de la désirer plus fort de jour en jour.

Comment allait-il pouvoir lui résister plus longtemps ?

Mina était bien plus occupée qu'elle ne l'avait jamais imaginé.

Au lieu d'être reléguée dans un bureau, comme elle l'avait redouté, elle faisait toutes sortes de choses qu'elle n'avait pas faites depuis des années, et qui n'étaient pas toutes en rapport avec le système musculo-squelettique. Et c'était toujours une joie de travailler avec Kiah, qui, en plus d'être un excellent clinicien, n'avait pas son pareil pour réconforter ses patients.

Essayer de mettre un peu de distance entre eux lui coûtait, mais semblait tout à fait nécessaire. Car le désir qu'elle avait essayé à plusieurs reprises de refréner ne faiblissait pas. Heureusement, elle n'était pas obligée d'être sans cesse avec lui, car elle se voyait confier de plus en plus de patients.

— Ce n'est pas surprenant qu'on veuille vous consulter, docteur Haraldson, lui dit le Dr Hamilton. Votre réputation est excellente et, même si vous n'opérez plus, votre diagnostic et vos suggestions de traitements constituent un atout majeur pour nos patients. Et pour l'hôpital. J'aimerais vous proposer un contrat de deux ans au sein de notre équipe, avec la possibilité de le prolonger si vous le souhaitez.

Elle lui jeta un regard stupéfait, puis s'efforça de sourire en rassemblant ses pensées.

— Merci. Je ne m'attendais pas à une telle offre, aussi rapidement. Laissez-moi y réfléchir.

Même s'il avait l'air un peu déçu, le Dr Hamilton accepta, et lui accorda deux semaines de réflexion.

Sans savoir pourquoi, elle n'en parla pas à Kiah. Parce qu'elle redoutait sa réaction, mais aussi parce qu'elle voulait prendre seule cette décision importante.

Un soir, alors qu'ils étaient assis dans la véranda, il lui demanda :

— Ça va ?

Un peu mal à l'aise, elle hésita avant de répondre.

— Bien sûr...

Mais il n'était pas dupe.

— Ne me raconte pas d'histoires, Mina. Je te connais trop bien. Tu as été un peu en retrait ces derniers jours. Tu as mal ?

Il faisait référence à son bras, et elle le savait.

— Non, mon bras va bien.

— Alors, qu'est-ce qu'il y a ? Tu t'ennuies ?

— Tu plaisantes ? Je cours toute la journée. Aujourd'hui,

j'ai vu en consultation une étoile montante du cricket atteint d'une bursite, un biologiste marin bélizien avec une faiblesse chronique des jambes après une chute, et un joueur de football grenadien qui s'était cassé le coccyx, en plus de tout le reste !

— Je ne voulais pas dire à l'hôpital, Mina, mais ici, sur l'île. C'est une vie bien plus tranquille que celle à laquelle tu es habituée.

Ne savait-il pas qu'elle était plus heureuse ici qu'elle ne l'avait jamais été ?

Elle lui jeta un regard glacial.

— Je n'ai pas cinq ans, Kiah. Je n'ai pas besoin d'être diverti par toi ou par quiconque. Tout va bien, d'accord ?

Il ne lui donna même pas la satisfaction de se mettre en colère contre lui, se contentant de dire d'un air détaché :

— OK, comme tu veux…

Cette nuit-là, une fois qu'elle fut couchée, les douleurs fantômes qui l'avaient tourmentée pendant les premiers mois suivant l'accident, puis s'étaient atténuées, revinrent en force.

10

Mina ne restait jamais longtemps fâchée. Dès le lendemain de leur dispute, elle était redevenue elle-même.

Enfin... Pas vraiment, se dit Kiah, car elle ne se confiait pas à lui comme elle l'aurait fait en temps normal, ce qui cachait quelque chose, il en était sûr. Cela le chagrinait, mais il n'insista pas. Bien lui en prit, car quelques jours plus tard, elle l'informa enfin de ce qui la tracassait.

— Je n'ai pas eu la chance de finir de mettre en place les plans de formation, avec toutes les consultations que j'ai données, dit-elle. J'espère que cela ne vous dérange pas si je reste avec vous un peu plus longtemps ? Peut-être juste quelques semaines de plus ?

— Bien sûr que cela ne nous dérange pas, répondit Pearl avant même que Kiah ait eu l'occasion d'ouvrir la bouche. Reste aussi longtemps que tu le souhaites.

— Pour toujours, même, si tu veux, ajouta Charm, apparue comme par magie dans la pièce. En plus, il y a de la place, ici ! Demain, grand-mère m'accompagne en voyage scolaire !

— Vous partez aussi, Pearl ? demanda Mina, visiblement surprise.

— Oui, ainsi que quelques parents. Mais je crois qu'ils m'invitent uniquement pour profiter de mes talents culinaires...

Kiah et Mina étaient tous deux en congé pour la journée,

et quand Mina suggéra d'emmener Charm à la plage, Kiah sauta sur l'occasion.

— Tu es sûre que ton bras ira bien dans la mer ? demanda Charm.

— À l'hôpital, nous utilisons de l'eau salée pour nettoyer les blessures, répondit Mina. Mais tu sais, je ne suis pas sûre de nager, de toute façon. Je viens surtout pour prendre le soleil.

La plage de Rickard's Cove, fréquentée à la fois par des locaux et des touristes, était bondée, mais ils trouvèrent un endroit proche de l'eau pour poser leurs tapis de plage et ouvrir leur parasol. Alors que Mina s'installait à l'ombre, Charm était déjà en train de retirer sa robe de plage pour courir se baigner.

Assis près de Mina, Kiah regarda sa nièce rejoindre quelques collégiens surexcités qui hurlaient son nom. En un éclair, la petite fille se mua en une pré-adolescente blasée, et s'affala sur le sable avec un groupe de filles.

Il n'y a pas si longtemps, elle l'aurait harcelé pour qu'il vienne nager avec elle, ou pour qu'il joue avec elle dans le sable, songea Kiah avec nostalgie.

— Elle grandit si vite ! soupira-t-il.

Mina acquiesça, tandis qu'il ajoutait :

— Elle est tellement intelligente ! Je continue d'espérer qu'elle abandonnera l'idée de se lancer dans le show-business pour devenir médecin.

— La médecine est une vocation, tu le sais bien, souligna Mina. Tu te souviens de certains de nos camarades qui faisaient médecine uniquement pour satisfaire leurs parents ? Ils étaient pour la plupart malheureux. Ce n'est pas ce que tu souhaites pour Charm, n'est-ce pas ?

— Non.

— Karlene serait si fière d'elle et du travail que tu fais, Kiah, dit Mina, qui avait deviné ses pensées.

— J'aime à le penser, mais j'aimerais tant qu'elle soit ici pour le voir !

— Je sais…

Lorsqu'il posa la tête sur son épaule, elle se détendit légèrement.

Mina garda le silence pendant un moment, et Kiah regarda sa nièce, qui s'apprêtait à disputer une partie de cricket – filles contres garçons – promettant d'être animée.

Souviens-toi…, souffla une petite voix dans sa tête, *à son âge, tu étais déjà secrètement amoureux de la femme assise à côté de toi…*

Il ne voulait pas y penser pour l'instant, heureux de sentir Mina si proche qu'il entendait le doux bruit de sa respiration. Hélas, ce fut elle qui lança, comme un groupe de jeunes filles passaient devant eux :

— Ne serait-il pas merveilleux d'avoir de nouveau cet âge, avec l'expérience que nous avons maintenant ? Avant que tous ces échecs nous rendent la vie plus difficile ?

Il se tourna pour voir son visage.

— De quels échecs veux-tu parler, Mina ?

— Oh ! mon mariage, ma carrière, ma vie, ce genre de choses…

Saisie d'une forte émotion, il mit quelques instants avant de pouvoir articuler :

— Comment peux-tu dire que ta vie est un échec ?

Elle fit un signe de la main, comme pour balayer ces paroles, mais répondit tout de même :

— Je sais que j'ai fait de bonnes choses, professionnellement, mais dans ma vie personnelle, j'ai échoué. J'ai renoncé à mes rêves en laissant mon mari décider de ce que je pouvais et ne pouvais pas avoir. Je suis tombée dans le piège d'essayer d'être un médecin parfait et une femme parfaite sans prendre le temps de réfléchir à ce que je voulais vraiment…

— Qu'est-ce que tu voulais et n'as pas obtenu ? voulut-il savoir, même s'il connaissait déjà la réponse.

— Une vie plus équilibrée, avec du temps à consacrer

à d'autres choses que le travail et les réseaux, comme les voyages, par exemple, et...

— Et quoi, ma belle ?

— J'aurais voulu avoir une famille.

Ces mots, prononcés à voix basse, le touchèrent au cœur.

— Tu peux toujours fonder une famille, Mina. Tu es encore jeune. Si c'est ce que tu veux, je sais que tu y arriveras. Ta détermination a toujours été ta plus grande force.

— Warren m'a dit qu'aucun homme sain d'esprit ne voudrait d'une chirurgienne dont la carrière est derrière elle et qui, en plus...

— Je ne veux pas savoir ce que cet imbécile a dit ! coupa Kiah, furieux, et tu ferais mieux de l'oublier toi aussi ! Tu es la personne la plus merveilleuse que je connaisse, et n'importe quel homme sensé ramperait à tes pieds s'il pensait avoir une chance avec toi.

Même moi...

Elle ouvrit la bouche pour répondre, mais au lieu des mots qu'il attendait, elle lança :

— J'ai envie d'aller nager. Tu viens ?

Surpris et fier à la fois, il la regarda enlever son chemisier et marcher jusqu'à l'eau, le dos bien droit.

— Tu vas te baigner ? lança Charm, le sourire jusqu'aux oreilles.

— Oui, tu viens ?

— Le dernier dans l'eau est un œuf pourri ! s'exclama Kiah, radieux, en courant devant elles.

Depuis qu'elle avait cessé de cacher son bras, Mina se sentait libérée d'un poids, et avait l'impression d'être redevenue la femme qu'elle était avant son accident.

Elle se répétait qu'elle allait bien. Qu'elle était guérie.

Mais elle savait que c'était un mensonge et qu'elle ne serait plus jamais cette personne. Elle acceptait cette réalité, rassurée sur tout ce qu'elle avait encore à offrir, professionnellement. Grâce à Kiah, elle mesurait désormais à quel point Warren avait affecté son estime de soi et sapé sans relâche tous ses efforts pour progresser.

Au fond, Kiah était la seule personne à avoir toujours eu confiance en elle, en ses capacités à reprendre sa vie en main, et cela signifiait davantage pour elle qu'il ne pourrait jamais l'imaginer.

Elle ne pouvait pas s'empêcher de repenser aux paroles de Kiah : son ami était certain que si elle le voulait, elle pourrait encore fonder une famille.

Elle aurait aimé l'aider à surmonter sa propre réticence à devenir un parent. En le voyant avec Charm, elle savait qu'il ferait un père merveilleux et, même si elle avait conscience qu'il ne partageait pas son désir de procréer, elle regrettait sa position.

Cette nuit-là, épuisée par le soleil et les effets soporifiques de l'eau de mer, elle dormit profondément, sans être gênée ni réveillée par des douleurs au bras.

Mais le lendemain, les douleurs revinrent, et il lui fallut se concentrer sur son travail pour parvenir à les supporter. Le problème, elle le savait, était que son niveau de stress était au plus haut. Le kiné l'avait prévenue que cela pourrait arriver, mais elle n'y avait pas prêté attention jusque-là. Elle n'avait toujours pas donné de réponse au Dr Hamilton et le délai qu'il lui avait fixé était bientôt écoulé. Tant qu'elle n'aurait pas réglé cette question, la douleur persisterait.

Ce soir-là, l'agitation régnait dans la maisonnée tandis que Pearl et Charm terminaient leurs préparatifs de voyage.

Au moment où on vint les chercher, Mina les embrassa toutes les deux, et, debout sur le seuil de la porte avec Kiah, leur fit signe jusqu'à ce que leur taxi ait tourné au coin de la rue.

— Quel événement, ce voyage scolaire ! lâcha Kiah en passant le bras autour de ses épaules.

— Charm est tout simplement excitée d'aller camper avec sa classe pour la première fois, dit-elle d'un ton un peu las.

Après l'avoir conduite jusqu'au canapé, Kiah demanda :

— Tu veux une tasse de thé ? Quelque chose à boire ?

L'inquiétude se lisait sur son visage, et ses yeux sombres fouillaient les siens dans l'espoir de deviner ses tourments. Mortifiée, elle sentit des larmes couler sur ses joues.

Aussitôt, Kiah s'agenouilla devant elle.

— Dis-moi ce qui ne va pas, ma belle, je t'en prie. Laisse-moi t'aider.

Elle sourit à travers ses larmes et, quand Kiah vint s'asseoir près d'elle et l'attira sur ses genoux, elle ne résista pas et enfouit son visage dans son cou.

— Qu'y a-t-il, Mina ?

— J'ai des douleurs fantômes, qui brûlent et qui démangent.

— Pourquoi ne me l'as-tu pas dit avant ? répliqua-t-il, inquiet. Que puis-je faire pour que cela aille mieux ?

— Me rendre ma main ?

— Si je pouvais, je le ferais, ma douce. Tu le sais, n'est-ce pas ?

On aurait dit qu'il allait pleurer, lui aussi, et cela lui était insupportable.

— Ça va aller, Kiah. Ça va passer.

— Je connais un acupuncteur, mais je doute qu'il soit encore disponible à cette heure. Bon sang, Mina, pourquoi ne m'as-tu rien dit ?

— J'espérais que ça passerait. Et puis... Je ne peux pas m'appuyer sur toi pour tout.

— Bien sûr que si ! Tu peux toujours compter sur moi, ma belle.

Il lui fallut faire un effort surhumain pour ne pas fixer sa bouche, pour ne pas lui avouer qu'elle avait une envie folle qu'il l'embrasse, qu'il lui fasse l'amour... Une petite voix lui soufflait que tout irait bien, mais elle savait qu'il ne fallait pas s'y fier, car elle ne supporterait pas que Kiah la rejette.

Lovée contre lui, elle huma son parfum chaud et sexy, tout

en continuant d'ignorer le désir qui coulait comme un feu liquide dans ses veines. Mais son rythme cardiaque s'accéléra quand elle sentit son érection contre sa cuisse, et elle resserra légèrement son étreinte.

La seule chose à faire était de l'ignorer, mais Mina ne put s'empêcher de réagir. Après tout, cela faisait des années qu'ils se taquinaient sur tous les sujets, y compris les plus embarrassants. Alors pourquoi pas celui-ci ? Et puis, en rire permettrait de désamorcer la bombe qui menaçait d'exploser.

— Tu es vraiment en manque, n'est-ce pas ? murmura-t-elle.

Elle s'attendait à un éclat de rire ou à une boutade, mais pas au silence qui suivit sa question, ni à la caresse appuyée sur ses reins.

Finalement, Kiah prit une profonde inspiration, avant de répondre :

— Mon état actuel n'a rien à voir avec le manque, ma belle, et tout avec toi...

11

Mina ne répondit rien, mais il sentit son souffle s'accélérer. L'avait-il effrayée ? Maintenant que son corps l'avait trahi, révélant son désir, leur relation, si précieuse à ses yeux, était-elle en danger ?

Elle secoua la tête contre son cou et murmura :

— Je sais que tu ne le penses pas vraiment.

— Tu te trompes. Je ne suis plus un adolescent, tu sais...

Il lui souleva doucement le menton pour voir ses yeux.

— Tu crois que je plaisantais quand je t'ai dit à quel point tu étais belle ? Pas du tout ! Et j'aurais pu ajouter le fait que tu es incroyablement sexy. Je l'ai toujours pensé, et sentir ton corps si près de moi m'a rappelé à quel point c'était vrai.

Il rit en voyant le rouge envahir ses joues.

— Cela fait longtemps qu'on ne m'a pas dit des choses pareilles, murmura-t-elle comme pour s'excuser. En fait, c'est la première fois.

Kiah serra les dents en songeant à son imbécile d'ex-mari.

— Tu dois bien le savoir, non ? N'as-tu pas remarqué comment les hommes te regardent ? Au club, à l'hôpital, sur la plage hier ? Tu es irrésistible, Mina...

— Tu n'as jamais eu de mal à me résister, pourtant ! lança-t-elle avec une ironie mêlée d'un soupçon d'amertume.

— Notre amitié a toujours été trop importante pour qu'on

y mêle le sexe, dit-il. Je ne voulais pas risquer de te perdre pour une simple aventure qui se serait mal terminée...

Son regard se planta dans le sien tandis qu'elle demandait avec le plus grand sérieux :

— Est-ce ce que tu penses ? Que le sexe peut tout gâcher ?

— C'est tout à fait possible, dit-il, le cœur battant la chamade, si on n'y prend pas garde.

— Et si on y prend garde ?

Son cœur manqua un battement, puis se remit à galoper. Il était tellement excité que c'en était presque douloureux, et si la raison lui criait de ne pas aller plus loin, de la lâcher avant que les choses dérapent, son corps, lui, réclamait son dû...

Au prix d'un énorme effort sur lui-même, il parvint à articuler :

— Ce serait risqué, Mina. On a beau refuser que cela change quoi que ce soit, c'est le cas quand même et l'on ne peut pas l'empêcher...

Elle hocha la tête, sans lâcher son regard.

— Mais... Ce que nous partageons ne pourra jamais vraiment disparaître, n'est-ce pas ? Quoi qu'il arrive, je serai toujours ton amie, et tu seras toujours le mien. Mon meilleur ami, et je...

Elle s'interrompit.

— Tu quoi ?

— Je n'ai pas beaucoup d'expérience, Kiah. Les hommes s'intéressent à moi, c'est vrai, mais ça me fait peur, l'idée d'être de nouveau avec quelqu'un. Alors que je n'ai pas peur des sentiments que j'éprouve pour toi. D'une certaine façon, ils me paraissent... vrais.

Elle haussa les épaules, comme si elle n'était pas sûre d'avoir trouvé les mots justes, et bien que son désir n'ait pas diminué, elle sentit l'espoir la quitter. Entre Kiah et elle, ce ne serait qu'une aventure, alors. Une simple expérience pour découvrir si ce qu'elle ressentait avec lui était différent de ce qu'elle avait éprouvé avec son ex-mari.

Cette perspective aurait dû la refroidir, mais cela, bizarrement, ne fut pas le cas. Au contraire, même, elle trouva plus difficile encore de résister à la tentation, incapable de songer à autre chose qu'à ses yeux brillants rivés aux siens, sa main sur sa nuque, ses lèvres qui se rapprochaient des siennes.

— Mon Dieu, Mina. Tu ne me facilites pas la tâche...

— Tant mieux ! répondit-elle avait un sourire mutin. J'aime que ce soit difficile.

— Sorcière..., souffla-t-il, en resserrant son étreinte autour de sa taille, tu veux ma perte !

Puis, doucement, il leva la main pour lui caresser la joue.

— Si nous passons cette nuit ensemble et que nous voulons recommencer, ce ne sera que pour quelques jours, tu sais...

Elle sourit, l'attirant plus près.

— Oui. La dernière chose dont j'aie besoin est le regard désapprobateur de Pearl, ou de devoir expliquer à Charm pourquoi je sors de ta chambre.

Une fois de plus, il voulut rompre le contact, s'arracher à elle, mais en sentant ses doigts si doux sur sa nuque, il comprit qu'il était perdu.

— Es-tu vraiment sûre que c'est ce que tu veux ? demanda-t-il, alors même qu'il penchait la tête vers elle et que leurs lèvres se touchaient presque.

Elle lui répondit en comblant la minuscule distance qui les séparait.

Il était trop tard pour réfléchir, pour se demander si ce qu'ils faisaient était bien ou mal. En cet instant, Mina ne pouvait rien faire d'autre que de s'abandonner au fougueux baiser de Kiah.

À la douceur de ses lèvres sur les siennes, et à sa langue qui cherchait la sienne, exigeante, et qu'elle accueillait avec la même ardeur.

Il l'attira à lui et, tandis qu'elle enroulait les bras autour de sa nuque, elle sentit battre son cœur contre ses seins, et la force de son érection sur ses cuisses. Quand ses lèvres quittèrent les siennes pour déposer une pluie de baisers dans son cou, elle laissa échapper un son – mi-gémissement de désir, mi-cri de plaisir – qui la surprit elle-même car elle ne l'avait encore jamais entendu...

— C'est ta dernière chance, Mina, souffla-t-il contre sa gorge. Arrête-moi maintenant, ou il sera trop tard.

Elle tenta de rire, mais son excitation était telle qu'elle ne parvint qu'à murmurer :

— Continue...

Il se leva et la déposa doucement sur ses pieds, puis il se retourna et l'entraîna dans le couloir, jusque dans sa chambre.

Elle tendit le bras pour le toucher, mais il le retint, laissant errer son regard le long de son corps, où il déclenchait des réactions partout où il se posait. Elle sentit ses seins durcir, ses tétons se tendre jusqu'à devenir presque douloureux. Une étrange chaleur envahit son ventre...

Lentement, très lentement, il la déshabilla, ses mains frôlant sa chair, son souffle plus court chaque fois qu'un vêtement tombait au sol. Sous son regard éperdu, elle s'épanouissait, se sentait belle comme jamais auparavant. Il n'y avait pas besoin de mots entre eux. Pas maintenant. Pas alors qu'il la contemplait comme si elle était la femme la plus précieuse du monde.

Et elle ne se sentit pas gênée d'être nue alors qu'il était encore habillé. Au contraire, elle se sentait pleine d'audace, et frémissait d'anticipation.

C'était son tour, désormais... Et elle prit son temps, déboutonnant sa chemise, caressant sa poitrine, puis son épaule, follement heureuse de le voir frémir et renverser la tête en arrière.

Ivre de désir, il ôta à la hâte son pantalon et quand elle prit dans sa main son sexe durci, il laissa échapper un long gémissement.

Puis, soudain, il lui saisit le poignet et elle leva les yeux.

— Arrête, Mina, tu me rends fou.

— J'en ai bien l'intention...

— Attention, car je vais te rendre la pareille...

Il la serra contre lui, l'embrassa jusqu'à ce que la tête lui tourne, puis, à genoux devant elle, lui prodigua la plus intime des caresses.

Faire l'amour avec Kiah était au-delà de tout ce qu'elle avait imaginé, et bien plus encore.

Plus intense.

Plus excitant.

Plus époustouflant.

Il l'avait enflammée, faisant de son corps un brasier que lui seul pouvait éteindre.

Quand elle perdit le contrôle, elle s'abandonna totalement, sans peur ni honte, et le plaisir qu'elle ressentit fut si vif qu'elle crut défaillir.

Ils se laissèrent tomber sur le lit, éperdus de désir. Nue entre ses bras, elle enroula ses jambes autour de lui et se cambra pour mieux s'offrir à lui, l'implorant de la prendre enfin...

— Mina, attends... Il faut utiliser une protection.

Avec un soupir, elle relâcha son emprise et murmura :

— Dépêche-toi.

Le voir mettre un préservatif l'excita davantage encore et quand il la pénétra, elle cria de plaisir.

— Oh oui !

Il commença à bouger en elle et accéléra le rythme, chaque assaut provoquant au plus profond d'elle des spasmes délicieux, jusqu'à ce qu'ils se retrouvent tous deux au bord du gouffre.

— Mina. Mina, cria Kiah d'une voix rauque, en se libérant en elle.

L'orgasme la saisit avec une violence inouïe, et elle ferma les yeux, éblouie par la force de la vague qui déferlait en elle et les laissa bientôt tous deux haletants et comblés.

12

Allongé dans le noir, Kiah se demandait s'il rêvait.

Tout cela lui semblait trop beau pour être vrai, et il aurait voulu pouvoir, comme Mina, s'endormir, afin que ce moment parfait se prolonge à l'infini.

Mais bien que son corps soit rassasié, son cerveau ne parvenait pas à se mettre au repos, assailli par des pensées oscillant confusément de l'euphorie à la peur, et du bonheur au doute.

Ils avaient fait l'amour, Mina et lui, et leur étreinte avait été absolument magique. Enfin, elle s'était offerte à lui, et ces quelques heures avaient été les plus folles, les plus exaltantes de son existence. Tout, dans cette communion des corps et des âmes, avait été bouleversant de beauté.

Il avait eu raison de craindre que faire l'amour ne change leur relation, et de retarder le plus possible le moment où tous deux céderaient à leur passion. Déjà, il se sentait transformé, au plus profond de lui-même. Il ignorait la façon dont évoluerait à l'avenir le lien d'affection qu'il avait toujours eu avec Mina, et cela lui faisait peur. Mina lui avait fait éprouver des sensations qu'il n'avait encore jamais connues, lui prodiguant des caresses enivrantes qui l'avaient fait crier de plaisir. Un plaisir décuplé par la joie qu'il avait eue à l'entendre crier à son tour, abandonnée à l'extase qu'elle ressentait dans ses bras.

C'était le genre de folie qu'il avait toujours voulu éviter.

La folie de l'amour.

Son esprit vagabondait, faisait renaître les fantômes du passé, comme pour souligner la gravité du danger qu'il encourait.

Il revit son père s'effondrer, puis mourir devant lui, sans qu'il puisse rien faire pour l'aider.

Il revit sa mère, son équilibre et sa force, terrassée par le chagrin, se transformer peu à peu en tyran, réprimandant ses enfants, leur reprochant d'être la cause de son malheur.

Heureusement que les Haraldson avaient été là pour lui, à cette période de sa vie. Quand les choses allaient mal à la maison, il se réfugiait chez eux. Karlene, elle, n'avait pas eu cette chance.

« Ces gens m'ont volé un enfant ! Ils n'auront pas l'autre ! » s'était un jour exclamée sa mère, tandis qu'il tentait d'éloigner Karlene de cette femme aigrie, frustrée, qui menaçait de perdre le peu de raison qu'il lui restait, et dont les paroles faisaient mal. Il se souvint de son regard fou alors qu'elle s'accrochait à Karlene, mettant Kiah au défi, en silence, de lui arracher sa fille des bras.

Il avait dû se détourner de Karlene, prise au piège maternel, pour s'enfuir loin, très loin…

Il revit Roy, abattu et brisé après qu'une bombe eut tué quatre de ses amis, décimant son régiment. Incapable de trouver la force de continuer, malgré son amour pour sa femme et sa fille, il avait subi le harcèlement permanent de sa belle-mère.

Kiah l'avait vu de ses propres yeux lors d'une visite au Canada, et il avait essayé de dire à Karlene que le comportement de leur mère n'était pas sain.

Elle avait haussé les épaules. « Elle essaye de m'aider, Kiah. Elle s'occupe de Charm quand je dois travailler. Je ne l'écoute pas quand elle dénigre Roy. C'est un homme bien. »

« Demande-lui de ne plus venir, avait dit Kiah. Elle ne fait que perturber Roy, et il n'a vraiment pas besoin de ça en ce moment. »

« Comment expliquer à maman qu'elle ne peut pas voir sa petite-fille, alors qu'elle ne cherche qu'à nous aider ? »

Quoi qu'il en soit, Karlene avait trouvé des excuses à sa mère, et Kiah était persuadé que cette loyauté lui avait coûté la vie. Elle avait aussi coûté la sienne à Roy.

C'était étrange… Jusqu'à ce que Mina en parle, il n'avait pas pensé que Charm pourrait vouloir en savoir plus sur son père. Kiah était trop occupé à le détester pour envisager de parler de lui, alors qu'ils avaient une bonne relation, au début, et qu'il avait approuvé son union avec Karlene.

Roy adorait Charm. Après l'horrible tragédie, Kiah avait récupéré chez Karlene des photos qui montraient Roy tenant sa fille dans ses bras, à différentes étapes de sa vie. Son amour de père et sa dévotion absolue se lisaient dans son regard.

Cet amour aurait-il pu l'empêcher de faire ce qu'il avait fait ?

Ce sont ces questions qui effrayaient Kiah.

Il se connaissait bien et savait qu'il y avait des situations qu'il devait éviter à tout prix. Il était aussi fidèle et attentionné que son père, qui avait supporté sans se plaindre la mauvaise humeur et la méchanceté de sa femme, mais il avait aussi hérité du tempérament de sa mère. Il avait découvert cela jeune, quand, à bout de nerfs, il l'avait affrontée, incapable de se retenir de hurler aussi fort qu'elle. Il avait dû s'éloigner lorsqu'il avait compris qu'il était sur le point de perdre complètement le contrôle, redoutant les ravages que son geste ne manquerait pas de causer.

Plus l'on se souciait des autres, plus il était facile de leur faire du mal, et d'être blessé en retour. Il n'avait pas envie de revivre cela.

Lui et Mina avaient franchi une étape ce soir, et maintenant il devait faire face aux conséquences. Malheureusement, la seule façon pour lui de savoir ce qui allait se passer ensuite était d'observer la réaction de Mina.

Pour sa part, en tout cas, il avait encore envie d'elle.

Désespérément envie.

Si c'était la seule nuit qu'ils devaient passer ensemble, il voulait qu'elle soit aussi intense et mémorable que possible. Assez pour engranger des souvenirs qu'il chérirait toute sa vie.

Lentement, il la réveilla, la tirant du sommeil par de douces caresses.

Elle s'étira dans ses bras, sa main trouvant la nuque et l'attirant à elle pour lui donner un fougueux baiser.

S'il avait pu mourir là, dans ses bras, ses lèvres sur les siennes, il aurait été un homme heureux.

— Kiah, souffla-t-elle d'une voix rendue rauque par le désir, je me sens si bien, avec toi !

— Moi aussi, ma douce, répondit-il en effleurant sa peau, éperdu de désir.

Puis ils se turent. Les mots étaient devenus inutiles, car leurs corps exprimaient bien mieux la soif qu'ils avaient l'un de l'autre, leur hâte de donner libre cours à leur passion pour ne former plus qu'un.

Dans le feu de la passion, Kiah la pénétra d'un puissant coup de reins, et tous deux entamèrent une danse immémoriale, sensuelle et folle qui les mena ensemble jusqu'à l'extase.

Quand Mina se réveilla, son corps exultait encore de tout le bonheur que Kiah lui avait donné, et elle resta immobile un instant pour mieux le savourer. Dehors, les oiseaux gazouillaient et les colombes roucoulaient, comme pour saluer la belle journée qui s'annonçait.

Une petite partie d'elle était encore incrédule, un peu choquée par ce qui s'était passé la nuit précédente, mais une autre désirait ardemment que cette belle aventure continue.

Elle voulait plus, et tout de suite !

— Hé, Miss Marmotte...

La voix profonde de Kiah la fit frissonner.

— Tu te réveilles enfin...

Elle cligna des yeux et, quand elle croisa son regard obscurci par le désir, un signal d'alerte se déclencha dans sa tête.

— Salut, toi, murmura-t-elle.

— Alors, comment te sens-tu, ce matin ?

Voulait-il parler de son bras, du reste de son corps ou... de son état mental ? Au lieu de tenter de le découvrir, Mina opta pour la franchise, comme elle l'avait toujours fait avec lui.

— Mon bras va bien. Quant au reste de mon corps, il est en pleine forme, lui aussi.

Il se passa la main dans les cheveux, l'air embarrassé.

— J'espère que ce qui s'est passé cette nuit n'a rien changé entre nous, dit-il en lui lançant un regard prudent.

— Nous étions d'accord pour que cela n'arrive pas.

— Je sais, mais je...

— Tu quoi ?

Elle ne voulait pas laisser Kiah s'en tirer à bon compte. Il fallait qu'il exprime ce qu'il pensait, le plus honnêtement, le plus simplement possible, pour qu'aucun malentendu ne puisse s'installer entre eux.

— Bon sang, Mina ! Tu sais que tu comptes plus pour moi que quiconque en dehors de ma famille. J'ai besoin de savoir que tu es en plein accord avec ce qui s'est passé la nuit dernière. Que nous sommes à l'aise avec cela, toi et moi.

En penchant la tête, elle capta son expression. Il y avait un soupçon d'angoisse dans ses yeux, et ses lèvres étaient serrées, comme s'il était en colère. Peu importe ce qu'elle ressentait, elle savait qu'il avait besoin d'être rassuré.

— Kiah, rien ni personne ne pourra jamais changer ce que je ressens pour toi. La nuit dernière a été incroyable. Magique. Je n'ai jamais été aussi totalement comblée de ma vie, et je suis heureuse d'avoir découvert ça avec toi, car je te fais confiance plus qu'à quiconque.

Le visage de Kiah s'éclaircit et, pour la première fois ce matin-là, son sourire atteignit ses yeux.

Puis il baissa les paupières et sa voix se fit plus sourde, plus sensuelle.

— C'était une découverte pour moi aussi, tu sais.

Elle lui sourit et, bien qu'elle sache qu'elle devait prendre ce qu'il lui avait donné et ne pas espérer davantage, elle s'entendit répondre :

— Es-tu curieux de savoir si c'est aussi bon le jour que la nuit ?

— Quelle excellente idée ! murmura-t-il, ses lèvres à un souffle des siennes.

Ce fut encore plus merveilleux que la veille, songea Mina, longtemps plus tard, tandis qu'elle s'attardait sous la douche. Kiah était parti travailler, mais Dieu merci, elle était en congé ce jour-là, ce qui tombait bien, car elle avait une foule de choses à faire.

Pourquoi avait-elle soudain l'impression que tout ce qu'elle avait connu jusque-là n'avait existé que pour que la nuit dernière arrive et qu'elle ait enfin la révélation de ce que devait être désormais sa vie ? Faire l'amour avec Kiah était l'expérience la plus parfaite qu'elle ait jamais vécue…

Mais il ne voyait pas les choses comme elle, réalisa-t-elle. Il lui semblait que, pour lui, ce qui s'était passé la veille ne devait pas se reproduire. Pourtant, Pearl et Charm ne seraient pas de retour avant le lendemain, et ils avaient la maison pour eux seuls, ce soir… Apparemment, il n'avait pas l'intention d'en profiter, préférant revenir à leur relation d'*avant*.

Un désir qu'elle n'était pas sûre de partager.

Si elle avait repris confiance en elle à Saint-Eustache, elle avait également l'impression que son moi le plus profond, le plus sensuel s'était révélé entre les bras de Kiah. Renoncer à un cadeau comme celui-ci quand on l'avait trouvé était, en plus d'un échec, un véritable gâchis.

Pour autant, elle ne croyait pas pouvoir continuer ainsi

indéfiniment. Même si Kiah n’avait pas annoncé d’emblée que leur aventure ne durerait que quelques jours, elle savait que tôt ou tard, elle retournerait au Canada. Pourquoi, dans ces conditions, ne pas profiter l’un de l’autre aussi longtemps qu’ils le pouvaient ?

Comment le convaincre de cela était une autre question, qu’elle se promit d’aborder avec franchise et courage. Elle devait être douce avec lui, lui donner l’espace nécessaire pour qu’il puisse régler les choses à sa manière ; ce qui ne signifiait pas qu’elle devait être passive. Ce n’était pas son style, de toute façon. Elle ne l’avait jamais été, sauf pendant les mois où elle avait plongé dans la dépression, incapable de trouver une issue à son cauchemar.

Kiah était le seul à avoir su quoi faire, et sans lui, qui sait comment elle aurait fini ?

Tout en sortant de la douche, elle continua d’y réfléchir.

Utilisait-elle sa relation avec Kiah pour éviter de se confronter à ses propres problèmes et d’analyser ses propres sentiments ? Il lui avait expliqué clairement que le sexe changeait souvent la donne, même si chacun des deux partenaires était d’accord pour ne pas aller plus loin.

Cette aventure avec Kiah était-elle une bonne chose pour elle ? Pour lui ?

Peut-être avait-elle besoin de mettre de l’ordre dans ses idées avant de décider de poursuivre ou non cette aventure ? songea-t-elle en se séchant les cheveux.

Mais au fond de son cœur, elle le savait déjà : un changement fondamental s’était opéré, qu’ils le veuillent ou non. Tout ce qu’elle pouvait faire, c’était de se préparer du mieux qu’elle pouvait et de voir où cela les mènerait.

Le jour même, elle reçut un courriel de l’hôpital de Toronto Sud qui ajouta encore à sa confusion : on lui offrait un poste d’enseignante à plein temps, en tant que chef adjoint du service de chirurgie orthopédique.

Elle resta assise à contempler l’écran, le cœur battant.

Cela ressemblait à un miracle, à l'aboutissement de tous ses rêves de carrière. Hélas, cela n'aurait pas pu se produire à un pire moment.

Pourtant, la difficulté du choix qui s'offrait à elle n'était rien en comparaison de la complexité des sentiments qui la liaient à Kiah. Elle ne lui avait toujours pas parlé de l'offre d'emploi du Dr Hamilton, et n'avait pas non plus l'intention de lui parler de celle de Toronto, jusqu'à ce qu'elle ait décidé ce qu'elle voulait faire. Restait à espérer que le directeur se montrerait discret et ne ferait pas savoir devant ses collègues qu'il souhaitait la voir intégrer définitivement son équipe.

Une partie d'elle-même se refusait à quitter Saint-Eustache, mais une chose était certaine : elle devait se montrer pragmatique. Laisser ses émotions prendre le dessus sur la réflexion et le bon sens ne l'aiderait pas à prendre la bonne décision.

Elle passa la majeure partie de la journée à revoir les plans de tutorat sur lesquels elle travaillait pour l'hôpital, dans l'espoir d'oublier un peu la nuit précédente. Pourtant, plus d'une fois, elle se surprit à regarder dans le vague, à sourire béatement, le corps parcouru de frissons au souvenir de la nuit de passion qu'elle avait passée entre les bras de son meilleur ami.

Quand Kiah rentra à la maison, ce soir-là, elle leva les yeux et lui sourit, heureuse de mettre son ordinateur portable de côté. Comme il la regardait d'un ait interrogateur, elle s'efforça d'avoir l'air décontracté et lança d'un ton enjoué :

— Salut ! Longue journée, hein ?

— J'ai dû pratiquer une césarienne en urgence, répondit-il en la rejoignant. L'obstétricien de ma patiente était de l'autre côté de l'île, et n'a pas pu être là à temps pour opérer. La mère et le bébé vont bien, mais le père est dans un état lamentable. C'est leur premier enfant.

Mina rit.

— Ils sont nombreux à céder à la panique au moment de la naissance. Beaucoup ne se rendent vraiment compte qu'ils sont sur le point de devenir pères qu'en voyant le bébé.

Kiah sourit et, fermant les yeux, renversa la tête en arrière sur le canapé.

— De plus, aucun d'entre eux n'a la moindre idée de ce qui l'attend lors de l'accouchement proprement dit. Ils ont une vague idée du déroulé des événements, mais la réalité est quand même un choc.

À cet instant, elle dut lutter contre son envie de l'attraper, de l'embrasser, de l'attirer dans son lit. Mais, sachant qu'il ne souhaitait pas que leur relation prenne ce nouveau tournant, elle décida de respecter son vœu.

Laisse-le faire le premier pas, s'il en a envie…

— Pearl a laissé de la nourriture dans le frigo, mais je n'ai rien préparé car je ne savais pas ce que tu voudrais pour dîner, expliqua-t-elle. Elle a dû penser que tu inviterais toute une armée pendant son absence.

Il éclata de rire et redressa la tête pour la regarder.

— C'est toujours comme ça quand elle part, même pour quelques jours. Et quand elle reviendra, elle prétendra qu'on n'a rien mangé !

— Eh bien, dit Mina en se levant d'un bond, dans ce cas, je vais aller nous préparer quelque chose pour qu'elle ne s'énerve pas trop contre nous.

— Hum, marmonna Kiah en saisissant son bras pour l'attirer sur ses genoux. Je ne veux surtout pas la contrarier…

La main sur sa nuque, il la serra contre lui.

— Elle est infernale quand elle est contrariée.

— En effet, souffla Mina contre ses lèvres, son cœur menaçant d'exploser.

Cela ne durerait pas éternellement, elle le savait, mais elle prendrait tout ce qu'il voudrait bien lui donner.

13

Quand Charm et Pearl revinrent le lendemain, toutes deux épuisées, Mina remarqua que la vieille dame boitait.

— Ce n'est qu'une entorse, dit cette dernière lorsque Kiah lui demanda ce qui s'était passé.

— Nous sommes allées à la rivière ce matin et grand-mère a glissé, expliqua Charm. Elle s'est aussi égratigné la main.

— Laissez-moi regarder ça, Pearl... Ça ne prendra pas longtemps.

Mina la guida jusqu'à une chaise et retira le bandage de fortune qu'elle avait enroulé autour de sa cheville afin de voir l'articulation atteinte, pendant que Kiah allait chercher la trousse de premiers secours et examinait sa main.

Après un examen approfondi de la cheville, Mina dit à Pearl :

— Votre cheville est assez enflée, alors je vais vous prescrire le traitement RGCE...

Pearl ouvrit la bouche pour protester, mais Kiah intervint aussitôt.

— Écoute Mina, grand-mère, et ne fais pas l'enfant.

— Ça veut dire quoi, RGCE ? demanda Charm.

— R pour repos, G pour glace, C pour compression et E pour élévation. Pearl doit éviter de poser le pied par terre pendant quelques jours, mettre de la glace sur sa cheville et la bander bien serré. Et elle doit aussi garder son pied surélevé le plus possible.

Pearl était contrariée, mais personne ne fit attention à sa mauvaise humeur et tous s'efforcèrent de la détendre.

Quand elle fut installée, la jambe sur une table basse et la glace en place, Kiah dit :

— Charm, tu veux bien aller prendre ta douche, pendant que je fais le dîner ?

— D'accord, répondit la jeune fille en bâillant, mais quelqu'un va devoir m'aider à me tresser les cheveux quand j'aurai fini.

— Je peux m'en charger, proposa Mina.

Une fois la jeune fille partie, Mina prit la télécommande pour essayer de trouver à Pearl quelque chose à regarder à la télévision.

— Laisse, Mina, dit Pearl avec autorité. Je veux te demander quelque chose.

— Je vous écoute…

— La mère d'une des camarades de Charm qui a participé au voyage est infirmière à l'hôpital et m'a dit que le Dr Hamilton t'avait proposé un poste.

— J'ai entendu dire ça, moi aussi.

La voix de Kiah fit sursauter Mina, car elle ne l'avait pas entendu entrer.

— C'est vrai, déclara-t-elle, en essayant de ne pas paraître sur la défensive. Mais avant de vous en parler à tous les deux, je voulais y réfléchir et lui donner une réponse ferme. J'ai également reçu un courriel, pas plus tard qu'hier, m'offrant un poste intéressant à Toronto Sud.

— Et alors, tu as pris une décision ? voulut savoir Pearl, tandis que Kiah mettait le couvert en silence.

Mina fixa son regard sur la vieille dame pour ne pas voir la réaction de Kiah.

— Non, pas encore. J'ai demandé au Dr Hamilton un délai de réflexion supplémentaire.

— Eh bien, j'espère que tu feras le bon choix ! conclut Pearl. Je ne suis pas surprise de ces deux offres, mais je sais laquelle me semble la plus appropriée.

— Elles m'ont toutes les deux surprise, avoua Mina, et je dois dire que ça me fait plaisir d'avoir à nouveau le choix.

Même si ce choix la plaçait dans une situation intenable.

— Il faut préparer Charm, ajouta Pearl. Si tu décides de rentrer au Canada, elle sera très déçue.

Malgré sa culpabilité, Mina fut bien forcée d'admettre qu'elle avait raison.

Se penchant vers Mina, Pearl lui dit à voix basse :

— Tu ferais mieux d'aller parler à Kiah, mon enfant. Il est bouleversé.

Dans un soupir, Mina se leva.

Kiah était aux fourneaux, en train de réchauffer ce qui ressemblait à un ragoût de bœuf. Il ne leva pas les yeux quand elle entra dans la cuisine.

— Hé, dit Mina en s'arrêtant au bout du comptoir, qu'est-ce qui se passe ? Tu es en colère ?

Il haussa légèrement les sourcils.

— Pourquoi serais-je en colère ?

— Parce que je ne t'ai pas parlé de l'offre du Dr Hamilton ou de celle de Toronto Sud, peut-être ?

Comme il ne répondait pas, Mina poursuivit :

— J'avais vraiment besoin d'y réfléchir avant, et je ne voulais pas donner à quiconque de faux espoirs avant de savoir ce que je voulais vraiment. Ces derniers temps, j'ai eu tendance à ne prendre aucune décision, et cela doit cesser.

Kiah pinça les lèvres, mais ne répondit toujours pas.

— Écoute, reprit Mina d'un ton où perçait l'agacement, quand tu seras prêt à discuter, dis-le-moi. Je n'ai pas l'intention de me sentir coupable, parce que je n'ai rien fait de mal, et si tu ne peux pas comprendre ça, tant pis pour toi !

Sur ces mots, elle tourna les talons, avant que son émotion reprenne le dessus.

Kiah jeta la cuillère dans la marmite.

Bien sûr qu'il était en colère.

Encore plus maintenant, après sa pseudo-explication.

Est-ce que coucher avec lui était une de ces choses qu'elle s'était laissé imposer, au lieu d'en décider elle-même ? Lui avait pourtant l'impression qu'elle l'avait voulu autant que lui.

Et le fait d'avoir accepté de venir travailler à Saint-Eustache lui avait fait beaucoup de bien, en l'aidant à mettre fin à ses inquiétudes concernant ses capacités depuis qu'elle avait perdu sa main.

Elle ne pouvait pas lui raconter que tout cela n'était que le fruit du hasard, et qu'elle n'y avait pas sa part !

Oui, il pouvait comprendre qu'elle ait besoin de réfléchir, mais cela ne signifiait pas qu'elle ne pouvait pas lui parler. Il avait déjà été assez pénible pour lui d'apprendre l'offre du Dr Hamilton par des rumeurs qui circulaient à l'hôpital, mais découvrir qu'elle avait reçu une autre offre de Toronto lui avait donné le coup de grâce.

Il se laissa tomber sur une des chaises de la cuisine et se prit la tête dans les mains.

Qu'elle parte ou qu'elle reste, les conséquences seraient importantes, mais il n'était pas en mesure de les anticiper toutes.

Il sentait confusément, pourtant, qu'il valait mieux qu'elle parte. Il s'était beaucoup trop habitué à l'avoir près de lui, et après leur folle nuit, il avait du mal à penser à autre chose. Si elle retournait au Canada, les choses pourraient revenir à la normale, n'est-ce pas ?

Il l'espérait, tout en sachant qu'il se mentait à lui-même. Elle avait laissé une marque indélébile sur toute sa famille et si, en tant qu'ami, il aurait dû se réjouir de la voir retrouver sa vie d'avant, sa liberté, il n'en était rien. Au contraire, cela le rendait encore plus furieux.

La réalité était que Mina faisait désormais partie intégrante de leur vie. La joie qu'il éprouvait à la voir chaque matin, chaque soir, à vivre avec elle au quotidien, parlait d'elle-même. Et ce sentiment était encore plus fort depuis qu'ils avaient couché ensemble.

Hélas ! Il n'avait rien de plus à lui offrir. Il valait mieux qu'elle parte le plus tôt possible.

Mais il ne voulait pas qu'elle parte.

Il voulait qu'elle reste ici, auprès de lui.

C'était très égoïste, et il le savait. Comme il n'avait pas l'intention de faire évoluer leur relation, et avait décidé de ne plus faire l'amour avec elle, il n'avait pas le droit d'exiger quoi que ce soit.

Il était temps pour lui de joindre les actes à la parole ! Mais en attendant, il allait calmer ses nerfs en achevant de préparer le dîner.

— Charm, viens m'aider, s'il te plaît ! lança-t-il.

La jeune fille entra dans la cuisine en traînant les pieds, l'air si déprimé que Kiah sentit son cœur se serrer.

— Hé, qu'est-ce qu'il y a ? demanda-t-il, bien qu'il connût parfaitement la réponse.

— Rien, marmonna-t-elle, les yeux mouillés de larmes.

Kiah lui désigna une chaise.

— Assieds-toi.

Avec une réticence évidente, sa nièce obéit.

— As-tu entendu notre conversation à tous les trois ?

— Oui, mais je ne l'ai pas fait exprès.

Il secoua la tête.

— Je ne crois pas, Charm. C'est une mauvaise habitude, d'écouter aux portes. Si tu veux savoir quelque chose, tu peux le demander, mais il est interdit d'épier les conversations qui ne te concernent pas.

— Je suis désolée, s'excusa Charm. Je ne recommencerai pas, mais est-ce que Mina va vraiment rentrer au Canada bientôt ?

— Peut-être. Mais même si elle y retourne, je suis sûr que tu pourras aller lui rendre visite quand tu voudras, affirma-t-il, le ventre noué à cette perspective.

— C'est ce qu'elle a toujours dit, mais supposons qu'elle change d'avis ?

Kiah ne put retenir un petit rire.

— Écoute, je connais Mina depuis que j'ai ton âge, et elle ne dit jamais, jamais rien si elle ne le pense pas, d'accord ?

Il lui ouvrit les bras et déposa un baiser sur le dessus de sa tête humide, avant d'ajouter :

— Tout va s'arranger, Charm, tu verras.

— D'accord, oncle Kiah.

Mais bien que la jeune fille donne le change, Kiah ne pouvait s'empêcher de se demander s'il croyait lui-même à ses propres paroles.

14

Le dîner se déroula dans une ambiance tendue. Les adultes tentaient de faire bonne figure, mais Charm était inhabituellement calme et un peu revêche. À tel point qu'elle alla se coucher sitôt la table débarrassée.

Après être allé s'assurer qu'elle avait éteint sa lumière, Kiah revint au salon et demanda à Pearl :

— Penses-tu pouvoir te débrouiller seule ?

— Bien sûr. J'ai remonté la colline après m'être tordu la cheville, alors je suis sûre que je pourrai me mettre au lit sans aide !

Il se tourna vers Mina :

— Veux-tu aller prendre un verre quelque part ?

— Pourquoi pas ? dit-elle d'un ton un peu froid. Laisse-moi juste aller me changer.

Quelques instants plus tard, elle était prête.

— Allons à la plage. Nous pouvons marcher et discuter, suggéra Kiah.

La lune était presque pleine. Si Mina n'avait pas été aussi à cran, elle aurait apprécié le cadre romantique de la plage de Rickard's Cove, avec ses cocotiers en toile de fond.

Elle enleva ses sandales, et ils s'avancèrent ensemble jusqu'au bord de l'eau. Elle songea avec dépit qu'*avant,* il lui aurait sans doute tenu la main, ou aurait passé son bras autour de ses épaules...

— Tu crois que je t'en veux de ne pas m'avoir dit ce qui se passait, mais tu te trompes.

— Vraiment ? rétorqua-t-elle, sceptique. Alors, quel est ton problème ? J'ai l'impression que tu es vexé d'avoir été mis à l'écart.

— Ce n'est pas ça, Mina, dit-il d'un ton où perçait la frustration. Bien sûr, j'aurais préféré ne pas apprendre l'offre de Hamilton grâce à des bruits de couloir, mais j'ai d'autres préoccupations.

— Comme quoi, par exemple ?

— Le bien-être de Charm. Oui, je veux ce qu'il y a de mieux pour toi, et je sais que c'est à toi d'en décider. Ce ne sera pas facile, quel que soit ton choix. Charm nous a entendus parler tout à l'heure, et elle est bouleversée à l'idée de te voir partir.

Bien sûr, il pensait à Charm ! Ce qui s'était passé entre eux n'entrait pas du tout en ligne de compte.

Pas pour lui, en tout cas.

— Kiah, peu importe où je suis, elle sera toujours la bienvenue. En fait, j'adorerais l'emmener au Canada, pour lui faire visiter Toronto ou les chutes du Niagara.

— Quel cauchemar ! lâcha-t-il soudain.

— Que veux-tu dire ?

Ils s'étaient éloignés du sujet qui la préoccupait, mais elle sentait que quelque chose de profond se jouait, et elle voulait en savoir plus.

— Je ne veux pas qu'elle soit en contact avec ma mère, et je ne sais pas comment l'éviter, si l'une d'elles a envie de voir l'autre.

Avant qu'elle puisse formuler une réponse, il continua :

— Ma mère est une personne toxique, Mina, tu le sais bien. Elle a poussé Roy à faire le geste qu'il a fait, puis elle a eu le culot de demander la garde de Charm quand elle a appris que c'était moi que Karlene et Roy avaient désigné comme tuteur. Tu te souviens ?

— Bien sûr que oui, dit-elle doucement, incapable de s'empêcher de poser sa main sur son bras.

C'était l'une des pires choses qu'elle avait vécues. Ils avaient tous été choqués et horrifiés par cette tragédie. Tous, sauf la mère de Kiah, qui racontait à qui voulait l'entendre qu'elle savait que cela allait arriver. Ce Roy était le diable, un bon à rien qui lui avait volé sa fille !

Mina avait alors trouvé un avocat qui avait défendu la cause de Kiah et obtenu pour lui la garde complète.

Devant la porte du tribunal, la mère de ce dernier, furieuse, avait crié à Kiah, devant Charm et Mina, qu'elle ne voulait plus jamais avoir affaire à lui.

— Je ne peux pas la laisser influencer Charm, Mina. Surtout pas en ce moment, où elle pose des questions sur ses parents. Ma mère n'aura rien de bon à dire sur aucun d'eux... Et sur moi non plus, d'ailleurs.

Indignée, Mina lui secoua le bras, avec force.

— Écoute-moi bien, Ezéchias Langdon. Tu es un homme merveilleux, un médecin extraordinaire et un père fantastique pour Charm. Tout ce que ta mère pourra faire ou dire n'y changera rien.

Il laissa échapper un rire sans joie et, au lieu de protester, se tourna vers elle et lui dit :

— Tu penses vraiment que je suis un homme merveilleux ?

Prise à son propre piège, elle ironisa.

— Pourquoi donc es-tu si orgueilleux ? Ce n'est pas le trait de caractère que je préfère chez toi, tu le sais bien.

Il rit, franchement cette fois, et quand il la prit dans ses bras, elle s'y abandonna sans retenue, comme elle l'avait fait tant de fois auparavant.

Cependant, dans la nouvelle réalité qu'elle vivait, Kiah Langdon n'était pas seulement son ami, mais aussi son amant. L'homme qui lui avait donné plus de plaisir qu'elle n'en avait jamais rêvé.

Son corps réagit aussitôt : son rythme cardiaque passa à la

vitesse supérieure et ses seins se firent soudain plus lourds, leurs tétons durcis.

Elle avait tant envie de lui !

Comment pouvait-elle le désirer à ce point, alors qu'elle savait pertinemment que cela ne mènerait jamais nulle part ? Où était sa fierté ? Son sens de l'autopréservation ?

— Pourquoi est-ce que je te désire ainsi, Mina ? souffla soudain Kiah d'un air songeur. Quand je ferme les yeux la nuit, tout ce que je vois, c'est toi. Je t'entends crier mon nom. C'est comme si tu t'étais infiltrée dans mon sang…

— Tu me traites de virus, en quelque sorte ? plaisanta-t-elle.

— Oui, mais il n'existe pas de vaccin, je le crains…

Elle se libéra de son étreinte pour regarder son beau visage, et tenter de lire dans son regard.

— Nous ne sommes pas obligés de continuer, Kiah, nous pouvons juste être amis, même si c'est difficile. Nous sommes allés trop loin pour perdre ce que nous avons…

Lorsqu'il l'attira de nouveau contre lui et enfouit son visage au creux de son cou, elle crut qu'il allait acquiescer.

Mais au lieu de cela, il murmura :

— Une nuit de plus, Mina. Je t'en prie. Donne-moi une nuit de plus avec toi.

Il ne lui vint même pas à l'esprit de refuser.

Il avait suffi d'un baiser sur la plage, au clair de lune, pour le pousser à la folie.

Il savait que ce n'était pas bien, qu'il flirtait avec le danger, mais Kiah ne pouvait pas résister à Mina, au désir qui le prenait à chaque fois qu'elle parlait, riait, respirait…

Ses mains se mirent à courir sur son corps, glissant sous son chemisier, et il frissonna en sentant sa main sur sa nuque et ses seins contre sa poitrine.

Elle avait ri en évoquant un virus, mais c'était exactement

cela : un poison sans antidote, qui vous contaminait et ne vous quittait plus jamais...

Il se promit que ce serait la dernière fois qu'il ferait l'amour avec elle. Si cette folie n'était pas enrayée, contenue, elle le dévorerait tout entier, ravageant tout sur son passage.

— Rentrons, dit-il, avant que je te prenne là, sur le sable.

— Pas encore... Pearl n'est pas couchée.

Il laissa échapper un juron, puis posa son front contre celui de Mina.

— Pourquoi ai-je de plus en plus souvent l'impression d'être un adolescent, ces derniers temps ?

— Ce sont les joies de la cohabitation entre un homme de trente-cinq ans et sa grand-mère !

Ils éclatèrent de rire, puis Mina lui caressa tendrement la joue.

— Allons donc boire un verre en attendant !

— Non, rentrons, insista-t-il. Ce n'est pas une bonne idée, de toute façon. Puisque nous ne pouvons pas former un couple, arrêtons de nous torturer de cette manière. Ce n'est pas sain.

Ces paroles lui avaient beaucoup coûté, mais il était convaincu de leur justesse.

Avec un sourire triste, elle hocha la tête.

— Oui, tu as sans doute raison...

Elle se pencha pour ramasser ses sandales et ils retournèrent à la voiture.

Mina n'était sur l'île que depuis peu de temps, mais cela avait suffi à bouleverser sa vie, son cœur, et il en était à se demander s'il valait mieux la voir tout le temps mais ne plus la toucher, ou ne pas la voir du tout.

Et, de ces deux maux, il ignorait lequel était le moindre.

15

Le lendemain, la tension entre eux n'avait pas diminué, et Mina était heureuse de travailler, même si le fait de savoir que tout le personnel avait entendu parler de l'offre du directeur et se demandait ce qu'elle comptait faire ajoutait à la pression.

Alors que Mina déjeunait à la cafétéria, une urgence survint : un bus transportant des dizaines de passagers s'était renversé sur une route de campagne. Un appel fut lancé, demandant à tous les médecins et infirmières disponibles de se rendre aussitôt dans la salle d'accueil. Abandonnant le reste de son sandwich, Mina prit un raccourci, coupant par une partie plus ancienne du bâtiment.

Dès qu'elle atteignit les portes donnant sur l'extérieur, elle les vit s'ouvrir sur une femme enceinte, qui s'appuya sur elle pour continuer d'avancer au milieu des brancards transportant des blessés.

— Le bébé arrive ! s'écria-t-elle, son visage couvert de sueur.

— Venez avec moi, dit Mina en la guidant vers la salle de travail.

Mais, quand elle vit la femme se pencher en avant avec un gémissement, elle comprit qu'elle n'arriverait pas à travailler sans aide.

— Infirmière ! appela Mina. Infirmière !

Mais personne n'était disponible, alors dès que la future

maman put marcher à nouveau, Mina la pressa de s'installer sur le premier lit qui se présenta.

— Je suis médecin, lui dit-elle d'un ton qu'elle voulait rassurant, bien que son propre cœur se soit mis à battre follement. Cela faisait des années qu'elle n'avait pas pratiqué d'accouchement, et c'était avant son accident.

— Allongez-vous, je vais vous examiner.

Un rapide coup d'œil révéla à Mina que sa patiente avait raison : là, entre ses jambes, elle aperçut une petite touffe de cheveux.

Au moment où elle allait appeler une infirmière, son téléphone sonna dans sa poche.

En voyant s'afficher le nom de Kiah, elle activa le haut-parleur et posa l'appareil avant d'aller se laver la main et les bras.

Des gants ? Où allait-elle trouver des gants ?

— Mina ? Tu es là ?

— Oui, mais je ne peux pas parler longtemps.

— As-tu reçu l'appel pour l'accident de bus ?

— Oui, clama-t-elle, tout en cherchant en vain une serviette stérile, mais je vais mettre un bébé au monde.

— Quoi ?

— Ça vient ! Je veux pousser ! criait sa patiente.

— Tenez bon, attendez que je vous dise de pousser, d'accord ?

— Mina, où diable es-tu ? résonna la voix de Kiah.

— À la maternité !

Un autre coup d'œil lui confirma que le col était parfaitement dilaté. En regardant autour d'elle, elle trouva des gants. Comme elle ne pouvait pas en glisser un sur sa main, elle utilisa le latex stérile comme une manique.

Sa patiente se cambrait de douleur sous l'effet des contractions. Mina posa la main sur son ventre.

— Bon travail... Maintenant, poussez encore...

Tout à coup, elle eut l'impression qu'une douzaine de personnes faisaient irruption dans la pièce. Un obstétricien prit sa place, tandis qu'elle se tournait vers la porte.

Kiah secouait la tête d'un air amusé, mais ses yeux étaient un peu tristes.

Hantés.

Émue aux larmes, elle s'approcha de lui, en regrettant de ne pas pouvoir le serrer très fort dans ses bras.

— Tu pratiques des accouchements, maintenant ? Quelle est la prochaine étape ? Jongler ?

Pour détendre l'atmosphère, elle répondit en jetant ses gants dans une poubelle :

— Oui. Avec des couteaux !

Le triage des patients dura presque toute la journée, et Mina supervisa la délicate opération de la colonne vertébrale du chauffeur du bus.

— Dans le passé, nous l'aurions transporté par avion à Port of Spain, mais si vous pensez pouvoir guider le Dr Golding jusqu'ici, nous le préparerons pour l'opération, déclara le Dr Hamilton.

Mina examina l'IRM et les scanners, et discuta de l'opération avec John Golding. Puis, persuadée que le jeune médecin serait à la hauteur de la tâche, elle accepta de l'accompagner au bloc.

Kiah, une fois le triage achevé, vint observer le déroulement de l'opération.

— Qu'est-ce que tu fais là ? lui lança-t-il. Je te croyais de retour à la maternité.

Mina le fusilla du regard, avant de se concentrer de nouveau sur ce qui se passait sur la table. Sous sa supervision, John effectua une laminectomie thoracique bilatérale pour soulager la pression sur la moelle épinière du patient, puis procéda à la fusion de deux vertèbres lombaires, le tout sans aucune difficulté.

Mais, bien qu'elle soit satisfaite du résultat de l'opération, Mina ne pouvait s'empêcher de songer à l'accouchement, un moment qui l'avait beaucoup marquée.

Alors qu'elle se rappelait ce qu'elle avait ressenti en aidant ce bébé à venir au monde, elle comprit qu'elle était prête à fonder une famille. Elle n'aurait probablement jamais de bébé, mais l'adoption était une possibilité.

Hélas, le seul homme qu'elle aurait voulu comme père pour son enfant n'était pas intéressé. Kiah ne voulait pas d'enfant et même si c'était le cas, il ne la choisirait pas comme mère, de toute façon. Leur relation avait pris une tournure qu'aucun d'eux n'attendait, mais leur intimité physique n'était pas destinée à se poursuivre. Il l'avait dit clairement malgré le désir évident qu'il éprouvait pour elle et qui, selon lui, n'avait rien à voir avec l'abstinence qu'il s'était imposée.

Bien résolue à ne pas se lamenter sur son sort, Mina chassa bien vite ses pensées importunes et se concentra sur son travail.

Ce soir-là, Kiah se sentait agité, nerveux. Quand il surprit Mina, à la maternité, en train d'admirer le nouveau-né, il crut que son cœur allait exploser. L'expression de son visage où se mêlaient émerveillement et joie pure était si belle qu'il ne put que la fixer, ravi, et lui souhaiter de connaître un jour un tel bonheur.

Pourrait-il partager ce bonheur avec elle ? Sûrement pas ! Alors autant ne plus y penser.

La barrière qu'il avait érigée au fil des ans autour du sujet de la paternité était trop solide pour être abattue. La mort de son père et la douleur qu'elle leur avait causée, à lui et à Karlene, l'avaient rendu méfiant, pesant davantage encore dans sa décision de ne pas avoir d'enfant que la crainte de transmettre le caractère qu'il avait hérité de sa mère.

Bien sûr, il était officiellement le père de Charm maintenant, mais cela ne faisait que le conforter dans son choix. Il avait déjà bien du mal à élever correctement cette enfant-là, alors à quoi bon en avoir d'autres ?

Avoir une famille était le souhait le plus cher de Mina, et il ne pouvait qu'espérer avoir la force d'être heureux pour elle.

Plus tard, ce soir-là, quand il alla dans la chambre de Charm pour lui souhaiter bonne nuit, elle lui demanda :

— Oncle Kiah, tu as des photos de moi avec maman et papa ?

— Oui, dit-il, un peu mal à l'aise, tout à coup. Tu veux que je te les cherche ?

— Oui, s'il te plaît. Et... Tu pourras m'en dire un peu plus sur ma naissance ? Pas ce soir, mais bientôt ?

— Oui, ma chérie, je te dirai tout ce que tu veux savoir.

Quand il regagna le salon, Kiah avait l'impression que son monde, si stable il y a quelques semaines encore, vacillait maintenant comme du sable mouvant sous ses pieds.

— Charm s'interroge sur ses parents, lâcha-t-il sans préambule, surpris de voir Mina aussi silencieuse.

— Ce n'est pas surprenant ! soupira Pearl.

— Sais-tu où nous avons mis les photos, après notre retour du Canada ?

— Oui. Elles sont dans une boîte, dans mon armoire. Nous les descendrons demain.

— Et j'en ai aussi quelques-unes chez moi, ajouta Mina. Je pourrai vous les envoyer. Cela amusera sans doute Charm de regarder des photos de toi au lycée et à l'université, Kiah, ainsi que des portraits de ses parents.

— Tu me ferais ça ? Tu lui montrerais mes coiffures et mon look ridicule de l'époque ?

— Je vais me gêner ! rétorqua-t-elle en riant.

C'étaient ces moments-là qui lui manqueraient le plus quand elle serait partie. Les plaisanteries faciles. La légèreté...

Il était déjà sûr du choix qu'elle allait faire. Le petit hôpital de Saint-Eustache ne pourrait pas la retenir, pas alors qu'on lui offrait un poste prestigieux à Toronto.

Quand tout le monde fut couché, Kiah s'allongea sur le canapé et regarda un documentaire dans l'espoir que la voix du commentateur et le clignotement de l'écran l'aideraient à s'endormir.

Soudain, une porte s'ouvrit doucement dans le couloir et Mina entra dans la pièce.

— Tout va bien ?

— Oui, répondit-elle en se dirigeant vers la cuisine.

Elle revint quelques instants plus tard avec un verre d'eau et passa la tête par la porte du salon.

— Kiah, peux-tu me donner le nom de l'acupuncteur dont tu m'as parlé il y a quelque temps ?

— Les douleurs sont revenues ?

Elle acquiesça de la tête, et il eut soudain envie de la soulever et de l'emporter dans sa chambre pour l'aimer jusqu'à ce que sa main manquante soit la dernière chose à laquelle elle pense.

Au lieu de cela, il murmura :

— Je te donnerai sa carte demain matin. En attendant, viens ici. Je veux essayer quelque chose.

Elle hésita un instant, puis répondit :

— Je vais juste prendre un antidouleur et essayer de dormir un peu.

— Allez, viens, insista-t-il en tapotant le coussin près de lui.

Encore réticente, elle s'avança lentement vers le canapé et s'assit près de lui.

— Bon. Maintenant, ferme les yeux et donne-moi tes mains.

— Tu veux dire… « ta » main, n'est-ce pas ? demanda-t-elle, en ouvrant un œil.

— Non.

Alors qu'elle fermait de nouveau les yeux, il commença à lui faire un doux massage de la main droite.

Il sentit ses doigts se crisper.

— Quand as-tu parlé à tes parents pour la dernière fois ?

— Avant-hier. Je leur parle au moins deux fois par semaine.

— Comment vont-ils ? Sont-ils toujours en Floride ?

— Ce n'est pas encore le printemps en Ontario. Ils n'y retourneront pas à moins d'être sûrs qu'il n'y a plus de neige. Papa dit qu'il est trop vieux pour ça.

Il ajusta la pression de sa main, et il l'entendit soupirer.

— Et Braden ? Qu'est-ce qu'il fait ? poursuivit-il. As-tu déjà rencontré sa fiancée ?

— Non, je ne suis pas allée en Colombie-Britannique depuis qu'ils ont commencé à se fréquenter, mais je les ai invités à venir me voir ici. Ils ne sont jamais venus à Saint-Eustache.

— Ah oui ?

Sa voix était plus rauque, tout à coup, et la tension érotique croissante.

— Il... Il demande tout le temps de tes nouvelles.

Kiah ne répondit pas, trop occupé à la masser. Soudain, une porte s'ouvrit, rompant le charme de l'instant.

— Ezéchias, c'est toi ?

— Oui, mamie. Je suis avec Mina.

— Vous devriez être au lit, tous les deux.

Kiah ne put se retenir de sourire.

— Oui, mamie, tu as raison.

— Allez donc vous coucher, il est tard.

Alors que Pearl refermait sa porte, Kiah vit les yeux de Mina briller à la faible lueur de la télévision.

— Comment te sens-tu, maintenant ?

— Bien. Merci.

Elle se leva avant de perdre la tête.

— Je vais suivre le conseil de Pearl, dit-elle en baissant les yeux. Bonne nuit...

Puis elle s'éloigna, le laissant au comble de l'excitation.

16

Le lendemain, après deux jours d'immobilité forcée, Pearl était d'humeur morose.

— Peu importe votre avis, lança-t-elle à Kiah et Mina, je dois aller à Red Ground demain, et j'irai !

— Vous devriez être en assez bonne forme, lui dit Mina avec prudence. Mais il vaudrait mieux ne pas rester debout toute la journée.

— Je suis censé aller à Morningside demain en taxi, aux frais de l'hôpital. Red Ground est sur ma route, je pourrais t'y déposer, suggéra Kiah.

Il avait parlé d'un petit hôpital où il devait se rendre pour effectuer quelques interventions non urgentes afin que les patients n'aient pas à parcourir toute l'île pour se faire opérer. Il n'avait pas proposé à Mina de l'accompagner et, bien que cela l'ait contrariée, elle n'en avait rien laissé paraître.

Après tout, il était préférable de mettre un peu de distance entre eux. Hier soir, le désir qu'il avait éveillé en elle l'avait empêchée de trouver le sommeil. Heureusement, son massage avait chassé ses douleurs fantômes, de sorte qu'elle s'était sentie plus détendue pour affronter cette nuit presque blanche.

Ce soir-là, le ton monta entre Pearl et Charm qui, après avoir été envoyée dans sa chambre par son arrière-grand-mère, en claqua la porte avec violence.

Comme Pearl s'apprêtait à crier de nouveau, Kiah intervint.

— Laisse-la tranquille, maintenant, mamie. Elle est bouleversée.

— Et alors, est-ce une raison pour claquer sa porte ainsi ? De mon temps, cela méritait une bonne fessée !

— Les temps ont changé, et c'est une bonne chose, répliqua Kiah avec douceur, mais fermeté.

La vieille dame serra les lèvres, un peu honteuse. Peu de temps après, elle déclara qu'elle était fatiguée et alla se coucher.

Soucieuse d'aider l'adolescente, Mina alla frapper à sa porte. Comme elle n'obtenait pas de réponse, elle insista : rien. Alors elle passa la tête par l'entrebâillement, et ce qu'elle découvrit la toucha au plus profond.

Charm était recroquevillée sur son lit, encore tout habillée, endormie. Des traces de larmes étaient clairement visibles sur ses joues, et même au repos, elle avait l'air malheureux.

Sur la pointe des pieds, elle entra, trouva la chemise de nuit de la jeune fille sous son oreiller et la réveilla doucement.

— Va te changer et te laver les dents, dit-elle en l'aidant à se lever pour la conduire dans la salle de bains.

Quand Charm eut terminé, elle retourna se coucher, mais Mina était un peu inquiète, car elle avait le front légèrement chaud.

— Tu te sens bien ?

— Oui, répondit Charm qui sombrait déjà dans le sommeil.

En se penchant pour la border, Mina déposa un baiser sur sa joue et caressa ses tresses.

— Dors bien, murmura-t-elle.

Quand elle se redressa, elle vit Kiah sur le seuil, qui la regardait. Elle posa un doigt sur ses lèvres et sortit de la chambre. Il lui saisit la main au passage et l'entraîna dans le couloir, et jusqu'à sa chambre.

Ils se jetèrent sur le lit. Ils n'auraient pas dû être ensemble, avec sa nièce endormie au bout du couloir, et sa grand-mère à l'autre extrémité de la maison, probablement encore éveillée.

Mais rien ne pouvait briser l'élan qui les poussait tous deux à se toucher, à se goûter, à donner et à prendre.

Ce fut une révélation érotique pour Mina, rendue plus intense encore par la nécessité de faire vite et de rester silencieuse...

Il ne fallut pas longtemps à Kiah pour la faire jouir une première fois. Il savait déjà ce qui la faisait vibrer et perdre le contrôle... Après avoir étouffé le petit cri qui sortait de sa bouche, il attendit que la vague de l'orgasme passe et qu'elle s'abandonne entre ses bras.

Puis il recommença à l'embrasser, faisant courir ses mains sur son corps jusqu'à ce qu'elle se cambre contre lui, réclamant davantage. Alors, n'y tenant plus, il entra profondément en elle, et ce fut à son tour de le faire taire d'un baiser...

Ils se donnèrent l'un à l'autre dans une étreinte sauvage et passionnée, ondulant au rythme de leur désir, jusqu'à ce qu'une vague de félicité les submerge tous deux et qu'ils jouissent en silence, bouche contre bouche.

Il la tint contre lui pendant un long et doux moment, le temps que leur souffle s'apaise. Puis, à contrecœur, Mina se rhabilla et regagna sagement sa chambre après avoir donné à Kiah un dernier baiser.

Le lendemain matin, Charm annonça qu'elle ne se sentait pas bien et retourna se coucher sans avoir pris son petit déjeuner. Malgré la réticence de Pearl, Mina, qui ne travaillait pas ce jour-là, proposa de veiller sur elle.

— Je vais rester auprès d'elle aujourd'hui, dit-elle en entendant le taxi de Kiah klaxonner dehors. Je suis sûre qu'elle ira mieux ce soir.

Mais Charm montra des signes d'aggravation au fil de la journée, se plaignant d'un violent mal de tête, et avec une montée de température qui inquiéta Mina. Comme c'était la saison de la grippe, même sous les tropiques, elle lui donna une dose d'acétaminophène et redoubla de vigilance.

Elle appela Kiah en début d'après-midi et lui laissa un message lui demandant de la rappeler, mais elle savait déjà qu'il fallait prendre une décision, et vite. Charm était somnolente, se plaignait désormais de douleurs articulaires et vomissait.

Toutes sortes de pensées horribles traversèrent l'esprit de Mina, qui se rappela le récent voyage en camping de la jeune fille : encéphalite, méningite, le redouté chikungunya... Aucune de ces pathologies n'étant à exclure, elle prit la décision d'emmener Charm à l'hôpital.

Devait-elle appeler une ambulance ? Le chauffeur de taxi que la famille sollicitait presque quotidiennement ?

Elle alla chercher une bassine dans les toilettes, prit les clés de la voiture de Kiah et son sac à main, puis installa Charm sur le siège passager. Comme elle se glissait derrière le volant, son téléphone sonna.

— J'ai eu ton message, dit Kiah. Qu'est-ce qu'il se passe ?

— Charm est léthargique, avec des douleurs articulaires et un mal de tête si intense qu'elle a vomi. Ce n'est peut-être qu'une grippe, mais je l'emmène à l'hôpital.

— As-tu appelé une ambulance ?

— Non, je vais la conduire moi-même.

— Bon sang, Mina !

Il savait qu'elle n'avait pas conduit depuis l'accident, et qu'elle n'était pas habituée à circuler sur le côté gauche de la route. Si elle s'inquiétait au point de prendre ce genre de risque, c'est que l'état de Charm était sérieux...

— Je suis sûre qu'elle va s'en sortir, dit-elle pour le rassurer, même si sa propre anxiété était au plus haut. Je serai très prudente. Je t'appellerai de l'hôpital.

Heureusement, la voiture était automatique, et une fois qu'elle eut passé la vitesse, il ne resta plus qu'à tourner le volant.

— Nous serons bientôt arrivées, d'accord ? dit-elle à Charm, qui gémissait près d'elle. On va te soigner.

Une fois devant l'entrée des urgences, elle découvrit que

Kiah avait averti ses collègues, et une infirmière les attendait avec un fauteuil roulant.

— Ne me laisse pas, Mina ! dit Charm en s'accrochant à elle.

— Non, ne t'inquiète pas…

— Le Dr Jonas nous attend, dit l'infirmière en chef à Mina, une fois qu'elle fut entrée, et le Dr Langdon arrive de Morningside. Il nous a confirmé qu'il vous autorisait à prendre toutes les décisions nécessaires concernant Charmaine jusqu'à son arrivée.

Neil Jonas examina Charm, puis lui annonça :

— Je vais sortir discuter avec le Dr Haraldson quelques instants, puis elle reviendra et restera avec toi, d'accord ?

Mina sentit les doigts de Charm serrer les siens.

— Tu reviens vite, hein ?

Mina se pencha et déposa un baiser sur le front fiévreux de Charm.

— Oui, promis…

— Ça peut être une mauvaise grippe, dit Neil Jonas, mais j'aurais besoin d'en savoir un peu plus…

— Elle est allée camper pendant les vacances, expliqua Mina. J'ai pensé à un virus transmis par les insectes, qui peuvent même causer une encéphalite ou une méningite.

Neil Jonas acquiesça.

— Je ne veux pas plaisanter avec ça. Nous avons eu un cas d'encéphalite virale dans la partie nord de l'île, près de l'endroit où elle campait, la semaine dernière, donc il faut tenir compte de ce précédent.

Mina prit une profonde inspiration, sachant ce qu'il s'apprêtait à ajouter.

— J'aimerais faire une ponction lombaire avant de commencer à la traiter avec des médicaments dont elle n'a peut-être pas besoin.

C'est alors que Mina comprit : médecin ou non, quand il s'agissait d'un enfant qu'on aimait, toute décision était délicate.

Les larmes aux yeux, elle redressa les épaules. Elle avait

envie d'appeler Kiah, de le laisser décider, mais elle savait qu'il réagirait comme elle et supporterait mal l'idée de soumettre Charm à une procédure aussi douloureuse et potentiellement dangereuse.

Pourtant, Mina soupçonnait, tout comme le Dr Jonas, que l'état de Charm était assez grave pour nécessiter un traitement lourd, et que les simples anti-inflammatoires ne suffiraient sans doute pas.

Si elles n'étaient pas diagnostiquées et traitées rapidement, l'encéphalite et la méningite pouvaient se révéler mortelles, ou laisser de graves séquelles. Pas question de prendre ce risque !

Elle se tourna vers le Dr Jonas.

— D'accord, faites la ponction lombaire. Est-ce que vous m'autorisez à rester avec elle pendant l'examen ?

D'ordinaire, on déconseillait aux parents d'être présents, mais elle avait promis de rester avec Charm, et elle voulait tenir cette promesse.

— Exceptionnellement, dit le Dr Jonas avec un regard complice. Vous connaissez les enjeux mieux que quiconque, donc si vous pensez pouvoir le supporter, je suis d'accord.

— Bien sûr que j'en suis capable ! affirma-t-elle avec beaucoup plus d'assurance qu'elle n'en éprouvait.

17

Saint-Eustache était une petite île et il ne fallait pas plus de quatre ou cinq heures pour en faire le tour. Mais Kiah avait soudain l'impression qu'elle faisait la taille du Canada et qu'il mettait une éternité pour regagner Port Michael.

— Ezéchias, tu sais que Mina n'accepterait jamais un examen qu'elle ne juge pas nécessaire, assura Pearl.

Mais sa voix vacillait, montrant à quel point tout cela l'affectait aussi.

Lorsqu'ils arrivèrent enfin à l'hôpital, il était une boule de nerfs, prêt à repousser tous ceux qui se mettraient sur son chemin.

Neil Jonas était au poste des infirmières quand il fit irruption dans le service ; il le salua brièvement et dit d'un ton grave :

— C'est une encéphalite virale. Les résultats du laboratoire viennent d'arriver, et j'ai demandé un traitement. Je veux la garder en observation pendant quelques jours, mais bien que ce soit un cas difficile, il a été détecté assez tôt pour qu'on puisse espérer un rétablissement complet.

Quand il entra dans la chambre d'hôpital, même la vue du visage fatigué de Mina ne parvint pas à le calmer. Seul le sourire de Charm apaisa sa rage et il se pencha pour déposer un baiser sur son front.

— Comment te sens-tu, ma chérie ?

— Un peu mieux. On m'a dit que le mal de tête devrait bientôt disparaître, mais Mina a demandé qu'on baisse la lumière. Et je dois rester allongée, à cause de ce qu'ils ont fait à mon dos.

— Je suis trop vieille pour que tu me fasses des frayeurs pareilles, jeune fille ! lâcha Pearl. Mon cœur ne peut pas supporter le stress.

— Asseyez-vous, Pearl, dit Mina en se levant. Je vais voir si je peux trouver une autre chaise quelque part.

Kiah lui emboîta le pas.

— Je reviens tout de suite, Charm. Mamie, tu veux bien lui tenir compagnie, s'il te plaît ?

— Oncle Kiah, attends..., murmura Charm en retenant sa main. Peux-tu me rapporter quelque chose à manger ? J'ai faim.

— D'accord, ma chérie...

Une fois dans le couloir, comme il ne trouvait pas Mina, il se dirigea vers le bureau des infirmières.

— Avez-vous vu le Dr Haraldson ?

L'infirmière de service désigna la porte menant à l'escalier, et Kiah la remercia d'un signe.

Lorsqu'il ouvrit la porte, il n'entendit pas de bruit de pas, mais un son faible, presque imperceptible, qui résonnait dans la cage d'escalier. Il semblait venir des étages, au-dessus de lui. Bien que l'escalier n'offre pas d'accès au toit, toujours fermé à clé, il monta au lieu de descendre et découvrit Mina, assise sur une marche, en train de sangloter.

Elle avait dû l'entendre, car elle leva la tête, et la vision de son visage mouillé de larmes et de ses yeux rougis, au lieu d'apaiser sa rage, ne fit que l'attiser.

Elle dut le lire dans ses yeux, car elle se redressa et fit un pas vers lui.

— Kiah, s'il te plaît, ne sois pas fâché contre moi maintenant. Je ne pense pas que je pourrais le supporter.

Elle avait l'air si abattu, si triste, qu'il comprit soudain : il n'était pas en colère contre elle.

Toute sa fureur était dirigée contre lui-même.

C'est lui qui l'avait mise en position de prendre la délicate décision d'effectuer cette ponction lombaire, lui qui avait causé cette douleur si clairement gravée sur son visage.

— J'ai fait ce que je pensais être juste, pour Charm, murmura-t-elle entre deux sanglots. Tu sais que je ne ferais jamais rien pour la blesser, n'est-ce pas ?

Il aurait voulu lui dire qu'il savait, qu'il comprenait, mais toutes les craintes et les terreurs accumulées lui serraient la gorge, l'empêchant d'émettre un seul son.

Soudain, la vague le frappa avec violence, et il crut qu'il allait se noyer. Soudain, il avait de nouveau douze ans et regardait son père mourir, impuissant. Sa mère lui faisait mille reproches, alors qu'il avait fait la seule chose possible, à savoir appeler une ambulance... Puis, bien des années plus tard, un scénario similaire s'était produit : quand Karlene et Roy avaient tragiquement disparu, il s'était dit qu'il n'avait pas su leur apporter l'aide et le soutien dont ils auraient eu besoin pour traverser les moments les plus difficiles.

Et voici que maintenant, il confiait à Mina la responsabilité de Charm, au lieu de la prendre en charge lui-même, comme il l'aurait dû. Il ne l'avait vue pleurer ainsi qu'une seule fois auparavant, quand elle avait perdu sa main.

Puis, pour aggraver encore les choses, il s'était mis en colère, alors que tout était sa faute.

Comment avait-il pu se comporter ainsi ? Causer tant de souffrance, une souffrance qui se retournait contre lui avec une violence telle qu'il avait envie de frapper les murs, de hurler ?

— Kiah...

La voix de Mina interrompit ses pensées, et il se rendit compte soudain qu'elle avait passé son bras autour de sa taille pour le soutenir, et posé la main sur sa joue. Son regard inquiet cherchait le sien.

Comme si c'était lui qui avait besoin de réconfort !

Une fois de plus, il avait échoué à faire ce qu'il fallait.

Incapable de parler, d'exprimer tout ce qui le tourmentait, il se pencha et embrassa le front de Mina, tandis que les larmes lui montaient aux yeux.

— Kiah, elle va s'en sortir. C'est le plus important.

Mais il ne pouvait pas entendre cela en ce moment. Tout ce qu'il pouvait faire, c'était de se libérer de l'étreinte de Mina et de s'éloigner, avant de lui faire plus mal. Encore.

Mina réussit à atteindre les toilettes pour femmes avant de craquer de nouveau, se cachant dans une cabine pour verser toutes les larmes de son corps.

Maudit Kiah ! Il lui avait donné l'impression qu'elle n'avait pas fait de son mieux pour aider Charm... et qu'elle avait échoué sur toute la ligne, et en premier lieu avec lui.

Elle ne trouvait pas dans son cœur la force de lui pardonner. Pas encore. Peut-être cela ne se produirait-il jamais.

Toutes ces années d'amitié partagées, les liens qui les unissaient avaient été brisés, parce qu'il ne lui faisait apparemment pas confiance pour prendre soin de Charm. Pourtant, il savait qu'elle aimait la jeune fille presque autant que lui.

Comment interpréter autrement la colère qu'elle avait vue dans ses yeux ?

Quand Charm avait subi sa ponction lombaire, elle l'avait entendue pleurer de douleur et, même si cela lui était insupportable, elle avait tenté de la calmer. L'amour qu'elle ressentait pour Charm était si fort qu'il aurait pu rivaliser avec celui qu'elle portait à Kiah lui-même.

Avait-il oublié tout ce qu'elle avait vécu avec sa nièce, ou n'avait-il pas compris à quel point Charm comptait à ses yeux ? Mina n'aurait jamais, au grand jamais, fait quoi que ce soit qui pût nuire à la jeune fille, et il le savait.

Comment faire face à Kiah, désormais ? Comment avait-il

pu perdre la confiance qu'il avait toujours eue en elle alors qu'il s'agissait d'une question de vie ou de mort ? Sans cette confiance, leur amitié existait-elle encore ?

Ce n'est que maintenant qu'elle réalisait à quel point faire l'amour avec lui avait été une erreur encore plus grave qu'elle ne le pensait. En se liant ainsi à lui, elle s'était rendue prisonnière.

Et c'est elle qui en payait désormais le prix. En commettant l'erreur de tomber amoureuse de son meilleur ami, elle n'avait réussi qu'à gâcher leur belle amitié.

Cela faisait trop longtemps qu'elle reportait la décision concernant son avenir, mais maintenant, elle savait ce qu'il lui restait à faire.

Il était impossible qu'elle reste à Saint-Eustache et voie Kiah tous les jours. Pour être tout à fait honnête avec elle-même, elle avait très envie de rester. Elle aimait cet endroit, appréciait Charm et Pearl, et était persuadée de pouvoir apporter quelque chose aux habitants de l'île. Son travail aurait un véritable impact sur la communauté, et pour longtemps. L'idée de retrouver le stress d'un grand hôpital ne l'attirait guère, malgré le poste prestigieux qu'on lui offrait.

Il y a un peu plus d'un an, elle aurait saisi cette opportunité, prête à tout pour décrocher un poste d'adjoint au chef de service, mais elle était différente, aujourd'hui. Maintenant, concilier vie professionnelle et vie personnelle était devenu pour elle une priorité, et elle n'avait pas l'intention de briser ce fragile équilibre.

Il était même fort probable, en fait, qu'elle n'accepte aucun des deux postes qu'on lui proposait. Après tout, personne n'avait besoin de connaître ses intentions. Il lui suffisait de refuser le poste qu'on lui proposait ici en prétextant un retour au Canada dès qu'elle serait libérée de son contrat actuel.

Comment allait-elle gérer le reste de son séjour sur l'île, avoir avec Kiah des mots qu'ils regretteraient tous les deux ? Elle avait beau être furieuse contre lui, elle savait qu'elle allait se calmer, mais aussi qu'entre eux, rien ne serait plus jamais comme avant. Elle devait se cacher derrière une façade amicale, pour ne pas contrarier Charm ni mettre la puce à l'oreille de Pearl.

Tout cela lui semblait insoutenable et lui donnait envie de s'enfuir, de s'isoler, comme elle l'avait fait après son divorce et la perte de sa main.

Mais ce n'était pas possible, hélas. Elle s'était engagée à rester à Saint-Eustache, au moins pour un peu plus longtemps, et même Kiah ne pourrait pas l'empêcher de tenir ses promesses.

Si cette situation avait un point positif, songea-t-elle en allant se rafraîchir, c'était sans doute qu'elle avait permis de mettre fin à sa relation physique avec Kiah.

Quelle que soit la force de son désir, elle ne pouvait pas offrir son corps à un homme qui ne lui faisait pas confiance.

Quand elle eut recouvré son calme, Mina retourna dans la chambre de Charm, qu'elle trouva endormie sous les yeux attendris de Pearl.

La vieille dame se leva dès qu'elle entra et la prit dans ses bras. Se sentait-elle soudain plus fragile qu'auparavant, comme si la peur de perdre Charm l'avait vidée de ses forces ?

— Mina, mon enfant, merci d'avoir été là pour Charm et d'avoir agi si rapidement, chuchota-t-elle. Je suis si heureuse que tu aies pu la soutenir, même si je sais que ça a dû être dur.

Mina l'étreignit à son tour, heureuse de la reconnaissance que la vieille dame lui manifestait. Au moins, quelqu'un appréciait son geste !

— Ce n'était pas facile, mais elle va s'en sortir, et c'est ce qui compte.

— C'est vrai. Mais tu dois être épuisée. Pourquoi ne vas-tu pas te reposer ? Tu reviendras plus tard.

Mina acquiesça.

— Je reviendrai plus tard. Je prendrai un taxi.

Alors que Mina se dirigeait vers la porte, Pearl ajouta :

— Mina, veux-tu bien me faire une faveur avant de partir ?

— Bien sûr.

— Ezéchias a dit qu'il allait chercher quelque chose à manger pour Charmaine, mais il n'est toujours pas revenu. Pourrais-tu aller voir, s'il te plaît ?

Mina retint ses larmes.

— Je l'ai vu. Je crois qu'il va bien, mais il est en colère à cause de cette ponction lombaire, et…

— Non, mon enfant. Ce n'est pas pour ça qu'il est en colère. Depuis la mort de son père, il porte le poids de cette famille sur ses épaules. Sa mère lui reproche de ne pas avoir sauvé Benjamin, son père, et…

— Sa mère a fait ça ? coupa Mina, incrédule. Il ne me l'a jamais dit.

Pearl hocha la tête d'un air grave.

— À cause de cette femme, il n'a pas appris à maîtriser ses émotions, et il se met facilement en colère, comme beaucoup d'hommes. C'est le seul moyen qu'il connaisse pour se défouler.

Et Mina savait à quel point Kiah avait été marqué par sa mère, à la fois physiquement et émotionnellement. Plus d'une fois, adolescent, il lui avait confié qu'il craignait de devenir comme elle, amer et violent.

Éprouvait-il encore ce sentiment ? Avait-il peur de ses réactions, et essayait-il de les museler au lieu d'apprendre à vivre avec ?

S'était-il éloigné non pas parce qu'il était furieux contre elle, mais parce qu'il combattait ses démons intérieurs et avait peur de s'en prendre à elle ?

Il n'y avait qu'une seule façon de le savoir.

— Je vais le trouver, Pearl, et m'assurer qu'il va bien.

18

Elle trouva Kiah en train de faire les cent pas dans le jardin du sanctuaire, derrière la chapelle de l'hôpital. Le soleil se couchait, le ciel et l'eau de la petite fontaine se teintaient joliment de rose, mais Kiah n'en avait même pas conscience. La tête baissée, il marchait de long en large, les poings serrés. Il souffrait, c'était évident.

Ne voulant pas l'effrayer, car il n'avait pas encore remarqué sa présence, Mina s'avança vers lui. Dès qu'il leva la tête, la question fusa :

— Est-ce que Charm… ?

— Elle va bien, rassure-toi. Elle dort, et Pearl la surveille. Nous étions inquiètes pour toi et je voulais m'assurer que tu allais bien avant de partir.

— Je vais bien. J'ai juste besoin d'un peu de temps. Mina, je ne peux pas…

Elle leva la main, anticipant ses paroles.

— Tu peux, Kiah. Tu peux me dire ce qui se passe dans ta tête.

— Non, je ne peux pas. Pas maintenant.

Elle dit alors la première chose qui lui venait à l'esprit.

— J'ai pris peur, quand j'ai compris que Charm était dans un état sérieux, et cela m'a rendue furieuse. Je le suis toujours, d'ailleurs. Aucun enfant ne devrait avoir à vivre cela. Mais je ne suis pas en colère contre toi. Es-tu en colère contre moi ?

Il se tourna vers elle. Il avait l'air si angoissé qu'elle avait mal pour lui.

— Non ! Mon Dieu, Mina, comment peux-tu croire une chose pareille ?

— Alors contre qui, ou plutôt contre quoi es-tu en colère, Kiah ?

Il s'éloigna, puis se rapprocha d'elle et dit gravement :

— Tout. Charm était malade, et je n'étais pas là pour l'aider. Il a fallu que ce soit toi qui appelles l'hôpital, et que tu traverses cette épreuve avec elle. C'est...

Il s'interrompit.

— Je n'ai jamais voulu te faire de mal, Mina, et pourtant je l'ai fait, en te demandant de prendre une responsabilité qui n'était pas la tienne.

— Tu te trompes. J'aime Charm, et lui prodiguer des soins a été la chose la plus naturelle du monde pour moi.

— Mais je n'aurais pas dû.

— Pourquoi pas ?

— Ce n'était à toi de porter ce fardeau, mais à moi !

Elle le regarda, atterrée.

— Alors pour toi, je suis cette petite fleur fragile que tu dois protéger des aléas de la vie ?

— Tu sais que je ne voulais pas le dire de cette façon...

— Vraiment ? Parce que c'est comme cela que je l'ai compris.

Il se tourna vers elle, les yeux brillants.

— Tu ne vois pas que j'essaye de te protéger ? J'ai juste besoin d'un peu de temps pour me ressaisir afin de ne pas exploser. Peux-tu m'accorder ça ?

— Non...

Comme il la regardait sans comprendre, elle dit la dernière chose à laquelle il devait s'attendre.

— Je suis ton amie, et je suis là pour t'écouter t'emporter, pour pleurer avec toi, si c'est ce que tu veux. Pour te serrer dans mes bras, quand tu en as besoin. Garder toutes ces émotions pour toi ne sert à rien, Kiah. Au contraire, ça te fera encore plus mal.

Le regard qu'il lui lança était incendiaire et fit courir un frisson glacé dans son dos. Mais il n'était pas question de reculer maintenant.

— Je peux me débrouiller tout seul !

Elle hocha lentement la tête, mais au lieu de s'éloigner, elle s'approcha de lui, et le vit se raidir.

— Tu sais que tu n'es pas comme ta mère, n'est-ce pas ?

Il recula, comme si elle l'avait giflé.

— Quoi ?

— Tu n'es pas comme ta mère, Kiah. Tu ne fais pas de mal aux gens parce que tu es en colère. Tu ne jettes pas des objets, tu ne menaces pas les gens, tu ne perds pas ton sang-froid et tu ne dis pas intentionnellement des choses blessantes. Tu as un tempérament volcanique, mais tu le contrôles et, dans des moments comme celui-ci, tu dois exprimer ta colère avec quelqu'un qui se soucie de toi, qui te comprend et n'a pas peur de tes éclats.

Il recula, interdit.

— Tu ne sais pas ce que tu dis.

— Vraiment ? Je me souviens du jour où tu es arrivé à l'école avec une coupure sur la tête. Tu as dit à tout le monde que tu étais tombé, mais je t'ai fait avouer que ta mère t'avait jeté une bouteille. Pour ne pas riposter, tu t'étais enfermé dans la salle de bains. Et cette autre fois, à l'université, quand ces deux types t'ont sauté dessus. Tu t'es défendu, mais une fois qu'ils étaient à terre, tu t'es éloigné. Tu aurais pu les mettre K-O, mais tu ne l'as pas fait. Ou encore...

— Arrête...

— Les gens qui t'aiment savent l'homme que tu es, et n'ont pas peur de toi. Je n'ai pas besoin que tu te sentes responsable de ma vie, car tu ne l'es pas.

Elle posa sa main sur son bras, et ses muscles, déjà tendus, durcirent encore sous ses doigts.

— Parfois, il faut accepter que les rôles soient inversés. J'ai été heureuse de prendre cette décision concernant Charm aujourd'hui, pour que tu n'aies pas à le faire. Je savais à quel point ça te ferait mal de devoir accepter la ponction lombaire, à quel point ça te déchirerait de la voir passer par là, alors je l'ai fait pour toi, par amour.

— Je n'aime pas te voir souffrir.

— Je sais, dit-elle doucement, mais parfois, c'est inévitable, et tu le sais, en tant que médecin, en tant qu'homme. Il faut l'accepter.

Il ferma les yeux, et son cœur saigna de le voir si vulnérable.

— Que vais-je faire sans toi, quand tu seras partie ?

Tous les sentiments qu'elle éprouvait pour lui remontaient à la surface, mais elle savait qu'elle devait trouver le courage de dire sa vérité, quelles qu'en soient les conséquences.

— Tu n'auras pas à le découvrir, si tu ne le veux pas.

Son regard intense captura le sien. Il ne lui demanda pas ce qu'elle voulait dire, mais elle sentit qu'il se figeait, comme s'il avait cessé de respirer.

— Je t'aime, Kiah, plus que je n'aurais jamais pensé pouvoir aimer quelqu'un, et je veux rester ici avec toi. Mais tu dois décider si toi, tu le veux ou non.

Elle faillit se taire, trop effrayée pour continuer, mais elle se sentait forte et avait besoin qu'il sache qu'elle l'acceptait et l'aimait tel qu'il était. Après avoir pris une profonde inspiration, elle trouva le courage de poursuivre :

— Ça me fait peur, Kiah, de t'aimer ainsi. Tu ne perdras jamais mon amitié, mais nous pourrions être tellement plus, toi et moi… Je te veux pour moi, je veux t'aider à élever Charm, même si nous n'avons jamais d'enfants à nous, puisque ce n'est pas ce que tu veux. Être là pour toi dans les bons et les mauvais moments, comme nous l'avons toujours été l'un pour l'autre depuis ce premier jour, dans la classe de Mme Nowac. Tout ce que je veux, tout ce dont j'ai besoin, c'est toi.

Il n'avait toujours pas bougé ni parlé, alors Mina lui caressa doucement la joue, puis s'éloigna.

C'était à lui de décider, maintenant... Quand elle tourna les talons, et qu'il ne réagit pas, elle crut que son cœur allait se briser.

Kiah essayait de comprendre toutes les choses que Mina avait dites, mais ses paroles tourbillonnaient dans sa tête, jusqu'à perdre leur sens. Il était si ému qu'il pouvait à peine respirer.

Voilà ce que l'amour faisait à un homme ! Il lui brouillait les idées, le laissant aussi démuni que l'enfant qui vient de naître.

Mina avait toujours eu cet effet sur lui. Et dès le premier jour de leur rencontre, il aurait fait n'importe quoi pour elle, jusqu'à donner sa propre vie.

Elle lui avait dit qu'elle l'aimait, qu'elle voulait être avec lui, puis, presque en même temps, qu'elle pouvait retourner à Toronto.

Elle avait prétendu être prête à renoncer à son rêve d'avoir une famille à elle, juste pour être avec lui, mais le pensait-elle vraiment ? Il avait entendu ce qu'elle avait dit à son sujet, mais y croyait-il ? Il n'était pas sûr de vouloir prendre le risque de le découvrir...

Pourtant, Mina pensait toujours ce qu'elle disait. Et elle le connaissait mieux que parfois il se connaissait lui-même. Était-il possible de croire en lui comme elle le faisait ?

Pourrait-il supporter de la perdre ? De la laisser retourner à Toronto, en emportant avec elle la lumière, l'amour et le bonheur qu'elle lui avait donnés ?

Maintenant, il se sentait presque physiquement malade – il avait du mal à déglutir, une sensation oppressante dans la poitrine...

Elle avait raison, comme d'habitude. Il laissait ses peurs

dominer sa vie, s'accrochait à son douloureux passé au lieu d'aller de l'avant.

Elle avait aussi dit autre chose de très vrai : ils étaient meilleurs ensemble que chacun de son côté, et il en avait toujours été ainsi.

Elle avait été là pour lui dans les meilleurs et les pires moments de sa vie, ferme et forte, belle et courageuse.

Mina était tout pour lui. Elle apportait la paix et la joie dans son cœur, et le réconfort à son âme meurtrie et déchirée. Lui aussi l'aimait plus qu'il n'aurait jamais cru pouvoir aimer. Dieu merci, il avait enfin trouvé le sens et le courage de l'admettre.

Et il la laissait partir comme ça, sans un mot ?

Quel imbécile !

N'écoutant que son instinct, il se mit à la poursuivre, et la rattrapa alors qu'elle s'apprêtait à monter dans le taxi de M. Brown, devant les portes principales de l'hôpital.

Il y avait tant de choses qu'il voulait dire, lui dire, mais tout ce qu'il put faire à ce moment-là fut de l'appeler par son nom.

Mina se retourna, les yeux écarquillés alors qu'elle réalisait ce qu'il s'apprêtait à faire.

Mais elle ne résista pas quand il la prit dans ses bras et l'embrassa comme si sa vie en dépendait.

— Je vais tout raconter à Pearl !

C'est le cri de M. Brown qui les sépara, mais Kiah ne la lâcha pas. Au lieu de cela, il riva son regard au sien comme pour absorber tout l'amour qui y brillait.

Puis il pencha la tête et lui chuchota à l'oreille :

— Dis-moi encore que tu m'aimes, Mina.

Il avait besoin de l'entendre une fois de plus, même si elle tremblait dans ses bras et le tenait si fort qu'il savait que ce serait pour toujours.

— Je t'aime, Kiah. Et je t'aimerai toujours.

— Je t'aime aussi, ma douce.

— Vous allez devoir vous marier, vous savez !

Quand ils se séparèrent, M. Brown fronçait les sourcils, les poings sur les hanches.

— Qu'en dis-tu, ma douce ? En nous mariant, nous ferions au moins deux heureuses.

Elle fit non de la tête, mais ses yeux disaient le contraire.

— Ezéchias Langdon, si tu crois que je vais t'épouser pour faire plaisir à ta famille, alors tu ne me connais pas aussi bien que tu le devrais, même après toutes ces années. Fais ta demande en bonne et due forme et je pourrais l'accepter.

— Pourrais ? Ce n'est pas sûr ?

— Selon que tu as de la chance ou pas, cela dépend de la façon dont tu veux le voir.

— Oh ! je suis l'homme le plus chanceux du monde, de t'avoir dans ma vie et dans mes bras, et je le sais !

Puis, pour le plus grand plaisir de leur unique spectateur, il scella cette déclaration par un long baiser.

Épilogue

Mina posa la main sur le bras de Kiah, le serrant avec un peu plus de force que nécessaire.

— Arrête de regarder ce garçon, Ezéchias. Tu vas lui faire peur.

Elle avait chuchoté, essayant manifestement d'être discrète. Mais Kiah, lui, était moins réservé.

— Bien. Au moins, je saurai qu'il sait qui est le patron, ici !

— Viens, rentrons. Il faut leur laisser un peu d'intimité, ajouta-t-elle en s'éloignant de la véranda, où Charm et Ramesh étaient assis.

— Ils n'ont pas besoin d'intimité. Ils sont trop jeunes pour ça ! gronda-t-il, alors qu'elle l'entraînait dans le salon. Je ne vois pas pourquoi ils ne pourraient pas s'asseoir ici avec nous.

— Charm a seize ans maintenant, dit Mina en riant. Tu dois lui laisser un peu de liberté. Après tout, c'est toi qui as dit qu'elle pouvait commencer à sortir à cet âge.

— Moi ? Oh ! non ! Mon plan était qu'elle ne commence pas avant ses trente ans.

— Mais tu connais Ramesh depuis des années, et tu l'aimes bien, plaida Mina.

— J'aimais bien Ramesh, jusqu'à ce qu'il commence à regarder Charm... autrement. Maintenant, je ne sais plus trop.

— Arrête un peu et masse-moi plutôt les pieds ! lança-t-elle en riant. L'opération d'hier me fait mal partout.

Docilement, Kiah la fit asseoir sur le canapé et posa ses pieds sur ses genoux.

— Tu crois que c'était une bonne idée, à sept mois de grossesse, de superviser une opération de cinq heures ? John n'aurait pas pu s'en charger à ta place ? Tu l'as pourtant formé pour qu'il prenne la relève pendant ton congé de maternité, non ?

— Il se débrouille très bien, mais je dois m'assurer que la qualité des soins est la même pour tous nos patients, quelle que soit la difficulté des interventions. Cette opération de la hanche était complexe, et je voulais la superviser moi-même.

— Eh bien, arrête, maintenant ! Tu dois mieux prendre soin de toi, et de notre fille.

— D'accord, chef !

Le simple fait de la regarder le rendait heureux, songea Kiah. Cette deuxième grossesse n'était pas prévue, mais il avait été ravi d'apprendre la bonne nouvelle. Ce n'était pas idéal pour la santé de Mina que leur fils, endormi dans son berceau, n'ait que dix-sept mois de plus que sa sœur, mais les examens prénataux de Mina étaient bons, et il aimait la voir épanouie.

Même s'il n'aurait pas cru cela possible, il l'aimait un peu plus chaque jour. Dieu merci, il n'avait pas laissé ses peurs la chasser de sa vie ! Elle lui avait donné le temps de réfléchir à la question des enfants qu'il avait lui-même abordée. Cependant, pour Mina, cette deuxième grossesse serait la dernière.

— Trois enfants, c'est assez, avait-elle dit, une fois le choc passé, et il avait accepté, bien que, secrètement, il n'aurait pas vu d'inconvénient à en avoir un de plus.

Il avait laissé la porte de la véranda ouverte, et tendit l'oreille en entendant Charm glousser.

— Je me demande ce qui se passe là-bas ! grommela-t-il.

Mina éclata de rire, les mains sur son ventre rebondi.

— Qu'est-ce qu'il y a de drôle ? lui demanda-t-il en pinçant son petit orteil.

— Quand tu auras enfin accepté que Charm grandisse, ce sera au tour de notre bébé d’avoir un petit ami !

— Oh ! pitié ! gémit-il, horrifié par cette pensée.

— Et si elle suit la tradition familiale, nous ferions mieux de commencer à la surveiller très tôt.

Il joignit son rire au sien.

— Oui, car apparemment, on tombe amoureux jeune, dans la famille, et on ne s’en remet jamais ! conclut-il avant de lui donner le plus doux, le plus tendre des baisers.

MEREDITH WEBBER

Le patron de Samantha

Traduction française de
FRANÇOISE PINTO-MAÏA

BLANCHE

HARLEQUIN

Titre original :
ONE NIGHT TO FOREVER FAMILY

Ce roman a déjà été publié en 2021.

1

Enfin, elle arrivait au but ! constata Sam avec soulagement en réajustant son pesant sac à dos.

Au moment de franchir les portes vitrées de l'hôpital, elle prit conscience qu'elle ne pourrait pas circuler à l'intérieur dans sa tenue de baroudeuse pleine de germes qu'elle risquait de colporter.

Elle s'avança vers la réception et s'appuya contre le bureau pour soulager son dos.

Le sac de couchage sanglé sur le rabat gênait sa nuque et la forçait à garder la tête baissée. Elle devait avoir l'air d'une tortue !

— Bonjour, je suis la nouvelle pédiatre, Dr Samantha Reilly, dit-elle à la réceptionniste en affichant un grand sourire. Je sais que je ne suis pas présentable, mais là d'où je viens, il y a eu un typhon, et la route a été emportée par l'inondation. Il m'a fallu un mois pour arriver jusqu'ici.

— Oh ! c'est vous le nouveau médecin ? s'exclama la réceptionniste. On m'a prévenue que vous arriveriez prochainement. Mais vous ne pouvez pas y aller comme ça !

— Je le sais bien. C'est pourquoi j'aimerais d'abord me doucher et enfiler une tenue propre. J'aurais besoin d'un uniforme, et si possible d'une blouse blanche pour me présenter dans le service de soins intensifs. Vous pourriez m'indiquer où je peux me changer ?

La femme hocha la tête.

— Dans la salle de pause du service des urgences. Vous y trouverez tout ce qu'il faut, y compris les douches. Vous n'avez qu'à suivre ce couloir, et ce sera à gauche. Euh... Je vous préviens, c'est souvent un peu en désordre.

— Ne vous en faites pas, je sais ce que c'est, dit Sam en souriant. Merci !

La salle de pause était vide, mis à part un homme qui dormait profondément sur un sofa d'aspect inconfortable. Sans doute récupérait-il d'une garde de nuit. Après tout, il était 6 heures du matin.

Elle trouva facilement les douches, mais les cabines étaient si étroites qu'elle dut poser son sac à dos dans le vestiaire. Après en avoir retiré l'encombrant sac de couchage – pourquoi diable ne l'avait-elle pas jeté ? – elle extirpa de son bagage des sous-vêtements propres parmi ceux qu'elle avait achetés à l'aéroport de Bangkok : un soutien-gorge, un slip, une paire de chaussettes et une paire de baskets qui lui avait coûté plus du double de tous les autres articles réunis.

Elle sortit aussi ses affaires de toilette, dont un peigne et deux barrettes pour discipliner et maintenir en place sa chevelure opulente. Enfin, elle prit le paquet soigneusement emballé qui contenait son stéthoscope, sa montre et une mini-lampe électrique.

Repérant le placard où étaient stockées les tenues médicales, elle choisit une tenue de vêtement L. Ce serait trop large pour sa stature mince, mais au moins les manches et les jambes seraient à la bonne longueur. Restait à trouver ce qui servir de ceinture pour tenir le pantalon.

Posant le tout sur le banc de la cabine, elle se dévêtit et se glissa sous le jet.

Froide au début, l'eau devint si délicieusement chaude qu'elle aurait pu rester dessous des heures. Mais son récent séjour à la frontière thaïlo-cambodgienne lui avait appris combien l'eau propre était précieuse.

Rapidement, elle se lava les cheveux, puis se savonna pour se débarrasser de la fatigue et des microbes de son voyage de trente heures. Après s'être séchée, elle enfila les sous-vêtements neufs et la tenue médicale blanche.

Comme prévu, celle-ci lui couvrait les poignets et les chevilles mais était vraiment très large. Si seulement elle pouvait mettre la main sur un bandana pour s'en servir comme ceinture !

En attendant, elle entreprit de dompter ses boucles humides et les ramena en un chignon haut maintenu par les barrettes. Enfin, elle se trouva assez présentable pour se rendre à la cantine et se commander un petit déjeuner avant de démarrer sa première journée de travail.

Elle rangea son sac à dos dans un casier, le verrouilla et mit la clé dans sa poche.

Et maintenant, trouver la cantine ! Elle mourait de faim après ce vol interminable. Mais quel plaisir d'être de retour en Australie et de se remettre au travail ! Même dans ce nouvel hôpital et dans cette ville qu'elle ne connaissait pas, elle se sentait chez elle, et c'était si bon que, pour un peu, elle en aurait sautillé le long du couloir.

Andy attaqua son assiette, incapable de se rappeler s'il prenait son dîner ou son petit déjeuner. Tout ce qui importait, c'était d'avaler quelque chose de solide après sa fin de nuit mouvementée dans le service.

Le garçon qui présentait des brûlures sur la plante des pieds avait mal réagi aux calmants qu'on lui avait administrés aux urgences, il avait fallu le stabiliser avant de soigner ses plaies. Encore un petit rouquin…

Il repensa à cette étude qu'il avait lue sur les enfants qui s'infligent des brûlures. Celle-ci affirmait que la plupart étaient des garçons roux. Depuis, il était obligé de constater que c'était souvent le cas…

Levant les yeux, il remarqua à cet instant une autre créature rousse, et un frisson familier lui parcourut le dos.

Celle qui entrait dans le réfectoire n'avait rien d'un garçon.

Il s'attendait à la venue de la jeune femme. En tant que chef du service de soins intensifs pédiatriques, il avait lu son CV et avait été présent lors de l'entretien d'embauche réalisé par liaison radio avec un village perdu près de la frontière thaïlo-cambodgienne. Il ne l'avait donc pas rencontrée physiquement, mais l'image qu'il avait gardée d'elle était restée intacte après toutes ces années : Sam Reilly était grande, élancée, avec un visage ponctué de taches de rousseur et de beaux yeux vert pâle. C'était une femme dynamique et déterminée qui affrontait la vie quels que soient les obstacles que le destin dressait sur sa route.

La dernière fois qu'il l'avait vue, trois ans auparavant, elle était couchée sur un lit d'hôpital, le teint livide. En dépit de sa vulnérabilité, elle avait trouvé la force de le sommer de partir.

« Pars maintenant. Et ne reviens jamais ! » avait-elle ajouté, le regard étincelant.

Il avait fait ce qu'elle demandait : il était parti, le cœur lourd de chagrin.

Il venait d'apprendre la mort de son meilleur ami. La peine, la colère et l'angoisse l'avaient submergé, et des paroles malheureuses avaient franchi ses lèvres. Avec le recul, il comprenait combien il avait été odieux et stupide. En accusant Sam d'avoir causé la mort de Nick, il n'avait fait qu'ajouter à leur chagrin commun.

Oui, elle avait traversé une rude épreuve à l'époque. Pourtant, elle était là, la tête haute, marchant d'un pas assuré dans le réfectoire comme si elle se sentait déjà chez elle ici.

Elle s'avança vers la ligne du self-service et prit son tour dans la file derrière les quelques personnes qui attendaient de se restaurer à la fin d'une garde de nuit ou avant d'entamer un nouveau service. Aucune trace de nervosité dans son attitude :

elle avait exercé dans suffisamment d'hôpitaux pour n'être intimidée nulle part.

Sam prit un paquet de sandwichs-club et une bouteille de jus de fruit. Tout en gagnant la caisse, elle eut brusquement l'impression qu'on l'observait et sentit un frisson bizarre courir sur sa peau.

Elle balaya la salle du regard, les yeux plissés.

Mais non, c'était la même foule qu'on retrouvait dans toutes les cantines d'hôpital à l'heure du changement de service. Dans les murmures des conversations qui emplissaient l'air, la fatigue était palpable.

Ses achats réglés, elle alla s'asseoir à une table libre au fond de la salle.

Elle avait une heure à perdre avant d'aller se présenter au chef de service. Ensuite, elle comptait se familiariser avec les lieux… dès qu'elle aurait trouvé une ceinture !

— Bonjour, Sam. Aurais-tu envie d'impressionner tes nouveaux collègues dans cette tenue ? fit soudain une voix masculine au-dessus d'elle.

Elle sentit son cœur bondir dans sa poitrine tandis que le souvenir de cette voix surgissait du fond de sa mémoire.

Au même instant, l'homme ploya sa haute stature pour se glisser sur la chaise en face d'elle, et elle ravala son souffle, se croyant victime d'une hallucination.

Si elle s'attendait à ça !

— Andy ?

Consciente que le choc rendait sa voix suraiguë, elle s'efforça de se ressaisir.

— Que fais-tu ici ?

— Tu es surprise ? Tu n'as pas fait de recherches sur l'hôpital où tu postulais ?

Un sourire narquois accompagnait ce commentaire, et

Andy haussa les sourcils au-dessus de ses yeux très bleus, visiblement content de son petit effet.

— Je... J'ai vu l'annonce en ligne dans un cybercafé à l'aéroport de Bangkok, répondit-elle, hébétée. J'arrivais de Londres, et mon séjour chez ma mère devait durer trois semaines. J'en ai profité pour envoyer ma candidature. Par la suite, je n'ai pas eu le temps de me renseigner sur l'hôpital ou sur le personnel... Tu travailles ici ?

Elle avait posé cette question d'un ton détaché, et elle espérait afficher une certaine sérénité. Un sentiment qu'elle était loin de ressentir !

À la perspective de travailler dans le même hôpital qu'Andy Wilkie, elle sentait monter en elle une vague d'angoisse. Car c'était ce même Andy qui lui avait reproché d'avoir causé la mort de son mari, et le pire était qu'il avait probablement raison. Elle n'arrivait toujours pas à gérer sa culpabilité, et les souvenirs continuaient de la harceler... Mais elle devait laisser le passé derrière elle, aller de l'avant. Cet emploi était justement censé représenter le début d'une nouvelle vie.

Fermant la porte aux pensées pénibles, elle serra les dents et décida de se rappeler les bons moments, quand Nick, Andy et elle avaient été amis. De très bons amis, qui avaient aimé rire et travailler ensemble, même si Andy s'était fait plus discret après leur mariage à Nick et elle.

N'obtenant pas de réponse, elle reprit son explication.

— Quand l'entretien par contact radio a eu lieu, je travaillais dans une clinique, une sorte de dispensaire près de la frontière du Cambodge. Il y avait beaucoup de friture sur la ligne et... Attends ! Ne me dis pas que tu étais l'une des voix que j'entendais ?

— Mais si, j'y étais, dit-il, imperturbable. Après tout, je suis le chef du service.

Elle déglutit péniblement.

Son patron ! C'était de pire en pire.

— Mais… Toi, tu devais savoir que c'était moi. Tu as lu mon CV, n'est-ce pas ? Et malgré tout, tu m'as engagée ?

Andy esquissa un demi-sourire, et elle fut soulagée en voyant son expression se radoucir. Mais cela ne dura qu'un instant.

— Tu étais de loin la meilleure candidate, déclara-t-il d'une voix dénuée d'émotion. Avoir exercé dix-huit mois aux soins intensifs du plus grand hôpital pour enfants de Londres te donnait plus d'expérience que tous les autres postulants réunis.

Elle ferma brièvement les yeux pour calmer les émotions turbulentes qui l'assaillaient.

Alors, il l'avait embauchée sciemment !

Qu'à cela ne tienne, elle y arriverait. Oui, elle était capable de travailler avec Andy Wilkie. C'était même une chance au fond, car elle doutait qu'il y ait beaucoup de chefs de service aussi compétents que lui. Après la mort de Nick, il était parti aux États-Unis, raison pour laquelle elle était étonnée de le retrouver dans ce grand hôpital régional de la côte Est Australienne. De son côté, elle s'était enfuie à Perth, à l'autre bout du pays, avant de s'exiler en Angleterre. Après avoir démissionné de l'hôpital de Londres, elle s'était envolée pour la Thaïlande pour rejoindre sa mère, qui travaillait comme infirmière dans ce dispensaire près de la frontière. Et voilà que, par le hasard d'une petite annonce, elle se trouvait face à Andy et que le passé rejaillissait…

Pas de panique. Professionnellement, elle serait à la hauteur.

— Je suis désolée d'arriver si tard, déclara-t-elle. Comme je m'apprêtais à quitter la Thaïlande, la région a été balayée par un typhon. La route vers la ville la plus proche a été emportée par les eaux. Ce n'est qu'hier que j'ai réussi à passer et à prendre un avion à destination de Sydney. Après quoi, j'ai embarqué sur un autre vol. J'arrive directement de l'aéroport local.

— Dans cette tenue ?

Andy avait une expression si incrédule qu'elle ne put s'empêcher de sourire.

— Je n'avais pas emporté beaucoup d'affaires en Thaïlande,

et surtout pas de vêtements d'hiver, expliqua-t-elle. Je comptais faire des achats ici. En fait, j'ai eu juste le temps de m'acheter des sous-vêtements à l'aéroport de Bangkok. Comme cette première journée est une prise de contact, j'espère pouvoir faire les magasins en fin de journée. Je dois aussi réserver une chambre d'hôtel en attendant de trouver un logement.

Il secoua la tête, et elle vit à son expression qu'il ne croyait pas à son histoire.

— Écoute, s'il n'y avait pas eu ce maudit typhon, je serais ici depuis un mois, répliqua-t-elle, sur la défensive. J'aurais eu tout le temps qu'il faut pour me procurer des vêtements décents et me dénicher un endroit où dormir !

Elle s'en voulait de perdre son sang-froid, mais c'était pénible d'avoir à se justifier. Ce typhon était un cas de force majeure. Andy Wilkie était capable de comprendre ça, non ?

— Très bien. Commence par manger. Ensuite, nous réglerons les formalités administratives, et je te ferai visiter l'hôpital. Fais ton shopping, mais inutile de chercher un hôtel. Je peux te prêter un lit chez moi pour une nuit ou deux.

Séjourner chez Andy ? Cette seule pensée lui valut un regain de tension et de nervosité. Il avait lancé cette offre avec une telle indifférence qu'elle ne savait comment la prendre. Simple politesse de sa part, ou une marque d'exaspération parce qu'il la jugeait totalement désorganisée ?

— Tu n'es pas obligé de faire ça, je serai très bien à l'hôtel, protesta-t-elle, pensant à part elle qu'elle serait aussi beaucoup plus à l'aise loin de lui.

Il la dévisagea d'un air impassible. Au bout d'un moment, il déclara froidement :

— Tu es la veuve de mon meilleur ami. Alors, tu viens chez moi. C'est évident.

Le meilleur ami qu'il pensait qu'elle avait tué…

Elle avala avec difficulté la dernière bouchée de son sandwich. L'angoisse lui nouait la gorge à présent. Pourrait-elle vraiment rester chez lui, même un jour ou deux, et supporter sa méfiance et ses soupçons ?

D'un autre côté, l'invitation était peut-être une offre de paix parce qu'ils étaient amis autrefois...

Andy pesta en lui-même.

Bon sang ! Qu'est-ce qu'il lui avait pris de proposer à Sam de l'héberger, alors que le seul fait de la voir réveillait toujours en lui une telle rancœur ?

Incapable de répondre à cette question, il dut affronter une autre constatation déroutante : même affublée de ces vêtements d'hôpital trop grands pour elle, et ses cheveux humides serrés en chignon, Sam Reilly restait l'une des plus jolies femmes qu'il ait rencontrées.

Mais elle lui avait préféré Nick, son meilleur ami. Aux dires de celui-ci, Sam avait été sa « propriété ». Une femme dotée d'une telle volonté et d'une telle détermination pouvait-elle vraiment appartenir à quelqu'un ? Nick l'avait assurément pensé. Vaille que vaille, Sam avait réussi à faire fonctionner leur mariage. Connaissant Nick, cela n'avait pas dû être facile.

Mais pourquoi repensait-il à cela maintenant ? C'était le présent immédiat qu'il devait résoudre. Il pouvait se passer des semaines avant que Sam trouve un appartement. Des mois, peut-être. Les vacances approchaient, et les propriétaires jugeaient plus rentable de louer leurs biens pour une courte durée en haute saison. Alors, pourquoi s'était-il avancé à l'inviter chez lui ?

La fatigue, il ne voyait que ça. Depuis près de six mois, il faisait fonctionner le service sans adjoint pour le seconder. Le dernier à occuper ce poste était parti, vexé de ne pas avoir été nommé chef de service à part entière. Quant aux autres, ils n'avaient pas été suffisamment chevronnés pour faire face à de telles responsabilités.

Maintenant qu'il avait posé la question, il devait respecter la réponse de Sam, quelle qu'elle soit. Bah, peut-être qu'elle trouverait un toit très rapidement après tout...

Mais il n'eut pas le temps de se perdre davantage en conjectures, car Sam s'était levée et avait repoussé sa chaise. Dans le mouvement, son pantalon informe glissa, révélant un slip de dentelle d'un violet fluo.

Rouge de confusion, elle se hâta de remonter le pantalon sur ses hanches et jeta vers lui un regard acéré.

— Il n'y avait pas beaucoup de choix de lingerie à l'aéroport de Bangkok.

— Belle couleur, dit-il pour le seul plaisir de la voir rougir de plus belle. Dommage que tu ne le portes pas par-dessus ta tenue médicale, à la façon des super-héros.

Elle le dévisagea d'un air furieux. Il était évident qu'elle se demandait comment ils allaient pouvoir travailler ensemble.

— Je n'ai rien d'un super-héros, asséna-t-elle. J'ai beaucoup appris, et je suis capable d'être performante à ce poste...

L'ayant ainsi remis à sa place, elle lui adressa un demi-sourire mi-figue mi-raisin avant d'ajouter :

— Mais il se trouve que j'ai besoin d'un bout de ficelle ou autre pour faire tenir ce fichu pantalon.

Et, gardant une main sur la taille pour maintenir le vêtement en place, elle sortit la première du réfectoire.

Il la suivit de près, se demandant pourquoi diable il l'avait choisie pour ce poste.

Bien sûr, Sam était la meilleure parmi tous les postulants, et il ne doutait pas qu'elle serait une excellente professionnelle, mais l'attirance qu'il avait ressentie pour elle quand il l'avait vue pour la première fois dans le bar du personnel où Nick et lui avaient leurs habitudes, n'avait jamais vraiment disparu.

Une vague d'embarras l'assaillit tandis qu'il se remémorait cette lointaine soirée.

Nick et lui avaient tiré au sort pour savoir lequel aborderait cette jolie fille en espérant sortir avec elle. Nick avait été l'heureux gagnant. La suite avait ressemblé à un conte de fées : Sam et Nick s'étaient mariés au bout de trois mois, et lui, Andy, il s'était mis en retrait pour éviter de fantasmer sur l'épouse de son meilleur ami.

— Je donnerais n'importe quoi pour faire tenir ce fichu pantalon, grommela à cet instant la femme en question.

Il revint immédiatement au présent.

— Il y a du ruban élastique à la conciergerie. Ça sert à tout le monde, ici. Viens avec moi.

Il passa devant Sam pour la guider, essayant de se mettre à sa place.

C'était son premier jour ici, elle avait reçu un choc en le voyant, et elle ne connaissait ni les lieux ni personne d'autre. Pour couronner le tout, faute de vêtements de rechange, elle était obligée de porter cette tenue informe, et elle n'avait pas de toit pour la nuit. Il y avait des situations plus confortables !

Il ouvrit la porte du local et se mit à fouiller parmi le bric-à-brac qui l'encombrait.

Pas d'élastique, mais il finit par mettre la main sur une pelote de ficelle.

— Écarte les bras, le temps que je mesure la longueur qu'il te faut, dit-il en se plaçant derrière elle.

Il déroula la ficelle pour la passer autour de sa taille fine.

Sam leva les mains l'une après l'autre pour ne pas lâcher le pantalon.

— Laisse un bout pour faire une boucle, dit-elle. Que je n'aie pas à la couper pour me déshabiller ce soir.

Il ne répondit pas, incapable d'articuler un mot.

Bon sang, Sam se tenait là devant lui, pratiquement dans ses bras ! Pendant les trois années qu'elle et Nick avaient été mariés, il avait combattu son attirance pour elle, mais à présent son parfum lui titillait les sens, et sa proximité physique le troublait plus qu'il n'était disposé à l'admettre.

Du calme ! s'intima-t-il en prenant une profonde inspiration.

De son côté, Sam n'avait certainement pas oublié qu'il l'avait blessée en l'accusant juste après l'accident. Alors, pourquoi avait-elle accepté son offre ?

« Accepter » était un bien grand mot. Il était plus exact de dire qu'elle n'avait pas rejeté catégoriquement son offre. Devait-il lui trouver un hôtel puisqu'elle semblait préférer cette option ?

Non, ce serait mesquin. Et ce n'était pas comme s'il avait proposé une cohabitation. Il lui prêtait seulement un lit en attendant qu'elle trouve un logement – assez vite de préférence.

Il s'écarta d'elle, serrant la pelote de ficelle dans son poing. À l'aide de ciseaux, il coupa une longueur de ficelle qu'il lui tendit, puis se recula, l'esprit confus.

Le fait qu'elle ait toujours un tel effet sur lui le perturbait. Il n'y avait qu'une chose à faire : sortir, se distraire, draguer… N'importe quoi pour se désensibiliser de Sam.

Ayant noué la ficelle autour de sa taille, Sam rabattit sa tunique.

Tout en s'occupant les mains, elle se donnait le temps de surmonter son trouble. En sentant les bras d'Andy autour d'elle – aussi innocent qu'ait été ce geste –, elle avait senti une vague de chaleur l'envahir et un frisson indésirable lui parcourir le dos.

La conséquence d'une abstinence prolongée, rien d'autre !

Depuis la mort de Nick trois ans plus tôt, elle avait eu une seule aventure sexuelle. Et encore, elle en avait attendu plus de réconfort qu'un assouvissement physique.

Mais cette fois, il s'agissait d'Andy !

Elle l'avait rencontré en même temps que Nick, et même si c'était ce dernier qui lui avait fait la cour et qu'elle avait épousé, elle avait toujours considéré ce garçon bienveillant comme son âme sœur. Elle appréciait son caractère stable, tout le contraire de Nick, et elle lui faisait confiance. Mais après son mariage avec Nick, il s'était fait plus rare.

À présent, il marchait d'un bon pas, et elle dut accélérer l'allure pour le rattraper ou du moins rester juste un demi-pas en arrière.

Par respect pour le patron qu'il était ou par peur de se trouver trop près de lui et d'en être déstabilisée ?

Quelle sottise ! C'était seulement à cause du passé qu'elle se sentait mal à l'aise.

Il utilisa un passe pour accéder à l'ascenseur du personnel et appuya sur le bouton du quatrième étage.

— Tu en recevras un avec le dossier d'information qu'on va te remettre, dit-il tandis que la cabine s'élevait. N'oublie pas de faire prendre une photo de toi aujourd'hui pour ton identification. Ça ne prend que quelques minutes.

Comme elle hochait la tête, les portes de l'ascenseur coulissèrent, et ils s'engagèrent dans un couloir. Bientôt, Andy tourna à gauche et passa les portes automatiques.

Une infirmière accourut vers eux.

— Andy, ils ont besoin de quelqu'un aux urgences. Une petite fille de trois ans qui présente une forte fièvre. Elle est apathique, très rouge et sans réaction.

Aussitôt, il tourna les talons.

— Viens avec moi, lança-t-il à l'adresse de Sam.

Ensemble, ils repartirent en direction des ascenseurs.

— Ces deux cabines réservées au personnel servent aussi au transfert des malades, expliqua-t-il. Cet hôpital est récent et extrêmement bien conçu, travailler ici est un vrai bonheur. Cela t'est-il souvent arrivé d'être dans un ascenseur avec au moins trois personnes à l'intérieur qui brûlent de te poser une question au sujet d'un patient ?

— Oui. Et en général, c'est ce qu'ils font, rétorqua-t-elle en riant.

Elle commençait à apprécier son nouveau cadre de travail. Elle se sentait capable de collaborer avec Andy. Mieux, elle aimerait ça. Il lui fallait juste faire une croix sur le passé, se concentrer sur le travail et considérer Andy comme un collègue parmi d'autres.

Le service des urgences était étonnamment calme à cette heure matinale. Dès leur arrivée, une infirmière les héla.

— Nous l'avons mise à l'isolement. Son teint est rouge, mais c'est peut-être simplement la fièvre.

— Ou la rougeole, répliqua Andy.

Il entra dans la chambre et se pencha vers l'enfant tandis que Sam contournait le lit pour se placer de l'autre côté.

La petite fille était immobile et fixait le plafond avec des yeux injectés de sang. Des taches rouges constellaient son front et continuaient d'apparaître sur son visage, son cou et sa poitrine.

Tout en lui parlant avec douceur, Andy lui ouvrit la bouche pour l'examiner. À son expression soucieuse, Sam devina qu'il y avait là aussi des signes flagrants de la maladie.

— Nous devons voir ses parents et leur demander si elle a été vaccinée, dit-il. J'en doute, car que le vaccin procure une protection proche de 100 %.

— Quels soins a-t-elle reçus jusque-là ? demanda-t-il à l'infirmière qui se tenait derrière lui.

— J'ai épongé son corps et lui ai administré vingt milligrammes de paracétamol. C'est difficile de la faire boire. Vu qu'elle ne réagit pas, j'ai peur qu'elle ne s'étouffe.

Andy acquiesça d'un hochement de tête.

— Nous allons la transférer en soins intensifs et la garder à l'isolement. Nous la mettrons sous perfusion avec une dose d'ibuprofène toutes les six heures. Je veux voir ses parents. Qui l'a amenée ?

— Son père, mais il a dû partir. Sa femme et lui sont avocats. J'ai un numéro de téléphone pour le joindre.

Sam suivit Andy hors de la chambre, l'image de l'enfant malade imprimée dans son esprit.

Comment la rougeole pouvait-elle encore se déclarer, étant donné les mesures préventives existantes ?

Comme Andy introduisait son passe pour utiliser l'ascenseur, une autre pensée la frappa.

— Tu viens de finir ton service, n'est-ce pas ? Pourquoi veux-tu suivre cette petite ?

— Tu n'as jamais fait quelques heures supplémentaires après la fin de ta garde ?

En guise de réponse, elle haussa les épaules.

Bien sûr que ça lui était arrivé. Comme à des milliers d'autres médecins.

— Et je ne sors pas d'une garde de nuit, ajouta-t-il. C'est l'un des bénéfices de mon poste, je n'assure pas de service de nuit. Je suis venu vers 4 heures du matin pour voir un enfant qui avait des problèmes respiratoires.

Il sourit, d'un sourire las, et elle en fut troublée plus qu'elle n'osa l'admettre. Car, en dépit des contrariétés et déceptions que son mariage lui avait réservées, elle restait fidèle à la mémoire de Nick. Or, se sentir attirée par son meilleur ami représentait la pire des déloyautés...

Oh ! et puis ce n'était qu'un sourire ! Andy avait toujours eu un sourire charmant.

Au sortir de l'ascenseur, il la conduisit vers le pupitre de surveillance d'où on visionnait toutes les chambres en même temps. Il lui présenta Karen, l'infirmière en chef de service ce matin-là.

Après avoir échangé quelques mots avec celle-ci, Sam regarda Andy scruter les écrans de contrôle. Il notait mentalement l'état de chaque patient et prenait de temps à autre un dossier qu'il feuilletait pour vérifier une information.

Relevant la tête vers Karen, il lui parla de la jeune patiente qui venait être admise.

— Continuez d'appeler au numéro que le père a laissé. Dites-lui de me contacter.

Après s'être brièvement entretenu avec elle des autres patients, il se détourna et entraîna Sam le long du couloir.

— En fait, c'était ma dernière nuit d'astreinte, dit-il,

reprenant leur conversation là où il l'avait laissée. Je suis à jour dans mon emploi du temps, et je pouvais donc t'accueillir ce matin pour te piloter. Après quoi, je vais rentrer prendre du repos et me remettre en phase avec mes biorythmes.

— Tu crois encore à cette théorie des biorythmes ? Je pensais qu'elle avait été complètement discréditée.

— Pas tout à fait. Pour moi, l'expression est juste car, après une nuit d'astreinte, c'est plus que le côté physique de soi-même qu'il faut réparer. Les émotions et les facultés intellectuelles sont aussi affectées. Je ne sais pas ce qu'il en est pour toi, mais je n'arrive plus vraiment à réfléchir quand le changement de service intervient.

— Et côté vie privé ? demanda-t-elle.

— Eh bien, c'est compliqué aussi. À moins de vivre avec quelqu'un qui ait aussi des horaires de travail abracadabrants et doive souvent partir en urgence à 4 heures du matin, une relation sentimentale normale est impossible.

— Qu'est-ce qu'une relation normale, si tant est que ça existe ? murmura-t-elle, repensant aux aléas et aux angoisses qui avaient hanté sa vie de couple.

Sa question demeura sans réponse, car ils avaient atteint la chambre où l'on avait placé la petite fille qu'ils avaient vue aux urgences. Une infirmière en combinaison stérile était en train de l'intuber.

Andy prit le dossier accroché au dos de la porte.

Toute l'attention d'Andy était rivée sur l'enfant malade. Pas tout à fait cependant, car quelque chose dans la voix de Sam l'avait interpellé quand elle avait fait ce commentaire bizarre sur les relations sentimentales.

Son mariage avec Nick n'avait-il pas été le conte de fées que tout le monde avait pensé, y compris lui-même ? C'était en tout cas ainsi que Nick en avait parlé.

Reléguant cette pensée au fond de son esprit, il déclara :

— Nous devons absolument en savoir plus sur son entourage. Frères et sœurs, parents, grands-parents, enfants qu'elle a pu côtoyer à la crèche...

— La plupart des crèches n'acceptent pas les enfants non vaccinés, dit Sam. Pour ce qui est des gardes en nourrice, je ne suis pas sûre.

— Sa famille devrait être avec elle, ou du moins l'un des membres, lâcha l'infirmière avec humeur.

— Dès que vous aurez le père au téléphone, dit Andy, essayez d'obtenir des informations sur les personnes avec lesquelles elle a été en contact. Si elle a des frères et sœurs non vaccinés, il faut qu'ils viennent à l'hôpital ou qu'ils aillent chez le médecin de famille recevoir le vaccin immédiatement. Si elle a approché d'autres enfants à risque, nous devons les identifier et les vacciner aussi.

— Dans les soixante-douze heures, précisa Sam. Je pourrais m'en charger.

Il se tourna vers elle, sourcils froncés.

— C'est ta journée d'orientation.

Il regretta le ton sec qu'il avait employé. Le manque de sommeil le rendait plus sensible à la proximité de Sam. La preuve, il avait été assez stupide pour lui proposer de passer une nuit ou deux chez lui !

Il s'écarta pour noter les protocoles de la journée et tendit la fiche à l'infirmière.

— On expliquera la situation à la famille plus tard. On ne pouvait pas la laisser aux urgences.

Là-dessus, il quitta la chambre, suivi de Sam.

— Pourquoi est-elle en soins intensifs et pas dans le service de pédiatrie ? s'enquit celle-ci.

Il accueillit cette question avec soulagement. Elle le distrayait des sentiments étranges qui s'étaient emparés de lui maintenant que Sam venait de réapparaître dans sa vie. Il avait su qu'elle venait, et il avait attendu avec impatience de travailler avec elle, étant donné l'expérience qu'elle avait acquise. Il s'était dit que l'attirance qu'il avait eue pour elle autrefois se serait certainement envolée. Bonté divine, quelle blague !

Mais ce n'était pas le moment de repenser à ça. Il était au travail, et la vie d'un enfant était en jeu.

— Ici, nous pouvons l'isoler et mieux surveiller les signes d'une complication éventuelle, répondit-il.

— Comme la pneumonie ou la méningite, tu veux dire ?

— Oui, ou encore l'otite.

Il guida Sam vers le poste infirmier au centre du service. Une équipe de cinq infirmières entourait Karen à présent, veillant sur tous les lits de l'unité, tandis que deux agents administratifs s'occupaient des appels et des dossiers.

— Je vous présente le Dr Reilly, annonça-t-il en faisant signe à Sam d'avancer. Elle commence avec nous demain et je lui montre l'hôpital. Inutile de vous présenter toutes maintenant, elle apprendra à vous connaître peu à peu.

Conscient de la présence de Sam auprès de lui, il s'écarta, vaguement troublé, et se tourna vers l'une des secrétaires.

— J'ai demandé l'admission d'une fillette de trois ans qui a la rougeole. Elle est à l'isolement en chambre 2. Pourriez-vous faire remonter son fichier électronique des urgences et vous assurer que la chambre est sous vidéosurveillance ?

Il devait absolument maîtriser à l'avenir ce genre de réaction puérile et se comporter avec elle exactement comme avec une autre collègue. Mais même s'il avait été impatient de l'avoir dans son équipe, il était forcé de constater que sa proximité physique perturbait le fonctionnement de son cerveau.

C'était compréhensible, au fond, se dit-il pour se rassurer. Ils ne s'étaient pas quittés en bons termes. Cela passerait. Et le plus tôt serait le mieux.

Il eut honte en repensant à ce jour où il l'avait cruellement blessée. Il l'avait trouvée si pâle et désespérée sur ce lit d'hôpital, sa chevelure rousse contrastant avec la blancheur de l'oreiller... En lisant le chagrin dans son regard clair, il avait senti quelque chose se tordre au fond de lui. Une réaction déplacée qu'il avait tenté de dissoudre en recourant à la colère.

Aujourd'hui, Sam était sa collègue, et il devait penser à elle de cette façon. Du reste, c'était sûrement ainsi qu'elle le considérait aussi, ni plus ni moins. Jamais elle ne lui avait donné le moindre signe qu'elle s'intéressait à lui – ni d'ailleurs à qui que ce soit d'autre en dehors de Nick.

Ensemble, ils commencèrent la tournée des malades.

— Abby a une méningite, lui annonça-t-il au moment d'entrer dans une chambre.

La jeune patiente semblait dormir, mais elle ouvrit les yeux et ébaucha un sourire faible.

— Nous n'avons aucune idée de ce qui t'a causé ça, n'est-ce pas, Abs ? dit Andy en s'approchant pour prendre la main de la jeune fille. Mais nous savons que tu es en voie de guérison. Je te présente Sam, notre nouveau médecin. Elle est très compétente. Je vais lui montrer ton dossier, et peut-être pourra-t-elle flairer quelque chose, dit-il en riant.

— Bonjour, Abby, dit Sam.

La jeune fille sourit de nouveau, puis ses paupières se refermèrent, et elle sombra presque aussitôt dans le sommeil.

Andy remit à Sam le dossier en question, sans quitter des yeux la jeune patiente endormie.

Abby avait treize ans, l'âge de Sarah quand celle-ci était morte. Sarah, sa sœur, si jolie, si aimante et toujours joyeuse...

Sam feuilleta les pages du dossier médical, notant la batterie de tests qu'on avait effectués sur l'adolescente. Mais rien, absolument rien, n'apparaissait comme un déclencheur possible de sa maladie.

— Si elle avait eu une angine, le virus du rhume aurait-il pu causer l'œdème cérébral ? Ce serait aussi bête que ça ? demanda-t-elle en remettant le dossier en place.

— Ou une maladie auto-immune quelconque. On y a

réfléchi, répondit Andy, que ce cas laissait manifestement perplexe. Après les analyses d'usage, nous avons cessé de chercher la cause et avons seulement traité Abby. Elle est un peu plus réactive chaque jour. J'espère que, avec du temps et du repos, elle parviendra à une guérison totale.

— Reposer et surveiller, c'est ce que nous faisons le plus souvent en soins intensifs pédiatriques, non ? dit Sam en coulant vers Andy un regard de biais.

Ce fut une erreur, car il se tourna à demi et lui sourit.

Elle cessa de respirer, envoûtée par ce sourire charmeur.

Décidément, traiter cet homme comme un collègue était plus difficile qu'elle ne le pensait. Mais il avait toujours eu ce sourire malicieux. Alors, pourquoi… ?

— Oui, mais la surveillance doit être constante, répondit-il, l'interrompant dans ses pensées. Raison pour laquelle les enfants sont ici et non en pédiatrie. Viens, je vais te présenter Ryan. L'un de nos plus fidèles abonnés !

Elle ne put s'empêcher de sourire. L'humour faisait partie du métier, Andy l'avait bien compris lui aussi.

— Un enfant prématuré, j'imagine ?

Il hocha la tête

— Il a deux ans maintenant, mais il reste très sensible à tous les virus qui circulent dans l'air.

— Surtout au VRS, je suppose ? s'enquit-elle, sachant que le virus respiratoire syncytial, responsable de troubles respiratoires, était commun chez les prématurés.

— Oui, une bronchiolite cette fois. Toutes les voies respiratoires sont enflammées. Il y a six mois, c'est une pneumonie qui l'a amené ici.

— Pauvre gosse, murmura-t-elle en suivant Andy dans la chambre.

Le petit malade couché dans le berceau n'avait pas la taille normale d'un enfant de deux ans. Il était beaucoup plus petit. Un masque lui couvrait le visage, relié par un tube à un minuscule appareil de ventilation.

— Une ventilation à pression positive continue ? demanda-t-elle, intriguée, car normalement une canule nasale suffisait à fournir l'oxygène.

— Oui, c'est plus facile au moment où on doit débarrasser les très jeunes enfants de l'assistance respiratoire. Je sais, il y a eu des essais qui n'ont pas été probants, mais aucune contradiction définitive pour l'instant. Comme la méthode est bénéfique pour Ryan, nous continuons de l'utiliser.

La visite fut brève. Elle savait qu'il n'y avait pas d'autre traitement à apporter au petit garçon qu'un apport en oxygène, une hydratation par perfusion et du paracétamol pour faire baisser sa température.

Elle suivit Andy dans le couloir et reprit le fil de ses pensées.

C'était sans doute à lui qu'était revenue la décision finale de lui attribuer le poste. Il l'avait choisie, elle, bien qu'il lui reproche d'avoir causé la mort de Nick...

Stop ! Elle refusait d'évoquer cette journée fatale. Une nouvelle vie commençait pour elle, et Andy y tiendrait forcément une grande place, donc ils reparleraient un jour ou l'autre du passé. Leur dernière rencontre surtout méritait une explication. Elle savait qu'ils ne pourraient pas aller de l'avant tant que cette histoire pèserait entre eux, bloquant tout rapprochement amical.

Andy était très grand, plus grand que Nick. Parfois, il se penchait légèrement comme pour dissimuler sa haute taille. Il était beau aussi, avec ses cheveux bruns et ses yeux très bleus. Et il n'était apparemment pas marié puisqu'il ne portait pas d'alliance...

Mais pourquoi s'amusait-elle à vérifier ça ? Il ne l'appréciait même pas !

— Nous parlions de surveillance électronique tout à l'heure...

La voix d'Andy la ramena à la réalité. Son esprit était si prompt à s'évader. Peut-être à cause du décalage horaire.

— Ça semble simple à première vue, mais c'est primordial, poursuivit-il. Nous pouvons voir immédiatement quand un patient est sur le point de s'effondrer et doit être ranimé, quand il cesse de respirer et a besoin d'être intubé ou encore quand il fait une crise et exige des soins et une médication appropriés.

Andy se tourna vers elle avec un léger froncement de sourcils.

— Je me demande pourquoi je justifie le travail que nous faisons ici devant quelqu'un d'aussi expérimenté que toi.

Son regard très bleu plongea dans le sien, et elle eut l'impression que toutes ses synapses disjonctaient.

Respirer !

— Tu oublies que j'arrive d'un hôpital qui ressemble plus à un hangar avec quelques lits, dit-elle d'un ton ironique pour cacher son trouble. Le matériel le plus sophistiqué là-bas était un appareil de radiographie que nous ne pouvions pas faire fonctionner faute d'électricité.

Andy la regarda d'un air effaré.

— Sans blague ?

Elle se détendit enfin en lui parlant de cet endroit reculé qu'elle avait appris à aimer. Sa mère, infirmière, y travaillait depuis tant d'années qu'elle s'y sentait chez elle.

— En fait, nous avions bien un groupe électrogène, et quand nous avions du carburant pour le mettre en marche et qu'il n'était pas trop capricieux, nous obtenions parfois une radio. Le généreux donateur qui avait fourni l'appareil au dispensaire avait aussi donné des films radiographiques. C'était donc pratique à certains moments. Remarque, je ne suis pas restée assez longtemps pour être totalement frustrée par le manque de technologie. D'une certaine façon, c'était même très instructif !

Andy secoua la tête, éberlué, puis entra dans la chambre voisine.

Une jeune fille d'une douzaine d'années occupait le lit. Elle était très pâle et restait immobile, les yeux ouverts.

Sam se demanda si elle les voyait.

— Voici Kayla, dit Andy. On lui a récemment diagnostiqué

un diabète de type 1. Il a fallu du temps à son médecin généraliste pour trouver la cause de son problème.

— À moins qu'elle ne l'ait pas consulté tout de suite. À cet âge, beaucoup de filles se plaignent d'être fatiguées et d'avoir mal à la tête. Ce n'est pas toujours repéré par la famille, et on ne les emmène pas chez le médecin jusqu'à ce que quelque chose de grave se déclare.

En voyant le visage de Kayla s'animer faiblement, Sam sut qu'elle avait vu juste.

— Tu as raison, acquiesça Andy.

Elle venait de décider que leur collaboration allait finalement fonctionner, quand il lui sourit de nouveau.

C'était un sourire chaleureux, si franc, qui appartenanit si typiquement à Andy, qu'elle sentit quelque chose au fond d'elle-même commencer à céder.

Était-ce la pellicule de glace qui entourait son cœur depuis la mort de Nick ?

2

La visite des autres patients dura encore une heure, puis Andy voulut revoir la petite fille atteinte de la rougeole.

— Quelqu'un a pu contacter la famille ? demanda-t-il à l'infirmière qui vérifiait la perfusion.

— Nous continuons d'appeler. Le père a pu réaliser les conséquences, et peut-être amène-t-il déjà ses autres enfants se faire vacciner ?

Sam hocha la tête, espérant que c'était le cas, mais Andy n'était pas satisfait.

— Viens, dit-il d'un ton brusque. Nous en avons terminé ici. Je vais m'assurer qu'une des infirmières ait quelqu'un de la famille au bout du fil et les prévienne de se faire vacciner de toute urgence. Il vaut sans doute mieux que je ne leur parle pas moi-même. Je suis fatigué et…

— En colère ? fit Sam.

Il haussa les épaules.

— Frustré, en tout cas. En voyant un enfant aussi malade, et d'une maladie évitable, on se demande à quoi pensent les parents. De toute façon, il est temps que je parte. Je vais te ramener chez moi, et tu pourras faire tes courses.

Il était visiblement très frustré. Aussi préféra-t-elle garder le silence jusqu'à ce qu'ils aient atteint le parking.

Andy ouvrit la portière d'une voiture de sport noire.

La vision assaillit son esprit, aussi brutale qu'imprévisible, lui bloquant la respiration.

La voix de Nick, puissante, insistante... La voiture qui zigzaguait... Puis plus rien.

Non, elle n'allait pas monter avec un conducteur en colère ou frustré. Impossible ! Elle ne referait jamais cette expérience-là.

— Je dois aller chercher mes affaires... Mon sac à dos, dit-elle d'une voix tendue. Ne m'attends pas. Je pense que je vais m'en tenir à ma première idée et descendre dans un hôtel pour une ou deux semaines, jusqu'à ce que je trouve un logement.

L'attention d'Andy fit place à l'inquiétude. Il plissa le front.

— Hé, tout va bien ! Je suis juste contrarié quand je vois des parents agir comme ça.

— Comme quoi ? répliqua-t-elle. Ça te contrarie que les deux parents aient choisi de travailler et que ni l'un ni l'autre ne veuille gâcher la coûteuse formation qu'il a reçue, financée en grande partie par des fonds publics, pour rester auprès de ses enfants vingt-quatre heures sur vingt-quatre ? Tu ne connais pas ces gens, Andy. Si ça se trouve, le père défend une adolescente violée et ne peut pas se permettre d'être absent du tribunal ce matin. Quant à la mère, peut-être aide-t-elle des migrants retenus dans un centre de rétention situé au large.

— Tu veux dire qu'ils pourraient tous les deux avoir des raisons légitimes de ne pas être au chevet de leur fille ?

— Exactement. Je sais que certains parents ne sont pas totalement impliqués dans la vie de leurs enfants, mais nous ne pouvons pas juger tous ceux qui travaillent. La moitié des médecins de cet hôpital sont probablement dans ce cas. Un chirurgien va-t-il annuler une opération peut-être vitale pour voler au chevet de son gosse ?

Andy ne répondit pas tout de suite, mais elle devina que son argument avait fait mouche.

— Donc, dit-il, il se concentrerait sur ce qu'il a à faire en mettant ses craintes de côté le temps d'opérer son patient, puis il reviendrait vers son enfant ?

— Bien sûr. C'est ce que font 99 % des parents.

Andy dévisagea Sam avec attention, au point que celle-ci finit par paraître embarrassée.

— Tu as beaucoup réfléchi à tout ça, on dirait, dit-il enfin.

Aussitôt, il vit une profonde tristesse voiler ses yeux pâles.

— Oui, c'est vrai, se contenta-t-elle de répondre.

Sur quoi, elle se détourna et s'éloigna vers l'entrée du bâtiment.

Il la rattrapa en quelques enjambées.

— Hé ! dit-il en la retenant par le bras.

Elle s'immobilisa, et il lui releva le menton pour plonger son regard dans ses yeux d'un vert fascinant.

— Pourquoi ne pas oublier cette histoire d'hôtel pour le moment ? Viens chez moi et reste le temps qu'il faudra jusqu'à ce que tu trouves un logement, dit-il en essayant de ne pas prendre une intonation suppliante. Ce serait cool, comme au bon vieux temps. Nous ne nous verrons pas souvent à cause de nos heures de service respectives, mais…

Il marqua une pause et esquissa un sourire contrit.

— Mais quand nous aurons du temps à partager, tu pourras m'apprendre à ne pas juger les gens trop vite en me rappelant qu'il existe toujours plusieurs versions d'une même histoire.

Sam demeura pensive, ses lèvres légèrement pincées formant une moue ravissante qui lui donna envie de les embrasser.

Mais il n'irait pas sur ce terrain-là, se dit-il avec fermeté. Se ressaisissant, il se rappela qu'elle avait toujours eu cette mimique quand elle réfléchissait, au temps où l'amitié les liait tous les trois.

— D'accord, dit-elle enfin. Mais je dois quand même aller chercher mon bagage.

Il la suivit à l'intérieur et fut surpris quand elle se dirigea vers le vestiaire des urgences.

— J'avais besoin de prendre une douche avant de m'aventurer

plus loin dans l’hôpital, expliqua-t-elle en sortant une clé de sa poche pour ouvrir un casier.

Elle se pencha pour attraper un sac à dos volumineux, mais il lui prit la sangle des mains pour le faire passer sur son épaule. Ce faisant, il plia les genoux, feignant de s’écrouler sous le poids.

— Quel comédien ! dit-elle en pouffant. Ce n’est pas si lourd.

Il fut heureux de la voir sourire de nouveau. C’était peut-être idiot, mais il se sentit tout à coup joyeux et revigoré tandis qu’ils rejoignaient ensemble sa voiture. Même si une voix intérieure lui soufflait qu’il aurait mieux fait de rentrer seul comme Sam l’avait d’abord suggéré.

C’était une bonne chose qu’elle revienne dans sa vie. Oui, vraiment une très bonne chose.

— Je n’habite pas très loin de l’hôpital, dit Andy quand Sam prit place sur le siège passager. Mais la nuit, je préfère prendre la voiture. Les rues sont très sombres, et on ne sait jamais, on peut faire de mauvaises rencontres.

C’était une conversation ordinaire, elle aurait dû se sentir détendue. Au lieu de quoi, elle regrettait de ne pas avoir insisté pour aller dormir à l’hôtel. Non qu’elle n’apprécie pas la compagnie d’Andy. Elle l’aimait bien depuis toujours, même si elle ne l’avait vu que rarement après son mariage avec Nick. Les deux amis allaient prendre un verre ensemble quand elle était de garde le soir, et de son côté Andy prévenait qu’il était occupé chaque fois que Nick et elle recevaient des amis.

Le soir de l’accident, sa réaction l’avait bouleversée. Il avait eu des mots terribles, et elle en avait été d’autant plus blessée qu’il avait été très près de la vérité. Elle avait refusé de le revoir. Mais ils étaient collègues à présent. Les collègues devenant souvent amis, Andy et elle…

Oh ! et puis pourquoi vouloir tout analyser ? Qu’avait-elle fait de sa philosophie de prendre chaque jour comme il vient ?

C'était ce qui lui avait permis de surmonter la tragédie. Elle ferait bien d'appliquer ce principe de vie maintenant.

Forte de cette résolution, elle coula un regard vers Andy.

Il était concentré sur la conduite, et elle en profita pour observer son profil séduisant. N'avait-elle pas toujours eu une légère attirance pour lui ?

Cette pensée incongrue la choqua, et elle secoua la tête.

— Des idées noires ? demanda Andy qui, de toute évidence, avait remarqué sa réaction.

— Non, je me demandais seulement où nous sommes et combien de temps je vais mettre à m'adapter, ici.

— C'est vraiment la première fois que tu viens dans la région ? Tu n'as jamais passé de vacances sur la côte ?

Elle secoua de nouveau la tête.

— Ma mère travaillait beaucoup. Et quand je dis beaucoup… Elle avait deux emplois pour subvenir à nos besoins. L'argent qui restait, elle le mettait de côté pour m'offrir des études à l'université. Les vacances n'avaient aucune place dans notre budget.

— Alors, laisse-moi t'instruire un peu. Port Fortesque a été fondé il y a très longtemps. La plupart des bâtiments d'origine ont été construits par les forçats. C'était un port d'escale pour les bateaux qui longeaient la côte depuis Sydney vers le nord jusqu'à la colonie pénitentiaire de Morton Bay, dans le Queensland. Il y a encore quelques édifices anciens très bien préservés, notamment le phare. Le cottage du gardien a été transformé en restaurant gastronomique. Nous devrions aller dîner là-bas ce soir pour fêter ton retour en Australie.

Elle écoutait Andy, se laissait envelopper par sa voix chaleureuse. Cependant, elle ne put s'empêcher de réagir à sa proposition.

— Je n'ai pas envie d'un dîner fin, et je ne veux pas que tu coures sans cesse pour me servir. Tu as besoin de te coucher tôt après avoir commencé ton travail à 4 heures du matin. Et moi, j'ai du shopping à faire, mes affaires à trier et à laver…

Elle marqua une pause, cherchant d'autres arguments.

En fait, Andy était beaucoup trop séduisant. Moins elle le verrait en dehors du travail, mieux ce serait.

— Je dois aussi consulter les sites d'annonces immobilières, ajouta-t-elle. Il y aura peut-être un studio meublé disponible où je pourrais me poser, le temps de connaître un peu la ville. À Londres, il y en a des douzaines aux abords immédiats des hôpitaux.

Il tourna brièvement la tête vers elle.

— Vois ce qui te convient le mieux.

Il avait parlé presque froidement, visiblement peu enthousiaste à l'idée de l'héberger. Parce que cela risquait d'entraver sa vie privée ? Mais que connaissait-elle de la vie privée d'Andy Wilkie, à part qu'il en avait forcément une ? Le meilleur ami de Nick avait toujours eu une jolie partenaire à son bras, se souvint-elle.

L'image d'Andy rentrant chez lui avec une conquête et disparaissant dans la chambre la mit soudain terriblement mal à l'aise. Une réaction absurde, car ses aventures sentimentales ne la regardaient pas, qu'elle partage ou non son appartement.

Il avait été le meilleur ami de son mari, et il le serait encore certainement. Elle l'avait connu aussi longtemps qu'elle avait connu Nick. Trois ans. Il avait toujours été là en cas de besoin, avec sa bonne humeur coutumière.

Sauf le jour de l'accident.

Revenant au présent, elle s'aperçut qu'il lui indiquait les sites dignes d'intérêt sur le trajet : la rivière avec son quai à l'ancienne qui servait maintenant d'ancrage aux yachts de passage, les spots de surf encadrés par d'imposantes falaises au sud de l'embouchure.

Les falaises abritaient de petites plages de sable doré où les vagues venaient se briser. Le soleil faisait scintiller l'océan et donnait à l'air une luminosité magique.

Quand Andy emprunta l'allée qui menait au sous-sol d'un

bel immeuble neuf et commanda l'ouverture des portes métalliques, elle commençait à regretter d'avoir accepté son offre. Ce serait dur de quitter un panorama pareil.

— Je croyais que ce n'était pas loin de l'hôpital, fit-elle remarquer comme il garait adroitement la voiture dans le parking sous-terrain.

Il descendit et contourna le capot pour lui ouvrir la portière, mais elle le devança, si bien que, en se redressant, elle se trouva tout près de lui. S'ils n'avaient pas été séparés par la portière ouverte, ils auraient été capables de s'embrasser.

Mais où allait-elle chercher cette idée ? Ils n'avaient pas ce genre de relation. Sans doute était-elle sensible à son physique séduisant, mais elle était la dernière femme au monde avec qui il envisagerait d'avoir une aventure.

— J'ai choisi l'itinéraire le plus long pour te montrer quelques endroits remarquables, mais l'hôpital est seulement à dix minutes d'ici vers l'ouest. En marchant, on y est en vingt minutes. Mais je dois te prévenir…

Il esquissa un sourire nonchalant, si dévastateur qu'elle en eut un frisson.

Bon sang, que lui arrivait-il ?

Très vite, elle se ressaisit pour capter la suite de ses paroles.

— Il y a des côtes assez raides. Toute cette zone fait partie de la péninsule qui s'avance très loin dans l'océan. Il y a de beaux sites de plongée sous-marine au large, avec des coraux pastel qui abritent une multitude de petits poissons brillants. Tu pratiques la plongée ?

— La plongée ?

Elle répéta le mot avec tant de surprise et d'incrédulité qu'Andy laissa échapper un rire moqueur.

— Tu l'as sans doute oublié, dit-elle en se reprenant, mais je suis originaire d'un village perdu au milieu des terres, dans le nord-ouest de l'État. Quand on avait une saison assez humide pour aller nager dans le lac artificiel local, on pouvait s'estimer heureux. En plus, comme tu as dû le remarquer, j'ai le genre de peau qui vire à l'écarlate au bout de cinq minutes au soleil. Je suis vraiment faite pour le climat anglais !

Andy hocha la tête.

Oui, il se rappelait. Il avait de plus en plus de souvenirs d'elle. Ses deux façons de rire, par exemple : un fou rire contagieux, et cette hilarité plus aiguë qui était l'expression d'une pure jubilation.

Et il l'avait invitée à séjourner chez lui ! Il avait perdu la tête ou quoi ? Lui qui aimait retrouver le calme de son appartement après une dure journée ! Au lieu de ça, il était accoudé à la portière, parlant de plongée sous-marine et évoquant le rire de Sam au temps de leur amitié...

Une amitié qui était de l'histoire ancienne, se rappela-t-il avec dérision.

Pourtant, Sam était là, toujours belle avec sa chevelure flamboyante et son teint clair, et aussi prompte à rire qu'autrefois.

— Tu ne veux pas me montrer ton appartement ? Ou alors, tu viens d'envoyer un message urgent à ta dernière conquête pour lui dire de quitter les lieux illico ? dit Sam avec une moue malicieuse.

Pourquoi restait-il là ? Parce qu'il refusait que ce moment de légèreté prenne fin. Aurait-il peur que, une fois qu'elle aurait apposé son empreinte dans son espace de vie, il lui soit difficile de le reconquérir ?

— C'est ça, répondit-il d'un ton léger en ouvrant la portière toute grande. Il y a tellement de femmes là-haut que ça risque de prendre un peu de temps.

Il alla ouvrir le coffre pour prendre son sac à dos.

Dans l'ascenseur qui les emportait vers le onzième étage, sa tension s'accrut, renforçant en lui le sentiment que cette idée n'était pas la plus judicieuse qu'il ait eue jusque-là. C'était peut-être même la pire depuis cette lamentable partie de pierre-feuille-ciseaux avec Nick, des années plus tôt !

S'efforçant d'être pragmatique, il passa mentalement en revue l'état de son appartement. Il aimait que tout soit impeccable et en ordre, mais il était parti précipitamment au milieu de la nuit, et sa chambre devait être dans un chaos total. Non que Sam risque d'inspecter la pièce...

Cette pensée le troubla, et il sentit son pouls s'accélérer, comme tout à l'heure, quand elle avait eu ce sourire adorable.

À l'improviste, une volupté étrange l'envahit.

Assez ! C'était Sam, la veuve de son meilleur ami. L'aurait-il oublié ?

Il réprima un soupir.

Même s'il avait su qu'elle venait, il n'avait pas été préparé à la revoir ni à affronter les souvenirs que cela réveillerait.

Ce soir, il téléphonerait à Suzy, et il recommencerait à sortir, décida-t-il quand ils débouchèrent sur le palier.

— Entre, je t'en prie, dit-il en ouvrant la porte.

Il refermait le battant quand il entendit son exclamation.

— Oh ! C'est magnifique !

Debout devant les baies vitrées du salon, Sam contemplait le panorama d'un air ébahi.

— D'ici, on embrasse les falaises, l'océan, le ciel immense... *Veinard, va !*

Un plaisir pur imprégnait sa voix, et l'espace d'un instant il faillit lui dire qu'elle pouvait rester ici définitivement si elle voulait. Il y avait tellement de place...

Était-il devenu fou ? Il avait toujours un faible pour elle, à quoi bon le nier ? Mais au fond de lui, il continuait de lui reprocher d'avoir causé la mort de Nick. Car il savait pertinemment que son ami n'aurait jamais de lui-même commis un excès de vitesse.

Tout à ces pensées tumultueuses, il lui fit les honneurs de l'appartement.

— J'aime bien cette chambre qui donne sur les montagnes, déclara Sam. Veux-tu me passer mon sac à dos ?

Il posa le bagage au centre de la pièce et perçut une tension nouvelle entre eux. Sam avait-elle deviné ses pensées ? Elle n'avait pas beaucoup d'efforts à faire pour savoir ce qu'il pensait de l'accident. Il lui avait dit qu'il la tenait pour responsable de ce qu'il était arrivé. Peut-être pas en ces termes, mais c'était tout comme.

— Le lit est prêt, dit-il pour rompre le silence. La famille et les amis viennent souvent, donc je mets toujours des draps propres. Je vais te donner des clés.

Comme il battait en retraite dans le couloir, elle lança derrière lui :

— Je vais trouver une tenue assez convenable pour aller faire les magasins et te laisser le temps de récupérer un peu.

Cet hébergement n'était vraiment pas une bonne idée, se dit Sam quand Andy eut disparu vers l'autre bout de l'appartement. Elle se sentait déstabilisée en sa présence, en proie à une exaltation troublante qui lui mettait les nerfs à vif. Comment pouvait-elle être attirée par l'homme qui l'avait accusée d'avoir provoqué la mort de Nick et qui le pensait encore probablement…

Bon, même si consulter les annonces des agences immobilières était décidément une urgence, ce n'était pas la priorité. Elle arrivait avec un mois de retard et devait organiser sa vie ici. D'abord, se procurer des vêtements. Des tenues simples pour le travail. Un nouveau maillot de bain aussi, car elle aurait parfois le temps d'aller nager avant de se rendre à l'hôpital, avant qu'il ne fasse trop chaud pour profiter de la plage.

Ouvrant son sac à dos, elle en sortit un pantalon large et une tunique, ce qu'elle avait porté le plus souvent au dispensaire. On la regarderait sans doute bizarrement en ville, mais c'était décent.

Une fois douchée et habillée, elle retrouva Andy dans la cuisine.

— Nous sommes passés devant une galerie marchande tout à l'heure. Si je tourne à gauche en sortant d'ici, je la trouverai, non ?

Il la regarda de la tête aux pieds en souriant, et elle prit de nouveau conscience du mélange d'embarras et d'attirance qu'il suscitait en elle.

— Qu'est-ce qu'il y a ? Ces vêtements sont propres, je te signale. Alors, pour les magasins ?

— À gauche, puis encore à gauche à la deuxième intersection, dit-il en gardant une expression amusée. Si tu es trop chargée, appelle-moi. Je viendrai te chercher en voiture.

Il se dirigea vers le bar américain et prit une carte et un trousseau de clés.

— Le passe permet d'accéder au parking, celui-ci sert pour l'ascenseur. La grande clé est celle de l'immeuble, et la mauve ouvre l'appartement. Onzième étage, porte 2. Mon numéro de téléphone figure sur la carte. Voilà.

Comme elle prenait le tout, leurs doigts se mêlèrent autour du trousseau de clés. À ce contact, une salve de sensations se répercuta en elle, et elle leva involontairement les yeux, se demandant si Andy ressentait la même chose.

À part le sourire amusé qui jouait encore sur ses lèvres, son visage ne trahissait aucune réaction.

Elle quitta l'appartement, glissant les clés dans une petite sacoche qui avait appartenu à Nick et qui lui servait de sac à main.

Se conformant aux indications d'Andy, elle arriva bientôt en vue du centre commercial. Heureusement, les enseignes qui lui étaient familières étaient représentées, si bien que, au bout d'une demi-heure, elle avait acheté pantalons, bermudas, jupes, T-shirts et chemisiers, ainsi que deux maillots de bain. Son choix s'était porté sur des modèles basiques – blancs, gris, avec quelques hauts imprimés ou à rayures pour la touche colorée.

Comme elle s'apprêtait à quitter la galerie marchande, les bras chargés, elle passa devant une boutique qui proposait des vêtements griffés en solde. Les tenues étaient belles, surtout en lin et en soie, de style simple mais très chic. Elle essayait de se persuader qu'elle ne porterait jamais de tels vêtements, quand un fourreau en lin vert pâle et une petite robe noire décolletée attirèrent irrésistiblement son regard.

Elle se rappela le conseil de sa mère quand, adolescente, elle s'était acheté des vêtements pour la première fois : « Prends une petite robe noire, tu pourras sortir partout avec. »

Elle se les offrit et ajouta à ces achats une paire de chaussures et des sandales. Sur le chemin du retour, pour justifier ces folies, elle se dit qu'il y aurait sûrement une fête à l'hôpital à Noël et qu'elle pourrait choisir l'une ou l'autre des robes selon le style de la soirée.

— Waouh ! s'exclama Andy à son retour à l'appartement. Je ne savais pas que tu aimais le shopping à ce point-là.

— Ce n'est pas le cas, je t'assure. Mais avant mon départ de Londres, j'ai fait don de tous mes vêtements. Et comme les quelques ensembles que je portais en Thaïlande ne conviennent pas ici, j'ai dû renouveler ma garde-robe. Maintenant que je suis chef de service en second, je dois avoir l'air respectable.

Andy sourit, et une petite flamme pétilla au fond de ses yeux très bleus.

— Si tu me prépares un défilé de mode, commence par les sous-vêtements violets, j'adore.

Elle secoua la tête, riant de bon cœur.

Elle retrouvait l'ami d'autrefois qui aimait la taquiner pour la faire rougir. Nick n'avait pas manqué ces occasions de rire avec lui…

Assez de souvenirs. Garder l'esprit pratique.

— Tu as sûrement envie de te coucher tôt, dit-elle. Veux-tu que je commande un dîner à nous faire livrer ? Mais j'ai fait aussi quelques courses alimentaires en rentrant. Je serais ravie de préparer un sauté cambodgien, si ça te dit.

— Tu fais la cuisine ?

Il semblait tomber des nues, à tel point qu'elle s'en sentit vexée.

Elle avait *toujours* fait la cuisine. Elle aimait ça. Mais Nick voulait donner à leurs amis l'impression qu'elle était une princesse gâtée, et il préparait lui-même les repas quand ils recevaient des invités. Elle n'appréciait pas cela, mais ne protestait pas, pensant que Nick aimait juste épater la galerie. Seulement, peu à peu elle s'était rendu compte que ce n'était qu'une partie du problème. En fait, il avait besoin d'être le meilleur aux yeux des autres. En tant que mari, que cordon-bleu, que médecin. Elle avait supporté la situation, parce qu'elle aimait son mari et qu'elle était déterminée à faire fonctionner leur mariage. Jusqu'à ce jour fatal...

Stop !

— Alors, qu'en dis-tu ? demanda-t-elle d'une voix un peu trop brusque.

Andy avait été ailleurs, perdu dans ses pensées. Mais à cette injonction, il la regarda, surpris.

— Ce que je dis de quoi ?

— Veux-tu que je fasse le dîner ?

— Oh... Oui, bien sûr. Si tu y tiens vraiment.

— Absolument, dit-elle en fermant brièvement les paupières pour étouffer l'élan de colère qui montait en elle.

Car non seulement Nick avait fait de son mieux pour lui faire sentir qu'elle était inutile, mais la réaction d'Andy disait qu'il avait réussi à convaincre leurs amis de ce mensonge.

Eh bien, c'était l'occasion de rétablir la vérité !

La cuisine était fonctionnelle et bien rangée, constata-t-elle. Il n'y avait pas de wok, mais une poêle ferait l'affaire.

— Tu aimes le poulet ? lança-t-elle à Andy, qu'elle avait vu une minute plus tôt sur le balcon.

— J'adore ça.

Sa voix était si proche qu'elle sursauta. Se détournant, elle vit qu'il était accoudé au bar américain.

— Veux-tu une bière pendant que tu t'échines aux fourneaux ? ajouta-t-il.

— Volontiers. J'aime en déguster une pendant que je cuisine. Sais-tu qu'on trouve de très bonnes bières au Cambodge ?

Il posa la petite bouteille à côté de la planche à découper où elle tranchait les oignons, les bok choy, les carottes et les piments doux.

— Merci, dit-elle en posant son couteau. Tchin !

— Bienvenue à la maison ! répondit-il avec chaleur.

Il semblait le penser vraiment, et elle se détourna pour cacher l'émotion qui lui montait aux yeux sans raison.

Tout en buvant sa bière, Andy regardait travailler Sam.

Il pensait connaître cette femme qui avait été mariée à son ami durant trois ans, mais de petites choses le poussaient à douter de ses certitudes. Et s'il avait vraiment vu un voile de larmes couvrir ses yeux au moment où ils avaient trinqué, alors il avait beaucoup à apprendre à son sujet.

Il aurait tout le temps pour ça, puisqu'ils travailleraient et vivraient ensemble ici temporairement. Il avait toujours admiré Sam pour la façon dont elle savait s'y prendre avec Nick, qui n'était pas spécialement facile à vivre. Un homme formidable mais qui voulait toujours gagner, briller en tout.

Délaissant ses souvenirs, il observa la jeune femme qui s'activait dans sa cuisine.

Grande et mince, Sam semblait à l'aise dans cette tenue asiatique qui la laissait libre de ses mouvements. Elle avait remonté ses cheveux en chignon pour plus de confort et, tout en travaillant, elle fredonnait un air pour elle-même.

— Alors, tu aimes vraiment cuisiner, dit-il en la voyant brandir la bouteille d'huile de sésame qu'elle avait achetée.

— Mais oui ! répondit-elle en relevant la tête.

Ses larmes – à supposer qu'il y en ait vraiment eu – avaient disparu.

L'huile se mit à grésiller dans le poêlon, et elle y jeta le poulet émincé. Bientôt, elle ajouta les légumes et remua le tout. De sa main libre, elle tira à elle le sac en papier brun qui contenait le reste des courses.

— Pour le riz, j'ai triché. Veux-tu ouvrir le haut du paquet et le mettre au micro-ondes deux minutes, s'il te plaît ?

Il s'empara du sachet.

— Piment et noix de coco, mon préféré, dit-il, heureux d'apporter sa contribution à la préparation du dîner. Le riz micro-ondable est une des plus grandes inventions du monde moderne !

Sam laissa échapper un petit rire tout en versant différentes sauces sur le sauté, juste ce qu'il fallait pour donner au plat tout son arôme.

— Parfait. Il ne reste plus qu'à mettre le riz dans les bols, à sortir les couverts, et c'est prêt, dit-elle en éteignant le gaz sous la poêle.

Ses yeux brillaient de plaisir. Elle porta la bouteille de bière à ses lèvres. Comme il contemplait son cou pâle pendant qu'elle buvait, quelque chose se serra au fond de lui.

Cette cohabitation s'annonçait décidément compliquée.

Ils dînèrent sur le balcon à la nuit tombée. Le murmure des vagues les enveloppait. Il savourait la compagnie de Sam, son rire qui ponctuait la conversation, la beauté de son visage diaphane sous le clair de lune et sa chevelure rousse qui cascadait sur ses épaules fines.

Sam appréciait la soirée. Ils parlaient de voyages, de l'hôpital, des années qu'Andy avait passées aux États-Unis... Mais jamais de Nick malgré la place qu'il avait occupée dans leurs vies respectives. Quand elle sentait qu'Andy allait aborder le sujet, elle s'arrangeait pour faire diversion, ne se sentant pas prête à évoquer cette partie du passé.

Le serait-elle jamais ? Pourtant, elle devrait le faire à un moment ou à un autre, au risque de gâcher les chances d'établir un lien amical entre Andy et elle.

Prenant une profonde respiration, elle se lança.

— Cette nuit-là, à l'hôpital... J'étais bouleversée quand tu as dit que Nick n'aurait jamais dépassé la lim...

— Je n'aurais jamais dû dire ça, coupa Andy. C'était blessant. Depuis que nous t'avons appelée pour le poste à l'hôpital, j'ai eu un mois pour réfléchir à la façon de te présenter des excuses, pour essayer de comprendre ce que...

Elle tendit la main et lui toucha les lèvres du doigt pour l'empêcher de poursuivre.

— Moi d'abord, dit-elle en lui jetant un regard direct.

Il n'insista pas. Elle aurait voulu lire dans ses yeux de la compréhension, mais ils ne reflétaient que de l'inquiétude.

— J'aimais Nick à la folie, déclara-t-elle d'un ton grave. Mais avec le temps, je me suis mise à détester notre mariage. Mon amour pour lui était toujours là, seulement je détestais celle que j'étais devenue. J'avais abandonné une grande partie de moi-même pour être celle qu'il voulait que je sois, intégrer la place qu'il m'avait choisie dans sa vie et qui était à ses yeux celle d'une épouse.

Elle baissa la tête, serrant convulsivement les mains posées sur les genoux pour lutter contre l'émotion.

— Ce jour-là, dans la voiture, c'est devenu tout à coup plus fort que moi. La colère a pris le dessus, et j'ai lancé toutes sortes de vérités blessantes à la figure de l'homme que j'aimais...

Elle observa un nouveau silence avant de lever les yeux vers Andy. Devant son expression impassible, elle se sentit glacée. Elle pensa avec certitude qu'elle venait de détruire définitivement leur amitié d'alors et celle qu'ils auraient pu nouer à l'avenir.

Mais elle devait aller jusqu'au bout de sa confession.

— Tu avais raison, j'ai probablement causé l'accident, dit-elle très vite. J'étais tellement hors de moi. Je criais, Nick criait aussi, et ni l'un ni l'autre ne voulait céder. Puis, brusquement, tout a été fini. Un choc monstrueux, le trou noir... Je me suis réveillée à l'hôpital. Nick n'avait pas survécu.

Elle se recroquevilla pour dissimuler ses larmes de chagrin pour tout ce qu'elle avait perdu ce jour-là, en plus de Nick.

— Donc, tu avais parfaitement raison, termina-t-elle en tâchant de surmonter le tremblement de sa voix. Nick n'aurait jamais dépassé la vitesse autorisée. Seulement, il était en colère.

Elle attendit, priant silencieusement pour qu'Andy la comprenne.

Il tendit une main par-dessus la table et lui toucha le bras. En même temps, il ébaucha un sourire triste et las.

— Oh ! Sam... Tu devrais cesser de te blâmer. J'ai aggravé les choses avec mes paroles dures, irréfléchies, et je ne sais comment m'excuser. Je n'avais pas le droit de te parler comme ça, de te blesser davantage. Bien sûr que ce n'était pas de ta faute. C'était Nick qui conduisait et qui roulait trop vite. Peu importe ce qui a provoqué ça.

Il prit ses mains dans les siennes, et elle se laissa faire.

— Peux-tu me pardonner ? ajouta-t-il doucement. Pouvons-nous être amis ?

— Oui, Andy. Soyons amis, dit-elle en pressant ses doigts.

Ils demeurèrent un moment ainsi, les mains enlacées, jusqu'à ce qu'elle finisse par se sentir mal à l'aise.

— Tu devrais être au lit à cette heure, dit-elle en rougissant.

Mais elle regrettait déjà de retirer ses doigts de son étreinte délicieuse.

Andy avait essayé jusque-là d'ignorer la tension qui montait en lui. En vain. La bière et le verre de vin qu'il avait consommés au cours du repas avaient affaibli sa résistance, et il faillit suggérer à Sam de partager son lit.

Comme si c'était possible, alors qu'elle venait de dire qu'elle aimait toujours Nick !

Il préféra se raccrocher à des paroles pragmatiques pour surmonter la folle attirance que Sam lui inspirait.

Il se leva de façon presque abrupte.

— Oui, et toi aussi, dit-il d'une voix sourde. Est-ce que

je t'ai dit que nous travaillerons ensemble au moins les premiers jours ? Nous aurons les mêmes horaires jusqu'à ce que tu t'adaptes à notre fonctionnement et aux protocoles de soins en usage ici. Rien de compliqué. Je sais combien c'est déstabilisant de changer d'hôpital, donc cette organisation m'a semblé une bonne idée.

— Génial. À quelle heure devons-nous partir demain matin ?

À voir l'enthousiasme de Sam et le sourire qui l'accompagnait, il se demanda si l'idée était si bonne que ça.

— Vers 7 h 30. On se voit là-bas ?

3

« On se voit là-bas ? »

Cette dernière parole d'Andy résonnait dans l'esprit de Sam comme elle gagnait sa chambre.

Il ne prenait donc pas de petit déjeuner avant de partir travailler ? Comment était-elle censée se comporter le lendemain matin ?

Quand elle était adolescente, elle détestait passer la nuit chez une amie pour la première fois. Elle ne savait jamais quand sortir du lit, si la famille serait déjà levée ou si elle risquait de réveiller tout le monde. Or, manger lui était indispensable avant d'entamer la journée.

Pouvait-elle se permettre de fouiller dans la cuisine pour trouver de quoi se composer un petit déjeuner ?

Ils n'avaient pas eu le temps de discuter de ce détail pratique, mais elle était soulagée qu'ils aient quitté la table si vite. Quelque chose avait changé entre eux quand ils avaient parlé de Nick. Un peu comme si une brise s'était levée, lui causant des frissons dans tout le corps. Le départ d'Andy avait mis fin à cette tension, mais elle continuait de s'interroger sur ses propres sentiments.

Andy était simplement Andy, un ami de longue date, et c'était à ce titre qu'il lui avait demandé de venir s'installer chez lui. Mais pouvaient-ils vraiment retrouver l'amitié insouciante qui les avait unis autrefois ? À l'entendre, il regrettait sincèrement les mots durs qu'il lui avait lancés après l'accident. À elle d'oublier ça pour qu'ils repartent du bon pied. Elle ne voulait pas perdre son amitié, elle le comprenait maintenant.

Comme elle ôtait son T-shirt, on frappa un léger coup à la porte de la chambre.

— Sam ? J'aurais dû te dire qu'il y a tout ce qu'il faut dans le garde-manger et le réfrigérateur, donc fais comme chez toi. Si tu préfères, il y a au pied de l'immeuble un café qui ouvre très tôt et qui sert des petits déjeuners.

Elle s'approcha du battant, sentant une chair de poule courir sur sa peau à l'idée qu'Andy se tenait juste de l'autre côté.

— Merci. Je descendrai au café, l'idée est tentante.

Andy allait-il lui proposer de déjeuner au café ensemble ? Devait-elle prendre les devants ?

Mais elle entendit le bruit étouffé de ses pas sur le tapis du couloir.

— Bonne nuit, dit-il en s'éloignant.

Elle demeura immobile, tâchant de démêler les émotions que ce bref échange avait suscitées en elle.

Avait-elle voulu qu'Andy entre dans sa chambre ?

Elle secoua la tête, mais sans être totalement convaincue.

Avait-il attendu une invitation ?

Elle n'en avait pas la moindre idée, mais non, sûrement pas. Il était beaucoup trop… convenable. Elle refusait de lui prêter une attitude aussi vulgaire. Sans compter qu'ils étaient des collègues, à présent. Or, les relations entre collègues sont compliquées, Nick et elle s'en étaient rendu compte.

Nick… Au bout de trois ans, elle avait cru que ce serait plus facile de penser à lui, même de parler de lui. Mais la rancœur qu'elle avait ressentie vers la fin de leur mariage avait refait surface quand elle s'était confiée à Andy.

Peut-être valait-il mieux laisser les souvenirs au passé…

S'écartant de la porte, elle finit de se déshabiller et passa dans le cabinet de toilette attenant.

Mais une fois au lit, un livre posé sur les genoux, elle

continua de s'interroger sur ce qui l'avait poussée à accepter de rester chez Andy, même pour peu de temps.

Le lendemain, Sam descendit au café, se commanda des fruits, des toasts et du thé noir et mangea seule. Elle n'avait détecté aucun signe d'Andy quand elle avait quitté l'appartement.

Était-il déjà parti ?

Mais en remontant à l'appartement, elle le trouva dans la cuisine, le torse nu et une serviette de bain autour de la taille.

Elle ravala son souffle et décida sur le champ de se rendre à l'hôpital à pied. Il fallait absolument qu'elle mette de la distance entre Andy et elle. La marche la distrairait de la vision de ce torse hâlé et sculpté par les divers exercices physiques auxquels il s'adonnait sans doute.

— Je vais à l'hôpital à pied, annonça-t-elle très vite. Ça me fera du bien.

Andy, occupé à mixer une sorte de bouillie verte – sans doute un smoothie diététique –, se versa un mug de la mixture en secouant la tête.

— J'en ai pour cinq minutes. Je viens de prendre une douche…

Oh ! Seigneur ! Il était donc nu sous cette serviette ?

Elle s'empourpra violemment.

— Non non ! J'ai besoin d'un peu d'exercice. Ça me permettra de me familiariser avec les lieux.

Sur quoi, elle s'empara de sa sacoche, vérifia que ses clés s'y trouvaient et, sur un signe de la main, sortit de l'appartement.

À partir de maintenant, elle allait prospecter auprès des agences immobilières et sur Internet pour chercher une location. Il était hors de question qu'elle continue de vivre chez Andy, étant donné les émotions qu'il lui inspirait. Pas question d'apaiser sa frustration en sortant avec d'autres hommes tant qu'elle restait chez lui, ce serait trop embarrassant. Il fallait donc qu'elle trouve un logement qui soit son chez-soi, où elle pourrait réfléchir à l'avenir, oublier définitivement Nick et aller de l'avant.

Comme elle atteignait le sommet de la colline, elle regarda vers l'océan, et un sentiment de paix l'envahit.

Le panorama était superbe. Comme elle avait eu raison de venir ici ! La région était magnifique, et elle avait un ami – car Andy n'était rien d'autre que ça – pour lui faire découvrir les alentours, ce qui était appréciable.

Elle poursuivit sa progression, aspirant à fond l'air marin vivifiant, et ses pas semblaient battre la mesure d'un petit air qui lui trottait dans la tête :

Andy est un ami, Andy est un ami...

La fillette de trois ans qui avait la rougeole, Rosa, fut la première à recevoir leur visite, car une infirmière les avait avertis que son état ne présentait aucune amélioration.

— En fait, il a empiré, dit Sam en consultant les constantes vitales de l'enfant.

— Oui, répondit Andy en examinant la fillette d'un air soucieux. Le médecin qui était de garde cette nuit m'a téléphoné, et nous avons parlé de la nécessité de lui appliquer des compresses refroidissantes.

La blancheur des patchs sur les poignets, le cou et les tempes de Rosa contrastait avec le rouge vif de l'éruption violente qui couvrait à présent son corps.

— Nous en plaçons aussi sur l'intérieur des coudes, expliqua l'infirmière. Son père est resté à son chevet toute la nuit.

Elle désigna le fauteuil réglable dans un coin de la chambre.

— Il est rentré chez lui pour voir ses autres enfants et les emmener immédiatement chez le médecin de famille, mais il va revenir. Il est effondré et s'en veut terriblement.

Sam jeta un coup d'œil significatif à Andy avant d'intervenir.

— Certains parents pensent vraiment que la vaccination peut nuire à leur enfant. Ils la redoutent, malgré tous nos messages de prévention.

— Tu as toujours été une *Little Miss Sunshine* qui refuse de voir le mauvais côté des gens ? dit Andy.

C'était plus une taquinerie qu'un reproche, et elle ne put s'empêcher de sourire.

— J'essaie.

Ils se rendirent ensuite auprès de Jonah, le petit garçon aux pieds brûlés. Il dormait.

Sam observa ses pansements avec perplexité.

— Comment peut-on se brûler la plante des pieds ? J'ai du mal à comprendre.

— Il vit près de la plage. Il a décidé de faire une expérience et d'allumer un feu sur le sable entre des rochers. Il s'est bien amusé, puis sa mère l'a appelé, et il a couvert le feu en piétinant le sable pour s'assurer qu'il était bien éteint.

— Oh ! Alors je plains ses parents. Ils doivent se demander quelle bêtise il va inventer après ça.

Ils confrontèrent leurs avis concernant le traitement à adopter. Les plaies étant débridées, ils décidèrent que Jonah serait transféré dans le service de pédiatrie dans la journée.

Ensemble, ils visitèrent les enfants les plus gravement malades, dont trois se trouvaient en chambre d'isolement à la suite d'une chimiothérapie. Après quoi, Andy s'excusa pour assister à une réunion des chefs de service, et Sam se chargea de voir seule les autres patients – vingt-trois au total, ce qui était considérable pour une unité de soins intensifs pédiatriques dans une ville de province.

— Ils viennent de la périphérie, expliqua l'infirmière qui l'accompagnait. Les autres hôpitaux du district ne disposent pas de spécialistes ou de service de soins intensifs.

— Difficile de trouver plus moderne que cet hôpital, déclara Sam, surprise par toutes les installations dernier cri dont l'unité disposait.

Un signal strident retentit soudain, et elles se précipitèrent vers le box où se trouvait Ryan, le bébé placé sous assistance respiratoire. Un coup d'œil au moniteur apprit immédiatement à Sam ce qu'il se passait : son cœur essoufflé avait cessé de battre !

Tandis que l'infirmière appuyait sur le bouton d'appel pour réclamer le chariot de réanimation, Sam effectua immédiatement les compressions sur la poitrine de Ryan.

— Ôtez-lui son masque pour une minute et procédez à l'aspiration trachéale pour dégager ses voies aériennes, ordonna-t-elle.

À cet instant, Andy apparut. Sans doute l'avait-on alerté de l'urgence.

— Sa poitrine se soulève, donc le ventilateur continue de l'oxygéner, dit-il.

Il tâta le pouls mais secoua la tête.

— Recours à l'épinéphrine ? demanda Sam.

— Non. Ça ferait probablement repartir le cœur, mais des dommages au cerveau sont à redouter. Nous allons le choquer. Avez-vous son poids ?

L'infirmière lui donna l'information. Ensuite, tout alla très vite. Le défibrillateur en place, tous s'écartèrent, et le petit corps se souleva.

Le moniteur afficha enfin un rythme cardiaque proche de la normale, mais une tension dramatique avait empli la chambre, et tous les regards restaient braqués sur l'écran dans la crainte de voir les courbes s'amenuiser.

Penchée au-dessus du petit garçon, Sam reprit le massage cardiaque pendant quelques minutes, sachant que cela aiderait le cœur défaillant à fonctionner normalement.

Les infirmières sortirent de la chambre, emportant le chariot de réanimation, mais Andy continua d'examiner l'enfant.

— Nous devons étudier de nouveau ses antécédents, voir s'il ne présentait pas un signe d'anomalie cardiaque dès la naissance… Mais non ! Les prématurés passent toutes sortes de tests quotidiennement. Alors, que s'est-il passé ?

En dépit des circonstances, Sam ne put s'empêcher de sourire. Elle avait eu l'occasion autrefois de travailler avec

Andy, quand elle effectuait un stage et qu'il était interne, et elle l'avait souvent entendu débattre à voix haute avec lui-même.

— Et s'il s'agissait d'une malformation congénitale du septum interauriculaire ? dit-elle. Elles sont parfois si petites qu'elles ne sont pas détectables avant l'âge adulte. Mais ça affecte aussi bien les poumons que le cœur.

Andy lui lança un regard de gratitude.

— Je savais que j'avais une bonne raison de te faire venir ici ! Nous allons laisser ce petit bonhomme se reposer pendant une heure, puis nous lui ferons passer un scanner.

Mais au lieu de se ranger à son avis, elle resta concentrée sur leur petit patient. Elle ajusta son stéthoscope.

— Si l'anomalie était audible, elle aurait été détectée avant, mais je veux juste l'ausculter au cas où l'arrêt cardiaque l'aurait rendue plus nette, expliqua-t-elle.

Elle souffla sur le pavillon pour le réchauffer avant de l'apposer sur la poitrine de Ryan.

Les battements du cœur étaient redevenus réguliers. Mais n'y avait-il pas un léger souffle ?

Andy écouta son tour et secoua la tête.

— Nous verrons ce que l'échographie révélera. S'il y a effectivement quelque chose d'anormal, il faudra prendre une décision avec les cardiologues.

— Opérer ou laisser tel quel et surveiller ?

Andy acquiesça gravement en regardant l'enfant, dont le départ dans la vie était terriblement compliqué.

Quittant le petit Ryan, ils entrèrent dans la chambre d'un grand gaillard de douze ans qui paraissait peu à sa place dans ce service.

— Nathan a reçu un coup sur le terrain de football, il a perdu connaissance puis a fait une crise d'épilepsie, expliqua Andy à Sam. Le neurologue l'a fait mettre sous surveillance ici pour quarante-huit heures et a prescrit un électroencéphalogramme pour voir s'il ne présente pas un risque de crises récurrentes.

Sam feuilletait le dossier tout en l'écoutant.

Même si travailler avec elle était déstabilisant d'une certaine façon, il avait de la chance d'être aussi bien secondé. Pendant longtemps, elle avait été la compagne de Nick, et il n'avait pas pensé à elle autrement. Mais Nick n'était plus là. À présent, elle était simplement Sam, une femme qui l'attirait toujours.

— Son scanner n'a montré aucun dommage visible, dit-elle en levant vers lui son beau regard vert. Pas de saignements, pas de caillots, aucune anomalie qui aurait pu causer la crise. C'est probablement la conséquence de la commotion cérébrale.

Il se ressaisit immédiatement.

Bon sang, ce n'était pas le moment de rêvasser ! Ils discutaient d'un patient.

Reportant son attention sur le garçon, il lui posa quelques questions et remarqua son exaspération.

— Et avant que vous ne me le demandiez, je ne sais pas qui est le Premier ministre, et je ne le savais pas non plus avant ce qui est arrivé ! Vos questions sont stupides, lança l'adolescent.

— Alors, parle-moi plutôt de tes copains.

Il l'écouta énumérer quelques noms et donner une brève description de ses amis.

— Je ne pense pas que tu aies quoi que ce soit au cerveau, lui dit-il en souriant. L'électroencéphalogramme montrera s'il y a un risque que tu fasses d'autres crises. Tu vas prendre des médicaments pour empêcher que ça arrive.

— Mais ça veut dire que je ne jouerai plus au foot, dit le jeune d'une voix plaintive.

— Pas pendant un mois, en tout cas.

— Mets-toi au tennis, intervint Sam. Ce sera beaucoup mieux pour ta tête.

Voyant qu'elle plissait le front, Andy se demanda ce qui

la tracassait. Laissant le jeune patient à son jeu vidéo, il l'entraîna dans le couloir.

— Allons prendre un café. Nous discuterons des enfants que nous avons vus, et tu me diras ce que tu en penses.

Dans la salle de repos, il alluma la machine à café.

— Ça va ? demanda-t-il sans la regarder.

Ce genre de question amenait une réponse immédiate, mais comme Sam gardait le silence, il dut se retourner.

— Sam, tout va bien ?

Elle souriait, mais son effort était si pathétique qu'il en oublia le café et ses soucis personnels pour s'asseoir auprès d'elle sur le canapé.

— Qu'y a-t-il ?

Sa propre voix lui parut abrupte, mais sa tension était telle que son sang-froid lui échappait à présent. Toutes les fibres de son corps le poussaient à prendre Sam dans ses bras pour lui dire que, quel que soit le problème qui la tourmentait, ils le résoudraient ensemble. Être enlacée, réconfortée, c'était peut-être ce dont elle avait besoin et ce qu'elle attendait d'un ami. Mais étaient-ils vraiment amis, même s'ils étaient réconciliés ?

Sam émit un petit rire désenchanté.

— C'est stupide, mais en regardant le jeune Nathan, je me suis demandé si je laisserais mon enfant jouer au football. Quand on a des gosses, une famille, comment prend-on ces décisions ? Les parents se font-ils constamment du souci ? Est-ce pire pour nous parce que nous voyons ce qui peut arriver ?

Il pensa aux enfants qu'il n'aurait sans doute jamais, aux femmes qui n'avaient pas voulu prendre le risque d'en avoir avec lui, à ce qui avait tué son désir de fonder une famille et d'avoir une relation durable.

— Je ne sais pas pour les autres, mais je pense qu'il est plus facile de ne pas avoir d'enfant. On échappe ainsi à l'angoisse. J'en suis arrivé à ce point de vue.

Il avait conscience de sa désinvolture, mais il ne voulait pas entrer dans les détails quand Sam était si bouleversée.

Résolument, il retourna s'occuper du café tout en réfléchissant aux questions qu'elle avait posées. Il sentait que le sujet était important pour elle et qu'elle avait besoin d'y voir clair.

— Pour en revenir au sport, Nathan aurait très bien pu tomber d'un arbre ou faire une chute chez lui. Je pense que la plupart des parents décident ce qu'ils pensent être le meilleur sur le moment, en espérant que leur progéniture survivra à l'enfance.

Sam laissa échapper un son de gorge qui pouvait passer pour un assentiment mais demeura pensive. Quand il lui tendit un mug sans lui demander comment elle prenait son café, elle le regarda avec surprise.

— Tu t'es souvenu ?

Il saisit sa propre tasse, ainsi qu'une boîte de biscuits.

— Oh ! Noir et sans sucre, ce n'est pas l'option la plus difficile à mémoriser.

— Moins compliquée que celle de Nick : lait écrémé et une demi-cuillerée de sucre.

Elle avait parlé d'un ton léger, mais il perçut la tension qui imprégnait ses paroles.

Comment diable avait-elle réussi à vivre avec les petites manies de Nick ? En dépit de l'amour qu'elle avait pour lui, elle avait détesté ce qu'il avait fait d'elle, et Andy comprenait ça. Il avait connu Nick presque toute sa vie et avait accepté son côté pointilleux. Quand son ami était devenu trop dominateur, il s'était trouvé d'autres camarades. Mais Sam avait été sa femme, elle n'avait pas pu s'échapper facilement. Impossible pour elle de se rapprocher de quelqu'un d'autre.

Il la regarda tremper un biscuit dans son café et savourer la bouchée fondante.

— Tu as probablement lu les dernières études sur les TOC en lien avec le manque de sérotonine, dit-elle comme si elle suivait le cours de ses pensées. J'ai essayé de persuader Nick d'essayer les anxiolytiques. Ça fonctionne chez certaines personnes. Mais, comme tu le sais, il refusait d'admettre qu'il avait un problème.

Andy hocha la tête en repensant à sa conviction d'alors que Nick n'aurait jamais conduit au-dessus de la vitesse autorisée.

Non, Nick n'aurait jamais accéléré, parce que cette obsession faisait partie de son caractère. Ce qu'il appelait du perfectionnisme.

Maintenant qu'Andy savait qu'ils se disputaient au moment de l'accident, il était plus curieux qu'apaisé. Leur querelle avait dû être sérieuse pour pousser Nick à déroger à ses principes.

Sam avait fini son café.

— On retourne au travail ?

— Rien ne presse. Et nous sommes venus ici pour parler des patients.

Il hésita à lui demander ce qu'elle pensait de ce qu'elle avait observé jusque-là. Il était beaucoup trop tôt pour lui poser cette question. Du reste, il désirait plutôt en apprendre davantage sur elle, sur sa vie au cours des trois dernières années et sur ce qu'elle ressentait pour Nick à présent. Tout, en fait.

Cette pensée était si déstabilisante qu'il se leva, ramassa la boîte de biscuits et entreprit de laver leurs tasses. Ce faisant, il avait une conscience aiguë de Sam derrière lui. Quand elle se leva et gagna la porte, il avait les nerfs à fleur de peau.

Cette pause-café était la plus étrange de toutes celles qu'elle avait connues, pensa Sam en s'échappant de la petite salle pour retrouver le va-et-vient rassurant du service.

Il était moins facile de fuir ses pensées. Celles-ci avaient dû se lire clairement sur son visage un peu plus tôt, car Andy s'était montré inquiet et prévenant, lui demandant à plusieurs reprises ce qu'elle avait.

Elle n'allait pas bien, en effet. C'était à cause de la date anniversaire qui approchait. Elle avait pensé qu'ils parleraient des patients de l'hôpital en général, voire des ragots qui circulaient, l'occupation favorite dans une salle de pause. Tout ça lui aurait changé les idées. Mais non, ils avaient évoqué Nick. L'autre sujet avait été les enfants, ce qui était révélateur. Andy avait parlé d'un ton nonchalant, mais elle avait eu l'impression qu'il avait déjà décidé de ne pas être père. Pourquoi ?

Mais elle n'avait pas le temps de s'interroger, le travail attendait.

Elle s'arrêta au poste infirmier pour s'assurer qu'on avait alerté toutes les familles dont les enfants avaient pu être en contact avec la petite Rosa.

— Oui, nous avons joint la crèche privée où elle est en garde deux fois par semaine. Ils n'ont que cinq enfants en tout, et la directrice a parlé à tous les parents. Nous avons obtenu leurs noms et numéros de téléphone, et nous les appelons aussi.

L'infirmier – elle lut sur son badge qu'il s'appelait Damian – intervint.

— Ce ne sont pas seulement les enfants qui m'inquiètent, mais les personnes âgées. Rosa fréquentait aussi un centre aéré une fois par semaine. Il est installé au sein d'une maison de retraite. Apparemment, les résidents aiment beaucoup avoir les petits autour d'eux.

Sam ferma les yeux, catastrophée.

— Ce n'est peut-être pas si dramatique, fit soudain Andy en venant se placer derrière elle. La plupart des personnes âgées sont vaccinées à la naissance de leur premier petit-enfant sur la recommandation de leur généraliste.

— Mais s'en souviennent-ils ? Et est-ce indiqué de vacciner tout le monde dans l'établissement, étant donné que beaucoup d'entre eux ont de lourds problèmes de santé ?

Sam s'était tournée pour répondre à Andy, et elle lut sur ses traits une inquiétude semblable à la sienne.

— Je vais appeler le Centre de surveillance des maladies infectieuses, dit-il. Mais ce serait plus sûr de vacciner tout le monde.

— Est-ce à nous de faire ça ? demanda une infirmière.

— C'est le rôle de qui d'autre ? dit Sam. Nous devons alerter les autorités sanitaires de ce qu'il se passe. En retour, elles prendront les décisions qui s'imposent et avertiront la population si c'est nécessaire. Le risque est réel. Une épidémie de rougeole entraîne presque inévitablement des décès, même si le nombre de malades est limité.

Troublée par ses propres paroles, elle se détourna.

Elle souhaitait revoir la petite Rosa et, pour être tout à fait franche, elle désirait aussi mettre de la distance entre elle et Andy. Cet émoi qui s'emparait d'elle quand il se trouvait à proximité menaçait de perturber son travail si elle ne le maîtrisait pas. Ce n'était pas comme s'il s'intéressait à elle. N'avait-il pas dit qu'il lui proposait de séjourner chez lui parce qu'elle était la veuve de son meilleur ami ? On était loin de l'invitation romantique !

Rosa était toujours fébrile. Si les médicaments et les compresses maintenaient sa température sous le seuil de dangerosité, elle n'en restait pas moins très malade. Sur l'écran du moniteur, le rythme cardiaque était un peu élevé, mais rien d'alarmant. Le taux d'oxygène était bon grâce à l'apport supplémentaire de la canule nasale. Elle était sous perfusion. Que pouvait-on faire d'autre pour elle ?

C'est le problème quand on choisit de travailler pour des enfants gravement malades : tous ne peuvent pas être sauvés. C'est injuste, car chaque petit mérite d'avoir une chance de vivre… Mais le sien n'en avait pas eu.

Une infirmière vint lui transmettre une information sur un de patient en chimiothérapie, et elle accueillit l'interruption avec soulagement. Repoussant ses sombres pensées, elle rejoignit l'oncologue dans la chambre de l'enfant, et à partir de là son esprit fut accaparé par le travail.

En début d'après-midi, elle prit une tasse de thé et une pomme dans la salle du personnel. Elle avait hâte que la journée finisse pour rentrer se détendre.

Malheureusement, l'état de Rosa s'aggrava, et ni elle ni Andy ne purent se résoudre à partir. Andy prit le prétexte de dossiers à remplir, tandis qu'elle restait dans la chambre avec le père de Rosa.

— Elle ne va pas s'en sortir, n'est-ce pas ? murmura celui-ci alors qu'elle rafraîchissait l'enfant avec un linge humide.

Elle fut incapable de répondre.

Comprenant ce que ce silence signifiait, l'homme s'enfouit le visage dans les mains, et son désespoir emplit l'air confiné de la pièce.

Rosa mourut peu après minuit dans les bras de son père. Sam se tenait près de celui-ci, un bras passé autour de ses épaules.

Au bout de quelques minutes, le médecin de garde et des infirmières entrèrent pour entourer le père et s'occuper des formalités.

Andy retrouva Sam dans le vestiaire, les yeux embués de larmes. Sentant sa tension extrême, il la conduisit d'autorité vers sa voiture. Au moment de s'asseoir au volant, il leva les yeux vers le ciel étoilé, s'interrogeant sur l'attitude de la jeune femme.

Il avait compris son désir de s'occuper de Rosa jusqu'au bout, mais quand, au cours de la soirée, il l'avait forcée à quitter le chevet de la fillette pour manger quelque chose, tout son être avait vibré d'une tension insoutenable, et elle avait fait des efforts pathétiques pour ne pas s'effondrer. À présent, assise avec raideur sur le siège passager, elle se tordait les mains.

Il savait d'instinct qu'il devait la ramener chez lui – il n'osait pas dire « chez eux » – pour la prendre contre lui et la prier de lui dire ce qui n'allait pas.

À peine avaient-ils atteint l'ascenseur de l'immeuble qu'il vit les larmes rouler sur ses joues. Dans la cabine, il la serra dans ses bras, puis il la guida doucement vers l'appartement. Dès qu'ils furent à l'intérieur, il l'enlaça plus étroitement.

— Parle-moi, murmura-t-il en lui relevant délicatement le menton.

Le visage ruisselant de larmes, Sam le regarda avec tant de douleur qu'il n'eut pas le cœur d'insister. Alors, il effleura ses lèvres des siennes en murmurant son nom. Une très mauvaise initiative sans doute, mais il sentit que Sam en tirait quelque force, car elle répondit à son baiser avec un mélange de passion, de chaleur et de souffrance indicible.

Il entendait sa voix intérieure lui hurler des avertissements, mais il percevait aussi l'urgence qui animait Sam, et son corps réagissait en retour.

Leur baiser s'intensifia. Sam souleva sa chemise pour toucher sa peau. Ses mains étaient froides et impatientes. Les siennes ne restèrent pas inertes, elles sculptèrent le modelé de sa taille fine, la courbe de ses hanches.

Bientôt, ils jetèrent leurs vêtements dans un désordre indescriptible. Ils s'embrassèrent de nouveau, et le moment magique où leurs corps nus se touchèrent enflamma Andy. Il entraîna Sam dans sa chambre, vers le lit froissé qu'il n'avait pas eu le temps de faire le matin.

Dans un coin de son esprit, Sam savait que c'était de la folie. Mais en cet instant, le jour anniversaire de la mort de Nick et du bébé qu'elle avait porté, elle avait besoin de la délivrance et de l'oubli que procure le sexe.

Quand les lèvres d'Andy se mirent à butiner son cou et que sa main se referma sur son sein, elle gémit du plaisir pur et insensé que ses caresses suscitaient en elle. Se pressant avidement contre son corps viril, elle lui mordilla l'épaule.

Ils tombèrent ensemble sur le lit défait, se délectant du plaisir qu'ils se donnaient, jusqu'à ce que, n'y tenant plus, elle l'invite en elle. Cette fusion de leurs chairs lui parut incroyablement naturelle, et leurs corps entamèrent la danse immémoriale de l'amour pour atteindre la jouissance salvatrice.

Un long moment plus tard, elle s'éveilla et découvrit qu'Andy la contemplait, appuyé sur un coude. De l'index, il cueillit une larme sur sa joue et leva le doigt pour la lui montrer.

Elle se passa une main sur le visage, espérant effacer quelque autre signe révélateur, puis elle se glissa hors du lit. Elle songea à se couvrir du drap mais y renonça, car cela aurait voulu dire qu'elle avait honte.

C'était probablement le cas, mais elle analyserait ça plus tard. Pour l'instant, elle ne songeait qu'à fuir avant qu'Andy ne la questionne, car elle le sentait beaucoup trop perspicace pour sa tranquillité d'esprit.

Cependant, au moment de franchir la porte, elle se retourna.

— Merci, dit-elle. J'avais vraiment besoin de ça.

Il ébaucha un sourire qui ne parvenait pas à cacher complètement l'expression blessée de son regard.

— Content de te rendre service, n'importe quand.

Elle s'engouffra dans le couloir, les joues brûlantes.

Pour une première fois, ils avaient partagé un moment incroyablement intense et satisfaisant, mais ça n'irait pas plus loin. Les relations entre collègues... Et puis, Andy avait sans doute une femme dans sa vie.

Elle prit une douche, s'habilla. Une fois prête, elle se rendit compte du silence qui régnait dans l'appartement.

Andy était sûrement descendu à la plage pour sa baignade matinale.

Des images de son corps nu lui revinrent à l'esprit, et elle refusa catégoriquement de se trouver là quand il rentrerait. Prenant son sac, elle quitta l'appartement et se rendit au café.

Les toasts à l'avocat et au saumon fumé étaient vraiment savoureux. Si elle se concentrait suffisamment sur la nourriture puis sur le travail, elle ne penserait pas au bien-être qu'elle avait ressenti entre les bras d'Andy. Ni à ce que la date d'aujourd'hui signifiait pour elle.

4

Toute la journée, Sam et Andy observèrent une attitude distante et polie l'un envers l'autre. Heureusement, il y eut beaucoup d'activité dans le service avec les transferts de patients et les nouvelles admissions.

La priorité absolue était la prise en charge de deux nouveaux malades. L'un était un enfant cancéreux qui venait de recevoir une transplantation de cellules-souches d'une personne ne faisant pas partie de son cercle familial, et qui se trouvait en chambre stérile. Quiconque entrait dans la pièce devait donc être équipé d'un masque, de gants, de surchaussures et d'une blouse longue.

Le masque posa problème à Sam lorsqu'elle s'habilla dans le sas à l'extérieur de la chambre. Les lanières se prirent dans ses cheveux, et en entendant quelqu'un entrer elle pinça les lèvres pour retenir un juron.

— Attends, laisse-moi faire.

La voix d'Andy derrière elle et le contact de ses mains fermes dans ses cheveux lui coupèrent le souffle.

— Ça ne voulait rien dire, tu le sais, n'est-ce pas ? dit-elle d'un ton saccadé. Pouvons-nous oublier ce qu'il s'est passé ? J'étais bouleversée, surmenée. Il était minuit passé, alors tout m'est revenu. C'est… C'est l'anniversaire, tu comprends.

Il avait dû finir par démêler son masque, car ses deux

mains se posèrent sur ses épaules, et il la ramena doucement contre lui.

— Oh ! Sam...

Dans un long soupir, elle relâcha toute la tension qui l'accablait.

— Je ne peux pas en parler aujourd'hui... Mais merci, Andy, dit-elle avant de s'écarter.

Décidément, rester pressée contre lui s'avérait trop troublant, et même dangereusement excitant pour certaines zones de son corps.

S'exhortant au calme, elle se concentra sur le travail.

Le petit Jake Andrews dormait quand elle entra dans la chambre stérile. L'infirmière affectée à sa garde était assise d'un côté du lit, et de l'autre côté la mère était assoupie sur un lit de camp.

Pendant qu'Andy examinait le jeune malade, Sam parcourut son dossier. Elle soupira en constatant tout ce que l'enfant et sa famille avaient déjà enduré. Dans un geste idiot de superstition, elle croisa ses doigts gantés, espérant que le traitement agirait avec succès cette fois.

— Je ne suis pas sûr que ça marche aussi bien quand on porte des gants, murmura Andy un peu plus tard, comme ils enlevaient leurs vêtements de protection.

Elle esquissa malgré elle un sourire désabusé.

Finalement, quel mal y aurait-il à ce qu'elle s'offre une relation purement sexuelle avec Andy Wilkie ?

C'était ce que son corps réclamait, mais son esprit lui intimait d'oublier une telle folie. Andy ne s'intéressait à elle que parce qu'elle était la veuve de son meilleur ami, se répéta-t-elle. Cette réalité l'attristait, mais c'était son problème, n'est-ce pas ?

Sur cette réflexion, elle quitta le sas.

Andy la rattrapa.

— L'autre entrant, Grant Williams, rentrait chez lui à vélo quand il a été renversé par un chauffard, dit-il. Il a fallu le stabiliser sur place, puis de nouveau aux urgences.

— Et il a passé une grande partie de la nuit en salle d'opération, j'imagine ?

Grant avait été placé en coma artificiel, découvrit-elle quand ils atteignirent sa chambre. Ses parents se tenaient à son chevet, visiblement sous le choc.

— Quelqu'un vous a informés de son état ? demanda-t-elle doucement.

— Bassin et jambes brisées, épaule fracturée, traumatisme crânien, récita le père.

— On vous a dit qu'il avait été plongé dans un coma artificiel ? Grant est profondément endormi pour laisser un peu de temps à son corps et à son cerveau pour se remettre, expliqua-t-elle.

— Oui, on nous a dit quelque chose comme ça, répondit la mère au bord des larmes.

Sam lui sourit doucement avant de reprendre.

— Cela veut dire qu'il restera inconscient jusqu'à ce que les spécialistes pensent qu'il est en état de faire face à ses blessures. Ça ne sera pas avant quelques jours. Je sais que vous voulez être près de lui, mais vous feriez mieux de rentrer et de vous reposer. L'un de vous aimerait peut-être revenir un peu plus tard pour lui parler, lui toucher la main ? Quand les spécialistes décideront de le sortir du coma, nous vous préviendrons, et vous serez les premières personnes qu'il verra à son réveil.

— Et si nous ne voulons pas rentrer chez nous ? Si nous tenons à rester avec notre fils ?

Le ton agressif du père suggérait qu'il était épuisé. Il faudrait faire preuve de beaucoup de patience pour le convaincre.

Elle préparait ses arguments quand Andy intervint.

— Bien sûr, vous restez si vous le désirez, dit-il en s'adressant directement au père. Mais il faudra probablement attendre trois ou quatre jours avant que les médecins ne lèvent la sédation qui aide le corps et l'esprit de votre fils à assimiler ce qui est arrivé. Quand la décision sera prise, nous vous appellerons pour que vous veniez le rassurer.

Presque mot pour mot ce qu'elle avait dit !

Aussi fut-elle surprise de voir l'homme acquiescer et passer un bras autour de son épouse.

— Le docteur a peut-être raison, chérie. Nous ne serons pas utiles à Grant si nous sommes trop fatigués.

La femme se leva. Après avoir embrassé la joue pâle de leur fils, le couple quitta la chambre.

Sam réprima un soupir de frustration.

Pourquoi, aujourd'hui encore, chez un médecin, la parole masculine avait-elle plus de poids ?

Elle se mit à réfléchir à la question, de sorte que les paroles suivantes d'Andy lui échappèrent. Elle rattrapa la conversation au moment où ils sortaient de la chambre de Grant.

— Donc, je serai au congrès de Sydney qui commence demain et qui dure trois jours. L'accueil des participants a lieu dès ce soir. Je n'y assisterais pas si je sentais que tu avais besoin de moi, mais je sais que tu te débrouilleras parfaitement.

Il lui jeta un regard appuyé et s'éloigna de quelques pas. Une dernière fois, il se tourna vers elle.

— Je laisserai les clés de la voiture sur la table de la cuisine. Prends-la si on t'appelle la nuit. Je vais me rendre à l'aéroport en taxi.

Là-dessus, il gagna la sortie.

En y repensant, elle comprit que ce regard disait tout : Andy tirait un trait sur la nuit torride qu'ils avaient partagée, exactement comme elle l'avait fait un peu plus tôt.

Trois jours, serait-ce suffisant pour se désensibiliser de lui ? Cesser de tressaillir au son de sa voix et de s'enflammer comme une torche quand il la frôlait accidentellement ? Cette attirance, elle l'avait ressentie lors de leurs retrouvailles, mais c'était bien plus difficile à supporter à présent, parce que chaque parcelle de son corps se souvenait du contact d'Andy et semblait déterminée à ne jamais l'oublier.

Andy sortit de l'immeuble, sûr de trouver un taxi en maraude à cette heure.

Il était sûr aussi de faire ce qu'il fallait en s'éloignant de la jeune femme séduisante qui avait été l'épouse de Nick. Il était peu doué pour retenir les dates, et il n'avait pas compris que c'était l'horrible douleur du deuil qui avait jeté Sam dans ses bras la nuit dernière. Elle avait été si consentante, si excitée, répondant avec une telle ardeur à ses attentions qu'il avait pensé bêtement qu'elle était follement attirée par lui, comme il était attiré par elle. L'intensité de leur expérience sexuelle l'avait sidéré, au point qu'il avait l'impression qu'elle avait laissé son empreinte sur sa peau.

Tout en pestant contre lui-même, il jeta son sac de voyage sur la banquette du taxi qui venait de s'arrêter.

La diversion que lui procurait ce voyage à Sydney était une bonne chose, même si l'Antarctique aurait été une destination plus appropriée. Mais quelques jours loin de la tentation que représentait Sam l'aideraient à prendre du recul…

Enfin, peut-être.

Perdu dans le souvenir de la passion qu'ils avaient partagée, il entendit à peine la conversation du chauffeur de taxi, quelque chose en rapport avec le football.

Restée seule, Sam rendit visite aux autres patients et donna les instructions nécessaires aux infirmières chargées de la surveillance d'un enfant.

Chacune faisait un travail remarquable et montrait beaucoup d'humanité et d'empathie vis-à-vis des patients et des familles, ce qui n'était pas le cas partout !

Pourquoi se faisait-elle cette réflexion ? se demanda-t-elle en s'asseyant à son bureau pour compléter les dossiers et vérifier les commandes de médicaments.

Parce que penser à n'importe quoi était toujours mieux que d'évoquer la passion de la nuit dernière.

Elle s'empourpra à ce souvenir. Elle avait jeté au vent toutes ses inhibitions. « Comme une débauchée », aurait dit son ancien professeur du lycée.

Mais Andy n'était pas un inconnu. C'était une belle personne, qui l'avait toujours impressionnée par sa gentillesse et son dévouement professionnel. Il avait décidé de quitter le brouhaha des urgences que Nick aimait tant pour exercer dans le service de soins intensifs pédiatriques. Une décision qui avait influencé son propre choix de spécialisation...

Tout à coup, elle se sentit indécente de penser à Andy le jour anniversaire de la mort de Nick. Posant furtivement une main sur son ventre, elle se remit au travail.

Un appel de l'infirmière qui s'occupait du petit garçon atteint d'un cancer chassa bientôt ses pensées vagabondes. Après avoir revêtu la tenue de protection, elle retourna dans la chambre de Jake.

L'enfant était toujours pâle et fatigué, et des boutons apparaissaient à présent sur sa poitrine.

— Vous avez appelé son oncologue ?

Comme l'infirmière acquiesçait, elle hocha la tête.

— C'est très probablement une réaction à l'un des médicaments qu'il reçoit pour que son corps ne rejette pas les nouvelles cellules-souches. Je vais faire une prise de sang et chercher une éventuelle infection.

Tout en parlant, elle regardait le moniteur, scrutant la moindre variation. Puis elle ausculta l'enfant au torse grêlé de pustules rouges.

Elle procéda au prélèvement sanguin et étiqueta les tubes, tandis que l'infirmière prenait des dispositions pour qu'on vienne chercher les échantillons dans le sas le plus vite possible.

La maladie du greffon contre l'hôte était la complication la plus répandue, l'éruption cutanée pouvait en être le symptôme... Ou une surcharge liquidienne ? se demanda-t-elle avant de vérifier le débit de la perfusion.

Elle avait noté ses observations et les analyses qu'elle avait commandées quand l'oncologue parut.

Le médecin avait les cheveux gris argent et un sourire bienveillant. Il parla au jeune Jake comme s'il était un ami de la famille et lui assura qu'on résoudrait ce nouveau problème.

— Qu'avez-vous demandé comme tests ? demanda-t-il à Sam.

— Recherche d'infection, faible taux de plaquettes et tout signe de défaillance d'organe.

Il acquiesça.

— Les résultats me seront communiqués. Je reviendrai s'ils révèlent quelque chose. En attendant, on peut donner un peu plus d'oxygène, et je suggère un mélange de bicarbonate et d'eau à appliquer sur les rougeurs pour calmer l'irritation.

— C'était le remède de ma mère contre tous les maux. Ça m'a certainement aidée à survivre à la varicelle, dit-elle en souriant.

— Oh ! Ne parlez pas de malheur, répondit le spécialiste. Ce pauvre garçon a suffisamment de complications sans qu'il attrape en plus une maladie infantile. Il pourrait avoir besoin d'une nouvelle transfusion, mais nous attendrons le résultat du labo. Ensuite, bien sûr, il y a toujours un risque que les cellules-souches ne résistent pas. Il lui en faudrait alors de nouvelles.

L'oncologue parti, elle regarda le corps frêle de Jake et pria pour que cette éruption cutanée ne soit qu'une mauvaise réaction passagère. L'infirmière faisait déjà le nécessaire pour qu'on prépare le mélange destiné à soulager les démangeaisons.

Comme Sam s'apprêtait à quitter la chambre, la mère de Jake entra, revêtue de la panoplie de protection. Elle décida de rester un peu pour lui parler.

La pauvre femme connaissait bien les protocoles de l'hôpital. Elle avait fait face aux traitements précédents, à l'espoir et au désespoir qui les avaient accompagnés, et cette greffe de moelle osseuse était une nouvelle étape qu'elle affrontait avec une foi inébranlable.

— On finira bien par trouver le moyen de guérir mon fils, dit-elle avec conviction.

Sam demeura admirative devant un tel courage. Aurait-elle été capable d'être aussi forte si son petit avait vécu ?

Elle bloqua immédiatement cette interrogation douloureuse, mais les larmes lui piquaient déjà les yeux.

Cela faisait trois ans aujourd'hui...

Arrête !

Elle s'en voulut de ce moment de faiblesse. Heureusement qu'Andy n'était pas là pour le voir.

Andy monta à bord de l'avion avec un étrange sentiment d'abattement.

Sam avait tiré un trait sur ce qu'il s'était passé entre eux la nuit précédente. C'était une bonne chose, il en était persuadé. Alors, pourquoi éprouvait-il ce sentiment lancinant de... De quoi au juste ? De regret ?

Non, pas exactement. En fait, il ne pouvait s'empêcher d'évoquer leur étreinte, la chaleur enivrante de Sam quand il l'avait possédée, ses cris passionnés quand elle s'était cramponnée à lui dans l'extase...

Reprends-toi, bon sang !

Cette femme, c'était la veuve de Nick. Elle avait eu besoin de réconfort, et il avait été là pour lui en donner. Et il était rudement content d'avoir été là car, sinon, peut-être se serait-elle jetée au cou du premier venu.

Et après ? Ça n'était pas ses affaires. Sam était libre, non ?

Elle avait été bouleversée par la mort de la petite Rosa, ce qui était compréhensible. Tout le personnel avait été profondément touché par cette disparition si injuste. Mais le jour anniversaire de son propre deuil... Non, il ne pouvait même pas imaginer ce qu'elle avait ressenti.

Il prit une profonde inspiration.

Il était temps de se concentrer sur la raison qui l'amenait à

Sydney, en l'occurrence la série de conférences d'un éminent spécialiste américain sur l'amélioration de la prise en charge des familles des enfants hospitalisés.

Il était fier de ce qu'on réalisait déjà en ce sens à l'hôpital de Port Fortesque. On l'avait consulté sur la question lors de la construction. Ayant passé beaucoup de temps au chevet de sa sœur, il savait combien ces établissements pouvaient être impersonnels et inconfortables, et il avait soumis de nombreuses idées aux architectes. Car on apprend toujours quelque chose de l'expérience la plus pénible. À commencer par ce qu'il ne faut pas faire.

Un précepte qu'il devrait appliquer à sa vie privée, se dit-il avec sévérité. Car coucher avec la veuve de son meilleur ami figurait à l'évidence tout en haut de sa liste personnelle des choses à ne pas faire !

Mais Sam avait été époustouflante, tour à tour tendre et déchaînée, au point qu'il s'était livré à elle, plongeant dans une passion dévastatrice qu'il n'avait encore pas connue jusque-là.

L'atterrissage à Sydney le tira de ses réflexions sensuelles.

Il était ici pour apprendre, relever des idées utiles qui apporteraient de meilleures conditions de vie à ses patients et à leur famille. Des patients qui étaient aussi ceux de Sam...

Au moment de débarquer, il décida que c'était la dernière fois qu'il pensait à elle... Du moins pour aujourd'hui.

C'était bizarre de retourner à l'appartement, sachant qu'Andy ne serait pas là, songea Sam en traversant le hall de l'immeuble. Oui, bizarre et déstabilisant.

Sur une porte du rez-de-chaussée, en face du café, une plaque indiquait « conciergerie ». Cela ne coûtait rien de demander s'il y avait un logement à louer dans la résidence.

Elle appuya sur la sonnette.

Un jeune homme d'allure un peu négligée lui ouvrit presque aussitôt.

— Désolé, j'allais déposer ça aux ordures, dit-il en montrant le grand sac-poubelle qu'il tenait d'une main. Je ne peux pas le poser, sinon il va se renverser. Vous voulez bien m'attendre ou m'accompagner peut-être ?

— Je veux bien faire l'un ou l'autre, dit-elle en souriant. En fait, je venais vous demander s'il y avait un appartement à louer, même un studio. C'est juste pour moi.

Tout en parlant, elle s'était mise à marcher près de lui.

— Une seule chambre ? demanda-t-il.

— Oui, ça me suffirait.

— Il y en a bien un, dit-il en empruntant l'escalier en ciment qui menait au parking souterrain. Mais comme les vacances de Noël approchent, les loyers des appartements libres vont doubler. Ici, il y a quarante propriétaires, la plupart absents. Certains ne louent qu'à la période de Noël, parce que ça couvre tous leurs frais. Comme ça, le reste de l'année, ils peuvent venir l'habiter.

— Alors, je paierai le double d'un loyer normal ?

— À partir du week-end prochain, quand la saison va commencer, oui, répondit-il avec une grimace navrée.

Il avait atteint le local à poubelles, et il jeta son sac dans l'un des conteneurs. Après quoi, il se lava les mains au robinet situé à proximité.

— J'ai aussi deux chambres chez moi, que je loue en *Bed & Breakfast* à un prix raisonnable. Le petit déjeuner est à prendre au café d'en face. Elles disposent d'une salle de bains privative et d'un petit espace cuisine-salon avec plaque chauffante, micro-ondes et téléviseur. Si ça vous dit…

— Ce serait parfait pour moi.

Elle se demanda soudain ce qu'Andy penserait de sa décision de partir de chez lui. Lui en voudrait-il ? La trouverait-il ingrate ?

— Je peux vous donner une réponse un peu plus tard ? demanda-t-elle au concierge comme ils regagnaient le hall.

— Bien sûr. Au fait, je m'appelle Rod.

— Et moi, Sam, répondit-elle en lui serrant la main avec chaleur.

Quand Sam exposa son projet à Andy à son retour le samedi soir, celui-ci protesta.

— Tu vas vivre avec un inconnu ?

— Je vais lui louer une chambre. Ce n'est pas pareil !

— Tu pouvais très bien faire la même chose ici, argua-t-il. En me réglant un loyer, si ça te gêne moins comme ça. C'est à cause de ce qu'il s'est passé l'autre nuit, c'est ça ?

— Pas tout à fait. Tu sais très bien que j'ai toujours eu l'intention d'être chez moi. J'aime beaucoup le quartier, les alentours, et comme tu es la seule personne que je connais dans cette ville, je trouvais agréable d'être près de chez toi.

— Mais pas dans mon appartement, dans celui d'un autre homme !

Elle le dévisagea, sidérée. Elle ne l'avait jamais vu de si mauvaise humeur.

— Andy, tu es ridicule ! Rod m'a expliqué que les loyers vont doubler durant les deux prochains mois. Son *Bed & Breakfast* est une solution, ça me donne le temps de me retourner, de rencontrer du monde, me faire des amis... Et je trouverai sans doute un appartement à la fin de la saison.

Andy bougonna qu'il allait prendre une douche et tourna les talons.

Seule au milieu du salon, elle demeura perplexe.

Voulait-il vraiment qu'elle reste ? N'était-ce pas seulement une gentillesse d'ami qu'il faisait en mémoire de Nick ?

Elle sentit son ventre se nouer, car, au fond d'elle-même, elle avait envie qu'il l'invite à rester pour elle-même.

Puis elle secoua la tête, se disant qu'elle divaguait.

Oui, se dit Andy en se dirigeant vers sa chambre d'un pas brusque, il était ridicule. Pourquoi cette colère irrationnelle ?

Il préférait ne pas répondre à cette question. Mais celle-ci continuait de le tenailler, si bien qu'il retourna vers le salon.

Sam se tenait devant la baie vitrée, sa silhouette gracile se découpait contre le clair de lune.

Brusquement, il sentit sa colère retomber et s'approcha.

En entendant ses pas sur le parquet, Sam se tourna à demi.

— Je pensais que c'était mieux, dit-elle d'une voix contrite. Car le fait de m'héberger entrave ta vie amoureuse. Et si jamais je décidais de me risquer à nouveau dans une aventure sentimentale, ce serait embarrassant pour moi aussi.

— Quelle vie amoureuse ? reprit-il avec hargne. Ce n'est certes pas ma priorité ! Combien de médecins en soins intensifs réussissent-ils à mener à bien une relation ?

— Mais plein ! répliqua-t-elle dans un brusque accès de fureur. Tu m'as hébergée parce que je ne savais pas où aller, et je t'en suis reconnaissante, mais il n'a jamais été question que ça dure toujours ! Si je ne vois pas de trace de rats dans les chambres de Rod que je visiterai demain, je déménage. J'ai attendu jusque-là, pensant que c'était la moindre des choses d'en discuter avec toi, mais cette conversation n'a rien d'une discussion !

Cette fois, ce fut à Sam de quitter la pièce précipitamment.

Il resta seul, immobile, le regard tourné vers l'océan.

Il avait compris ses dernières paroles empreintes de fureur, mais autre chose le turlupinait. Ce qu'elle avait dit avant : « Si jamais je décidais de me risquer à nouveau dans une aventure sentimentale. »

Son mariage n'avait-il pas été la félicité conjugale que Nick avait toujours décrite ? Avait-elle fini par ne plus supporter ses légers troubles obsessionnels ? D'ailleurs, ceux-ci avaient-ils été si légers ?

Il secoua la tête.

Il n'aurait sans doute jamais les réponses à ses questions. Pourtant, inexplicablement, il aurait aimé savoir.

5

En visitant la chambre de Rod, Sam fut conquise. Le coin nuit et le petit salon étaient harmonieusement séparés avec, dans la kitchenette, quelques placards, un réfrigérateur, un évier et un micro-ondes. La pièce disposait également d'un balcon qui donnait sur l'océan et, à son grand plaisir, d'un barbecue ainsi que d'une table et de deux chaises longues.

— C'est parfait, dit-elle, ravie. Je le prends tout de suite.

— Attendez d'abord de connaître le loyer.

— Oh ! Je suppose qu'il entre dans mon budget.

Ils discutèrent de la location sur le balcon pour profiter de la brise marine qui rafraîchissait l'atmosphère.

— Vous travaillez avec Andy Wilkie ? demanda Rod.

— Oui, c'était un ami de mon mari décédé, et il m'a hébergée à mon arrivée pour m'éviter d'aller à l'hôtel.

— C'est quelqu'un de bien.

La tournure que prenait la conversation rendait Sam mal à l'aise. C'était gênant de parler d'Andy avec un inconnu. Aussi, invoquant le besoin de rassembler ses affaires, elle prit les clés que Rod lui tendait et remonta au onzième étage.

Andy, qui assistait à une réunion à l'heure où elle avait quitté l'hôpital, était rentré.

— Il y a une serrure à la porte de ta chambre ? demanda-t-il en remarquant le trousseau qu'elle tenait. Tu devrais la faire changer.

Elle haussa les sourcils, sidérée par ce qu'il insinuait.

— Tu as peur que Rod vienne me sauter dessus au beau milieu de la nuit ? répliqua-t-elle en sentant une brusque colère l'envahir. Ce serait trop beau !

Là-dessus, elle le planta là et fonça vers sa chambre.

Bien sûr, elle n'aurait pas dû dire ça. Mais c'était la faute d'Andy ! Pourquoi se montrait-il si désagréable ? Il devrait être content d'être débarrassé d'elle. Au lieu de quoi, il se prenait pour le gardien de sa moralité !

Refermant sa porte, elle s'adossa contre le battant et prit de profondes inspirations pour se calmer.

En fait, c'était à cause de lui qu'elle déménageait. Pas de lui en tant que personne, mais des sentiments qu'il lui inspirait. Travailler avec lui et le voir aussi à la maison, c'était vraiment trop. Il fallait qu'elle parte.

Elle rouvrit la porte avec l'intention de retourner dans le salon lui présenter des excuses. Mais il se trouvait sur le seuil de la chambre, et au lieu de s'étonner de sa présence, elle ne ressentit qu'une folle attirance pour lui.

— Je voulais m'excuser...

— Je voulais m'excuser...

Ils avaient parlé en même temps. Andy fut le premier à se ressaisir.

— Je ne sais pas pourquoi j'étais si remonté. Je suppose que ça me plaisait de te voir ici. Ça fait un moment que je n'ai reçu personne.

— Je suis chez toi depuis cinq jours seulement, et tu as été deux jours absent, dit-elle, conciliante. De toute façon, on se verra encore à l'hôpital.

Il acquiesça mais ne bougea pas, attendant probablement une explication.

— Je me demandais si je pouvais t'emprunter une valise juste pour ce soir, dit Sam. Le temps de descendre mes vêtements chez Rod. Je voulais te dire aussi que... Je suis désolée pour la dispute de tout à l'heure.

Elle esquissa un sourire mais devina que le résultat était pathétique.

— Chaque fois que je pense avoir maîtrisé mon fichu caractère, un truc arrive, et j'explose de nouveau. Quand même, tu m'as un peu provoquée en parlant de changer ma serrure, admets-le !

Andy partit d'un grand éclat de rire, sonore et joyeux.

Surprise et charmée par son hilarité, elle sentit un frisson exquis courir sur sa peau.

— Tu es incroyable, dit-il, amusé. Tu me présentes des excuses, et tu me blâmes en même temps.

Une lueur malicieuse pétillait dans son regard bleu, et elle brûla de tendre la main pour lui caresser la joue.

— Bon, je vais te chercher une valise, dit Andy en s'éloignant enfin.

Bon sang, il fallait qu'elle parte. Et vite ! Cet homme était capable de la chambouler d'un seul regard.

La tête dans les mains, elle essaya de remettre de l'ordre dans son esprit.

Andy l'avait recueillie chez lui à cause de l'amitié qui l'avait lié à Nick, et bien qu'il ait été un amant époustouflant la nuit où elle s'était jetée dans ses bras, cela n'indiquait en rien qu'il avait un faible pour elle. Le fait qu'il ait été si prompt à tirer un trait sur cet épisode prouvait qu'elle n'était pour lui qu'une connaissance, une amie tout au plus.

Cette pensée lui causa un petit pincement au milieu de la poitrine. Mais c'était son problème à elle, pas le sien.

Préoccupé, Andy fouillait le fond du cagibi.

Était-ce parce qu'ils avaient couché ensemble qu'il ne supportait pas l'idée que Sam s'en aille ? Le sexe avait été magique, il devait l'admettre. Il avait satisfait l'envie sexuelle de la jeune femme, et elle lui en était reconnaissante, mais ça n'irait pas plus loin, elle avait été très claire là-dessus. Et c'était aussi bien, car il avait beaucoup de mal à analyser ce qu'il ressentait pour elle. Elle l'attirait, c'était évident, et encore plus que par le passé, semblait-il. Mais l'attirance peut mener à l'amour. Or, sur ce point, il faisait un énorme blocage, pour deux raisons.

D'une pârt, la situation était embarrassante entre eux, parce qu'elle était la veuve de Nick. D'autre part, que se passerait-il s'il découvrait qu'elle était toujours amoureuse de son mari ? Cela expliquerait son besoin désespéré d'assouvir sa frustration sexuelle le jour anniversaire de sa mort. Était-elle capable d'aimer quelqu'un d'autre ?

Bonté divine, qu'il trouve cette fichue valise et qu'il mette de l'ordre dans sa tête au lieu d'essayer de sonder ce qu'il se passait dans celle des autres ! Étant donné le gâchis de sa vie amoureuse jusque-là, il ne devrait même pas se poser ce genre de question. Par deux fois, il s'était brûlé les ailes ! Après cela, n'importe qui saurait qu'il vaut mieux rester célibataire et profiter de brèves rencontres sans s'attacher.

Après avoir déplacé un balai et quelques cartons, il attrapa la valise qu'il poussa dans le couloir.

Ses pensées revenaient invariablement vers Sam. Seulement, il en avait assez de s'interroger sur son mariage et ses sentiments pour Nick. Le meilleur moyen de découvrir ce qu'il en était serait de lui poser directement la question.

Mais comment s'y prendre ? Marcher droit sur elle et lui demander : « Es-tu toujours amoureuse de Nick ? »

Pauvre fou ! Pour un homme supposé intelligent, il était singulièrement dépourvu d'idées.

Prenant une profonde inspiration, il s'arrêta devant la chambre de Sam.

— Je laisse la valise ici, dit-il à travers le battant.

Mais il n'eut pas le temps de s'écarter que la porte s'ouvrit à la volée.

— Ne pars pas tout de suite, dit Sam en reculant pour dégager un espace entre les piles de vêtements qui encombraient le lit. Ça ne va pas me prendre beaucoup de temps de faire mes bagages, et je pensais t'inviter à dîner au café d'en bas pour te remercier de m'avoir hébergée.

— Tu n'es pas obligée de faire ça...

Mais il entra tout de même dans la chambre et, s'asseyant à la place qu'elle lui avait préparée, il la regarda ranger ses affaires dans la valise.

— J'étais content de te rendre service, ajouta-t-il.

— Parce que je suis la veuve de Nick.

— Pas seulement, Sam. Nous étions amis, toi et moi, avant. Tu es aussi le nouveau membre de mon équipe médicale. C'était la moindre des choses.

Il se maudissait d'être aussi nul, mais l'explication parut satisfaire Sam.

Après avoir déposé les vêtements qu'elle avait achetés soigneusement pliés au fond de la valise, elle combla les espaces avec des articles de toilette, et même la lingerie violette, nota-t-il en souriant.

Il prit conscience que Sam avait intercepté son regard en voyant le rose lui monter aux joues.

— Il vaut mieux que je parte, dit-elle en fermant la fermeture Eclair du bagage à roulettes. Mais je tiens vraiment à t'inviter à dîner.

Il se leva et fit rouler la valise jusqu'à la porte d'entrée.

— En fait, je pensais que c'était à mon tour de cuisiner, dit-il. J'ai acheté des steaks et tout ce qu'il faut pour faire une salade.

— Rien que des sachets, je suppose ?

Il ressentit du soulagement. Si elle le taquinait, c'était bon signe. Entre eux, tout redevenait comme avant. En apparence, du moins. Il espérait que, avant longtemps, ils seraient en mesure de parler du passé.

Et de leurs sentiments ? De l'avenir ?

Non. Sam n'avait à aucun moment laissé entendre qu'il lui plaisait.

Il retint un soupir de dépit et se décida à préparer le dîner.

Une fois ses vêtements rangés dans le studio de Rod, Sam avait repris l'ascenseur pour rejoindre Andy sur le balcon. À présent, assise sur une chaise longue, elle dégustait le vin blanc qu'il lui avait servi et le regardait préparer le barbecue.

La lune répandait ses rayons argentés sur l'océan, et le tranquille murmure des vagues dans le soir était comme un baume.

Elle était surprise de ressentir une telle sérénité en présence d'Andy. Mais elle était forcée d'admettre que son attirance irrésistible pour lui, la gêne que lui inspirait cette situation fausse, la certitude que ses sentiments n'étaient pas partagés – surtout maintenant qu'il savait le rôle qu'elle avait joué dans l'accident –, toutes ces émotions turbulentes semblaient s'être évanouies. Ce soir, elle savourait seulement le plaisir simple d'être dans un endroit magnifique en compagnie d'un ami.

— Je me sens bien, dit-elle.

Andy se tourna vers elle en haussant les sourcils.

Il était surpris lui aussi ?

— Reconnais que ma semaine a été frénétique, expliqua-t-elle. Pour commencer, arriver jusqu'ici a été toute une aventure. Puis découvrir que tu étais mon patron – ne te méprends pas, c'était une bonne nouvelle. Enfin, le décès de la petite Rosa et la date anniversaire… C'était un vrai tumulte dans ma tête.

— Et maintenant ? demanda-t-il en reportant son attention sur les grillades.

— Maintenant, je me sens en paix. Comme si une seconde vie s'ouvrait devant moi. Un nouvel hôpital, de nouveaux collègues à rencontrer, et cette jolie ville à explorer. La plage, les falaises avec sûrement des piscines naturelles au creux des rochers… Bref, un monde tout neuf.

Elle attendit qu'Andy ait transféré les steaks dans les assiettes et poursuivit.

— J'ai fui après l'accident, tu comprends. Je n'arrivais pas à imaginer une vie sans Nick. Mais il y a deux mois, à Londres, j'ai eu une sorte de flash, et j'ai su qu'il était temps que je revienne en Australie. J'ai pris la bonne décision. Donc, forcément, je me sens bien.

Andy hocha la tête comme s'il était satisfait de sa réponse. Il posa les assiettes sur la table, puis rentra dans l'appartement. Il reparut presque aussitôt, chargé d'un saladier et des couverts.

— Bon appétit ! dit-il en s'asseyant en face d'elle.

Ils firent honneur au repas, puis ils se mirent à parler du métier et à comparer les systèmes hospitaliers qu'ils avaient connus en travaillant à l'étranger. Le sujet était agréable et sûr, et elle arriva presque à en oublier le tumulte émotionnel qui l'avait tenaillée tout au long de la semaine.

Il faudrait qu'ils aient une conversation plus personnelle, un jour ou l'autre, elle le savait. Mais pour l'instant, profiter du clair de lune en compagnie d'Andy et se relaxer en écoutant le bruit des vagues lui suffisaient. Elle choisirait bien cette vie-là pour toujours...

Mesurant ce que cela impliquait, elle chassa cette pensée.

Le lundi matin, ils firent ensemble la tournée des patients.

Le père de Jake se tenait au chevet de son fils, et l'angoisse se lisait sur ses traits.

Andy se sentait nerveux. Ils n'avaient pas reçu les résultats de toutes les analyses qui avaient été demandées, et ceux dont ils disposaient ne donnaient aucune indication sur l'origine de l'éruption cutanée.

Il reçut sur son biper un appel des urgences alors que Sam expliquait la situation au père. Il s'excusa et la laissa continuer seule les visites, lui recommandant de le contacter si elle avait besoin d'aide.

Selon le changement de planning décidé le jeudi précédent, ils travailleraient moins souvent ensemble, ce qui était une bonne chose, décida-t-il en entrant dans l'ascenseur. En quittant la chambre de Jake, il avait dû lutter contre l'envie de lui effleurer l'épaule. Sam occupait beaucoup trop ses pensées, et il devenait de plus en plus distrait. Or, étant donné les responsabilités qui étaient les siennes, il ne pouvait pas se permettre d'avoir l'esprit ailleurs.

Il fut soulagé d'arriver aux urgences et ne pensa plus qu'au travail.

Il s'agissait d'un enfant sauvé in extremis de la noyade. Comme il entrait dans la salle de réanimation, il vit le père et reconnut aussitôt un de ses condisciples à la faculté de médecine. La dernière fois qu'il l'avait vu, c'était à l'hôpital de Sydney, où Sam avait été admise après l'accident.

Son nom lui revint à la mémoire au moment où il lui serrait la main : Ned Radcliffe. Mais Ned ne se souvenait pas de lui apparemment. Toute son attention était fixée sur le bambin qui gisait inerte sur la table de soins.

— Edward Radcliffe, deux ans et quatre mois, sans réaction à l'arrivée des ambulanciers, dit une infirmière. Le père a effectué un massage cardiaque, et les ambulanciers ont pris le relais. Le cœur est reparti. Il est sous oxygène, mais il reste profondément inconscient.

— Des signes d'une blessure à la tête ? demanda Andy.

— Non, le médecin de garde a vérifié.

— Combien de temps est-il resté dans l'eau, Ned ?

Le père fronça les sourcils.

— Je dirais moins de cinq minutes. J'étais au bord de la piscine, et je suis sorti de l'enclos en laissant le portillon ouvert, le temps de ramasser un jouet que le chien avait laissé dans le jardin. Je l'ai lancé vers Chippy, mais au lieu de l'attraper, il a foncé vers le bassin en aboyant comme un fou. À ce moment-là, j'ai compris qu'Eddie s'était faufilé jusqu'au bassin et qu'il était tombé.

Il regarda Andy d'un air interrogateur.

— Andy Wilkie ?

— Exact, Ned. Je suis le chef de service des soins intensifs pédiatriques. Nous allons hospitaliser Eddie. Il recevra les meilleurs soins.

Puis se tournant vers l'enfant :

— Bonjour, Eddie, dit-il d'une voix forte.

Le petit garçon demeura sans réaction, même quand Andy frappa des mains tout près de son oreille. Même chose quand il lui toucha la plante du pied avec une épingle.

— Nous allons lui faire passer une radio. Je vais demander un électroencéphalogramme ainsi qu'une IRM, dit-il en s'adressant à l'infirmière. Ned, tu restes avec lui ?

— Bien sûr. Je vais juste téléphoner à ma femme pour lui expliquer ce qu'il se passe. Est-ce que tu penses... ?

La voix de Ned se brisa, et il lui jeta un regard suppliant.

— Tu étais immédiatement sur place, et tu as eu le bon réflexe en lui faisant des compressions, dit Andy en lui tapotant l'épaule. Il n'est pas resté longtemps dans l'eau, et son cœur s'est remis à battre rapidement. Ce sont des signes rassurants, Ned.

Un brancardier se présenta pour emmener Eddie. Andy remonta dans le service, sachant que la radiographie qu'il avait demandée ne montrerait pas grand-chose à ce stade. Mais il ne fallait rien négliger.

Il trouva Sam dans le bureau. Après lui avoir expliqué ce qu'il se passait aux urgences, il lui parla de Ned Radcliffe.

Elle secoua la tête. Le nom ne lui disait apparemment rien. Mais elle n'était pas très attentive à sa question, nota-t-il. De fait, l'instant d'après, elle demanda :

— Tu envisagerais le monitorage de la fonction cérébrale par électroencéphalogramme ?

Il haussa les épaules.

— J'y ai pensé. Pourquoi ?

— Je me demande souvent si c'est très utile. Ça fait peur aux parents de voir toutes ces électrodes reliées à la tête de l'enfant. Pour eux, il y a forcément un traumatisme crânien.

— J'avoue que je n'avais jamais pensé à cet aspect-là. J'espère vraiment qu'Eddie aura une réaction avant d'arriver dans notre service.

— Son père, Ned, il était à la fac avec toi, c'est ça ?

En disant cela, Sam s'aperçut que, pour la première fois, elle n'avait pas dit « toi et Nick ».

Visiblement, la soirée paisible de la veille l'avait rendue encore plus sensible à la présence d'Andy que lorsqu'elle habitait chez lui. Oui, c'était bien pire. Était-ce seulement une simple attirance physique ? En tout cas, elle ne risquait pas d'affirmer que c'était de l'amour. Pour elle, l'amour avait été comme une cage dont elle n'avait pu s'échapper.

L'arrivée du petit Eddie chassa ces pensées vagabondes. Le père du garçon affichait un sourire rayonnant.

— Il a réagi au bruit pendant l'IRM malgré le casque ! annonça-t-il. Il a ouvert les yeux et remué les jambes.

— C'est formidable, Ned, dit Andy en observant le petit bonhomme de nouveau immobile qui gardait les yeux clos. On va quand même le garder ici et faire d'autres examens. Les résultats de l'analyse sanguine nous en diront plus. Mais tout est positif pour l'instant.

— Je... Je vais appeler de nouveau ma femme, dit Ned en sortant de la chambre.

— Il ne veut pas qu'on le voie pleurer, dit-elle doucement.

— Tu t'inquiètes toujours sur les dangers qui menacent les enfants et comment les parents peuvent les protéger de tout ? s'enquit Andy en la dévisageant intensément.

Elle esquissa un sourire bref.

— Non, je me disais que Ned avait beaucoup de chance d'avoir un chien aussi intelligent.

Là-dessus, elle s'éloigna.

Évidemment, que ce sujet l'angoissait ! Même si l'éventualité qu'elle connaisse un jour la maternité s'amenuisait. À trente-cinq ans, le temps ne lui était pas encore compté, mais elle n'aurait jamais la famille nombreuse qu'elle avait rêvé d'avoir dès son plus jeune âge.

6

Sam se tenait au poste infirmier quand elle vit Ned arriver dans le hall. Il était accompagné d'une femme – son épouse, visiblement.

Il s'arrêta devant le bureau pour lui présenter celle-ci.

— Oh ! Mais je sais qui vous êtes, déclara Mme Radcliffe.

— Vraiment ? dit Sam avec étonnement.

— Vous étiez le nouveau médecin à l'hôpital où Nick et Andy travaillaient. Ils avaient tous les deux des vues sur vous. Tu dois t'en souvenir, Ned. Ils ont joué à pile ou face pour savoir lequel aborderait la jolie Sam Reilly. C'est Nick qui a gagné. Comment va-t-il, au fait ?

— Nick s'est tué dans un accident il y a trois ans, répondit Sam en se raidissant, horriblement gênée.

Les pensées tourbillonnaient dans son esprit.

Les deux garçons avaient-ils vraiment joué à pile ou face pour la draguer ? Cette idée la perturbait. Elle avait l'impression d'avoir été un lot dans une fête foraine.

Ned et sa femme, dont elle n'avait pas retenu le nom – Ann, peut-être ? – commencèrent à se disputer parce que le pauvre ne semblait pas se rappeler cette scène.

Au moins ces deux-là avaient-ils trouvé une diversion à leur inquiétude au sujet de leur fils.

— Eddie va aussi bien que possible, déclara-t-elle, désireuse de mettre fin à une discussion qu'elle ne voulait pas entendre. Vous devez être heureux de cette bonne nouvelle.

Mais son intervention n'eut pas l'effet escompté, car Ann se mit à invectiver son mari, qui avait été assez insouciant pour laisser leur petit Eddie tomber dans la piscine.

— Oui, nous sommes très heureux, répondit Ned sans relever les accusations de son épouse. Combien de temps comptez-vous le garder ici ?

— Cette nuit, au moins.

Ned hocha la tête et entraîna vers la chambre d'Eddie sa femme qui continuait de râler.

Sam soupira.

Il était temps qu'elle aille voir Jake.

Le garçon avait meilleure mine. D'après les analyses, la transplantation de cellules-souches semblait fonctionner. Son père était là aussi. Il expliqua qu'il avait pris un congé pour laisser à sa femme le temps de récupérer un peu à la maison.

— Nous avons deux autres enfants, alors notre organisation est plutôt chaotique, mais nos parents nous aident du mieux qu'ils peuvent. Ma mère est à la maison en ce moment, et les petits sont ravis car elle les gâte outrageusement. N'est-ce pas, Jake ?

Le garçon sourit faiblement.

— Mamie me couvre aussi de cadeaux, dit-il en pointant du doigt un alligator en peluche.

Elle arriva dans le vestiaire au même moment qu'Andy. Une folle attirance la saisit, comme à chaque fois qu'il apparaissait. Puis le souvenir des paroles d'Ann Radcliffe prit le dessus, et elle demanda tout de go :

— Vous avez vraiment décidé de jouer à pile ou face, Nick et toi, pour savoir lequel me ferait la cour ?

— Pas du tout, répondit Andy d'un air presque offensé. C'était une partie de pierre-feuille-ciseaux.

Elle leva les yeux au ciel tout en ôtant sa combinaison.

— Tu devais vraiment y croire pour participer à ce défi stupide !

Et, sans attendre sa réponse, elle quitta le vestiaire.

Une fois loin de lui, elle essaya de comprendre pourquoi cette histoire la bouleversait à ce point. Car, après tout, cela remontait à des années, et elle avait épousé Nick par la suite. Donc, la raison pour laquelle il l'aurait abordée n'avait plus aucune espèce d'importance.

Un appel des urgences lui fit oublier instantanément le passé, même s'il continuait à bouillonner au fond d'elle-même.

— Nous avons mis une autre fillette en chambre d'isolement, lui apprit Phil, le jeune interne de garde dès qu'elle déboucha de l'ascenseur. Les taches rouges avec un centre blanchâtre à l'intérieur de sa bouche confirment la rougeole.

Il la conduisit dans une des deux chambres prévues à cet effet et lui présenta la petite Ruby et ses parents, Alice et Bob.

Ne connaissant pas vraiment les lieux, Sam demanda à l'interne de l'assister. Tout en examinant l'enfant qui avait un an de plus que Rosa, elle écoutait les questions que Phil posait. À la façon dont il secouait la tête, elle comprit qu'il n'y avait aucun lien entre les deux cas. Rien ne reliait les deux fillettes.

— Je vais procéder à son admission en soins intensifs, mais uniquement parce qu'elle y sera mieux isolée qu'en pédiatrie où la contagion risque de se communiquer, expliqua-t-elle aux parents.

Après avoir laissé des instructions dans le dossier médical, elle remonta dans son service.

Ce deuxième cas la rendait perplexe. Le taux de vaccination à l'échelle nationale était très élevé. Pourtant, deux enfants non immunisés d'une ville de province avaient contracté la maladie.

Andy se trouvant dans la salle de repos, elle lui exposa son inquiétude.

— Le centre des maladies infectieuses se charge-t-il de la situation, ou est-ce le rôle de la police ?

Andy réfléchit un instant, et comme elle attendait sa réponse, une question surgit dans son esprit. Serait-elle sortie avec lui s'il avait remporté ce jeu stupide ?

Oublie ça !

C'était le genre d'idée inutile qui traverse la tête au moment de dormir ou quand on marche le long de la plage sans penser à rien.

— Je pense qu'ils font appel à la police en cas de besoin, dit Andy. Nous allons les informer de ce deuxième cas, et ils feront un communiqué dans la presse pour avertir les parents de faire vacciner leurs enfants au plus vite.

— Il y a eu des rassemblements dans la région ? Comme une foire agricole, une compétition de surf, un cirque, quelque chose de ce genre ?

— Un lieu où des personnes de tout horizon se rencontrent... Tu as raison, ils vont chercher de ce côté-là. Et effectivement, il y a eu la foire annuelle, une semaine avant ton arrivée, avec en marge une fête foraine.

— Si c'est une foire itinérante, ce sera difficile de remonter jusqu'au patient zéro. Dieu sait où ils sont allés ensuite, dit-elle anxieusement.

— Oui, je ne voudrais pas avoir cette responsabilité. As-tu fait l'admission de la petite Ruby ?

— Elle va arriver ici sous peu, répondit Sam. Elle n'est pas aussi fiévreuse que l'était Rosa, mais j'ai pensé qu'il valait mieux la tenir à l'écart dans une chambre stérile.

— Je vais la voir avant de partir.

Elle se rappela dans un sursaut que le nouveau planning prenait effet aujourd'hui. Bien sûr, elle le savait et l'avait noté dans son agenda, mais le brusque départ d'Andy la mettait tout à coup face à ses responsabilités. Elle allait devoir assurer seule la bonne marche du service ou, au mieux, avec l'aide d'un interne.

Andy dut lire l'inquiétude sur ses traits, car il lui posa une main sur l'épaule.

— Tu t'en es très bien sortie quand j'étais à Sydney. Et je reste joignable. Tu verras, c'est plus la paperasse qui va t'épuiser que les patients.

— Oui, ça ira, répondit-elle en affermissant sa voix.

— J'en suis sûr. Et tu es libre dimanche, même si tu es d'astreinte. Alors, emporte ton téléphone, et je t'emmène faire une virée pour te montrer les alentours de notre belle ville. D'accord ?

— Ça me plaît bien, avoua-t-elle.

Mais ce projet l'emplissait aussi de crainte. Plus encore, même, que la perspective de diriger seule l'unité.

Andy n'avait aucune inquiétude sur l'aptitude de Sam à gérer le service. En revanche, il devinait qu'elle était bouleversée au sujet de ce stupide pari entre lui et Nick, et cela le tracassait.

Mais il était heureux qu'elle ait accepté de faire un tour avec lui le week-end prochain.

Inutile de s'emballer, toutefois. Ça ne voulait pas dire grand-chose, vu qu'il était la seule personne qu'elle connaisse à Port Fortesque.

Sur cette constatation réaliste, il se rendit auprès du petit Eddie Radcliffe.

Sa mère était là, occupée à lui lire une histoire. L'enfant semblait en pleine forme.

— Il pourrait rentrer chez nous dès aujourd'hui, non ? dit Ann Radcliffe avec un sourire appuyé.

— Demain seulement, répondit Andy d'un ton ferme. Nous voulons réaliser d'autres examens par précaution. Mais le Dr Reilly autorisera sa sortie demain, sans doute vers 11 h 30.

— Oh ! J'espérais que Sam serait de repos demain. J'allais vous inviter à dîner tous les deux. Ned est si content de te revoir, Andy ! D'autant plus que nous venons d'arriver dans cette ville. Il a rejoint un cabinet dans le quartier nord. Moi, je ne voulais pas quitter Sydney, mais il pensait que ce serait mieux d'élever Eddie à la campagne.

Elle frissonna de façon théâtrale avant d'ajouter :

— Et voilà ce qui est arrivé !

Andy ferma brièvement les yeux, remerciant le ciel que Sam n'assiste pas à cette conversation. Comment aurait-elle réagi en entendant Ann réunir leurs deux noms de cette façon ? C'était sûrement cette commère qui lui avait parlé du jeu entre Nick et lui.

Il consulta le dossier d'Eddie, parla avec le petit garçon et s'esquiva hors de la chambre avant qu'Ann n'ourdisse quelque autre plan.

Andy trouva Sam ravissante quand elle monta le dimanche matin dans sa voiture, en pantalon blanc et chemisier rayé, sa belle crinière rousse rassemblée en un chignon haut.

La première phrase qu'elle lui adressa fut :

— Est-ce que tu m'aurais demandé de sortir avec toi si tu avais gagné ce pari ?

Sa question intervenait juste à temps, car il avait failli lui dire combien il la trouvait magnifique.

Il se concentra sur la manœuvre pour sortir du garage puis prit la direction du phare.

— Bien sûr, répondit-il enfin.

— Mais tu n'aurais pas pu le faire plus tard ?

Il n'eut pas besoin de la regarder pour savoir qu'elle fronçait les sourcils. Il percevait sa tension.

— Alors que tu étais déjà avec Nick ? s'exclama-t-il. Bien sûr que non.

— Parce qu'il m'avait, en quelque sorte, marquée comme sa propriété ?

Andy arrêta la voiture sur le parking, près du sentier qui

menait au promontoire. Il se tourna vers elle, étonné par cette nouvelle remarque.

— Sam, tu sortais avec lui. Comment aurais-je pu imaginer obtenir une réponse positive de ta part ? Et si j'avais fait ça, comment l'aurait-il pris ? Qu'aurait-il pensé de nous deux ? La vie ne fonctionne pas comme ça.

Tournée vers la vitre, elle contemplait l'océan.

Il aurait voulu savoir si elle aurait accepté qu'il lui fasse la cour. Mais à quoi bon ?

— On ne refait pas le passé, dit-il en lui effleurant la joue. On agit de la façon qui nous semble juste sur le moment, en espérant ne pas avoir trop de regrets plus tard.

Elle reporta son attention sur lui. Son expression était triste.

— Mais on a tendance à se souvenir plus des mauvais moments que des bons, non ?

Elle lui pressa la main puis ouvrit la portière, signalant par là que cette drôle de conversation était close.

Ils grimpèrent jusqu'au promontoire. Le site cerné par l'océan était fascinant.

Sam écarta les bras. Une joie pure illuminait son visage.

— C'est exactement ce dont je rêvais ! Quand j'étais à Londres, puis dans le Sud-Est asiatique avec ma mère, je rêvais d'habiter près de la mer. Travailler à Perth m'a donné cette envie, même si le nord de l'Écosse aurait mieux convenu à mon teint de rousse. Les Australiens ont besoin de l'océan, je pense. C'est mon cas, dit-elle, rayonnante.

Il profita de ses bras tendus pour lui prendre la taille et la tenir contre lui dans une étreinte amicale, même si son corps réclamait davantage.

Bientôt, ils s'écartèrent, se tenant juste par la main pour rejoindre le phare. Ils le gravirent jusqu'au sommet et, de là, ils admirèrent le panorama sur la ville côtière et la campagne alentour.

— Il y a surtout des exploitations laitières par ici. Des ranchs et des fermes d'agrément où l'on élève des chèvres, des lamas et je ne sais quoi encore, expliqua-t-il. Des marchés locaux se tiennent les deuxième et quatrième dimanches du mois. On y vend de tout, depuis le vin de pays jusqu'aux tapis !

— Je sais à quoi je vais m'occuper dimanche prochain ! Et le samedi, je vais chercher une voiture d'occasion. Pour me rendre à l'hôpital la nuit quand je serai d'astreinte.

Se tournant vers lui, Sam lui posa un doigt sur les lèvres.

— Et ne me dis pas que je pourrais toujours prendre la tienne. De toute façon, tu en auras besoin...

Elle s'apprêtait à ajouter quelque chose, mais d'autres personnes arrivaient en haut du phare, et le moment fut perdu.

Andy proposa de redescendre.

Il tenait toujours la main de Sam dans la sienne. Flirtaient-ils ? En tout cas, il ne se souvenait pas d'avoir été si peu sûr de lui avec une femme. Surtout, il craignait de gâcher le lien d'amitié entre eux en allant trop vite. Mais s'il lui donnait des rendez-vous occasionnels, peut-être que...

Il soupira.

Tout cela était puéril puisqu'ils avaient déjà couché ensemble. En même temps, il était conscient que Sam tenait à garder une certaine distance entre eux. D'instinct, il pensait que c'était à cause de son mariage. Soit l'expérience avait été merveilleuse au point qu'elle n'avait jamais cessé d'aimer Nick, soit au contraire elle avait été désastreuse, et elle n'avait aucune envie de la renouveler.

Comment savoir ? En l'incitant à parler ? Non, car sa réponse lui serait dictée par ses sentiments pour Nick ou sa loyauté envers lui. Mais étant donné l'échec de sa propre vie amoureuse, il doutait d'être en mesure de savoir ce qu'il en était. Du reste, lui aussi redoutait de la toucher, même par inadvertance. Il avait beau garder sa main dans la sienne, il sentait que le charme s'était envolé.

— Si tu avais gagné, Nick aurait quand même essayé de sortir avec moi, déclara Sam à cet instant.

Il sentit son cœur se serrer.

Cette fois, il savait avec certitude que Nick n'était jamais loin de ses pensées.

Sam prétexta le rangement de son nouveau pied-à-terre pour décliner l'invitation d'Andy de passer l'après-midi au musée local avant de dîner d'un *fish and chips* sur la plage.

La matinée avait été suffisamment riche en émotions. Passer du temps avec lui en dehors de l'hôpital avait été merveilleux, et en découvrant cette région magnifique, elle ne regrettait pas sa décision de s'y installer. Mais les gestes affectueux qu'il avait envers elle ravivaient les souvenirs de la nuit qu'ils avaient partagée. Son corps réclamait ses baisers, ses caresses, ses étreintes, ses petits mots sensuels murmurés à l'oreille...

Mais s'impliquer davantage avec lui était impossible. Parce qu'il penserait peut-être qu'une aventure sentimentale était un prélude au mariage. Même si trois ans avaient passé, ce mot-là évoquait toujours pour elle un trou noir dans lequel elle avait failli disparaître.

Certes, Andy était tout le contraire de Nick. Il serait un mari aimant et un père merveilleux pour les enfants qu'elle désirait si ardemment. Mais elle ? Changerait-elle comme elle avait changé en étant l'épouse de Nick ?

Elle ne blâmait pas Nick de cette altération dans sa personnalité. C'était juste quelque chose en elle qu'elle s'était mise à détester. Élevée par sa seule mère, sans famille autour d'elles puisque Lucy avait été bannie par les siens, elle avait manqué de modèles pour bâtir sa vie de couple. Jamais elle n'aurait pensé par exemple que le mariage pourrait être si étouffant. Et maintenant qu'elle s'était retrouvée elle-même, elle n'allait certainement pas se perdre de vue une nouvelle fois.

Allongée sur son lit, elle se débattait avec ses pensées. Courrait-elle un risque en aimant Andy ? Elle en revint à sa première idée que nouer une relation avec lui serait une erreur parce qu'il serait blessé quand elle y mettrait fin. De plus, elle serait obligée de trouver un autre poste, car travailler ensemble deviendrait ensuite trop compliqué.

Mais travailler avec lui en vivant une histoire d'amour, ça le serait tout autant, non ? Comment rester discrets ? Cela risquait de nuire à Andy plus qu'à elle.

Devait-elle s'en ouvrir à lui ? Cela l'aiderait peut-être. À l'inverse, elle risquait de se ridiculiser s'il ne s'intéressait pas à elle. Il avait été attiré par elle autrefois, mais six ans plus tard, ça ne voulait plus dire grand-chose. Le fait de se tenir la main n'avait rien à voir avec une déclaration d'amour, et ces réflexions ne menaient nulle part, se dit-elle, exaspérée.

Se levant d'un bond, elle enfila un maillot et se tartina généreusement de crème solaire. Puis elle mit une chemise légère et prit chapeau et serviette.

Batifoler une bonne heure dans les vagues chasserait à coup sûr ses pensées tumultueuses.

Espérant qu'une session de surf lui remettrait les idées en place, Andy enfila un caleçon de bain et une combinaison, puis il descendit dans le garage chercher sa planche et prit la direction de la plage.

Après avoir passé une heure à surfer, il marqua une pause, attendant la prochaine bonne vague qui le ramènerait au bord. Si celle-ci ne se présentait pas, il pagayerait, mais l'atmosphère était si paisible, si sereine que cela ne lui déplaisait pas d'attendre.

Celle-ci ! se dit-il soudain.

La vague qui venait était splendide. Il l'attaqua avant qu'elle ne se vrille en tube. Courbé sur sa planche, il entra dans la longue boucle verte et déboucha à l'air libre en exultant.

Un cri enthousiaste lui parvint de la plage. Comme il glissait sur le ressac, il aperçut Sam sur le sable en train de l'acclamer.

— Je ne savais pas que tu surfais si bien, dit-elle en souriant quand il la rejoignit. En fait, je m'aperçois que je ne connais presque rien de l'homme que tu es aujourd'hui.

Elle aussi venait de se baigner. Ses longues mèches mouillées lui couvraient le dos, de fines gouttelettes ruisselaient sur sa peau. Assise sur une serviette, elle étalait de la crème sur ses jambes. Elle avait des jambes divines...

— Alors, qui es-tu, Andy Wilkie ? demanda-t-elle en le regardant retirer le haut de sa combinaison. Nous avons un peu parlé de Boston, et j'ai même lu un article que tu avais écrit là-bas. « Les dangers de l'hypothermie chez les enfants », il me semble. Mais qu'as-tu fait tout ce temps ? Tu n'es pas marié, à moins que tu ne caches une épouse dans un placard. Raconte-moi ce qu'il t'est arrivé dans ta vie.

Ce disant, elle tapota la place auprès d'elle sur le sable.

Il s'essuya le visage et le torse et s'installa.

— Tu ne t'es jamais marié ? répéta-t-elle.

— J'ai failli, par deux fois, répondit-il, désabusé.

— Aucune des deux n'était la femme idéale ?

— Peut-être que je n'étais pas l'homme idéal pour elles.

— Ça, j'en doute. Tu fais partie des types bien. Et en dehors de ces deux belles histoires... Une grande passion ?

Il n'allait certainement pas répondre à ça !

— Quelques-unes, mais pas si grandes que ça, dit-il évasivement. Des aventures sans attente ni promesse. Sam, tu es bien placée pour savoir qu'il est difficile d'entretenir une relation quand on est médecin aux urgences ou chef de service en pédiatrie.

— Nous aurions dû être dermatologues. Ils ne sont jamais appelés au milieu de la nuit, ceux-là !

Il sourit de sa boutade, puis décida qu'il était temps de changer de sujet. Mais Sam reprenait déjà la parole.

— Il y avait des raisons ?

Il la regarda sans comprendre.

— Des raisons pour... ?

Elle laissa échapper un petit soupir exaspéré.

— Pour expliquer qu'aucune de tes histoires sentimentales n'ait abouti à un mariage ? Et ne me parle pas de la pression du métier. La plupart des spécialistes réussissent leur vie de couple quelle que soit leur discipline médicale. Quant à ceux qui divorcent, ils le feraient de toute façon, qu'ils soient banquiers ou éboueurs. Alors, que s'est-il passé ?

Devait-il lui dire la vérité ?

— Je n'étais pas celui qu'elles croyaient, répondit-il finalement. Ou elles n'étaient pas faites pour moi. C'était il y a longtemps, Sam, et je me suis fait une vie qui me convient. J'aime mon existence telle qu'elle est. Le travail est stressant, comme tu le sais, mais savoir se détendre après une journée bien remplie et être bien dans sa peau, c'est tout ce dont j'ai besoin.

Menteur ! lui cria sa voix intérieure.

Mais ce n'était pas tout à fait un mensonge non plus. Il aimait vraiment son mode de vie simple et agréable.

— Ça ne rime à rien, dit Sam. Tu es quelqu'un de trop bien pour gaspiller ta vie en histoires éphémères. Tu ferais un père merveilleux, Andy. N'importe qui s'en rendrait compte en un instant. Il n'y a qu'à te voir t'occuper d'un patient.

Elle était visiblement déterminée à lui donner d'autres conseils conjugaux. Il était urgent de parler d'autre chose.

— Maintenant que tu as fini de ranger ton immense espace de vie, tu n'as plus d'excuses, dit-il en lui adressant un clin d'œil. Si on allait manger un *fish and chips* au bord de la plage ? Je connais le meilleur vendeur de tout Port Fortesque.

Un sourire joyeux éclaira les traits de Sam.

— D'accord. Mais je préfère mes frites avec du calamar, si possible. Et j'ai besoin de prendre une douche et de démêler mes cheveux avant. On s'y rend à pied ?

— Oui, ce n'est pas très loin, dit-il en songeant qu'il aurait encore l'occasion de lui tenir la main.

Il pensait aussi l'entraîner sur le sentier au bout de l'esplanade.

Un coin à l'abri des regards qui serait parfait pour un baiser et des caresses...

Il était devenu fou !

Sam se leva, et il ramassa sa serviette. S'éloignant de quelques pas, il la secoua dans la direction du vent avant de la lui rendre.

Elle parut surprise par son geste, puis elle le remercia et noua la serviette autour d'elle, couvrant son maillot noir, mais laissant ses belles jambes nues.

Il ne se lassait pas de les admirer.

— Vous examinez mes jambes, docteur ?

— Oui, répondit-il sans chercher à s'en défendre. Elles sont très jolies. Et rappelle-toi que tout Australien a le droit d'admirer les jambes des femmes. C'est pour ça que nous avons des plages, non ?

— Idiot ! dit Sam en riant.

Mais ses joues empourprées suggéraient qu'elle ne lui en voulait pas le moins du monde.

Ils marchaient main dans la main. Même si Sam soupçonnait Andy d'avoir pris l'excuse de l'aider à gravir la première côte, elle trouvait agréable l'emprise de ses doigts fermes sur les siens, et elle ne fit rien pour mettre fin à ce petit plaisir.

Ils allèrent déguster leurs cornets de poisson-frites sur un banc qui offrait un joli point de vue sur la rivière. Des mouettes criaillaient à leurs pieds, réclamant quelques miettes. Ils parlèrent de l'hôpital, et elle donna à Andy les dernières nouvelles de leurs patients, notamment du petit Ryan, qui allait de mieux en mieux et qui pourrait rentrer chez lui le lendemain.

— Mais tu le connais mieux que moi, et je te laisse prendre la décision, dit-elle en lançant la dernière bouchée aux oiseaux avant de chiffonner le cornet de papier.

— Tu as apprécié ?

— Ce pique-nique près de la rivière ? Énormément.

Andy lui offrit un sourire si dévastateur qu'elle sentit des ondes électriques traverser tout son être.

— Sam, tu sais très bien que je parlais du boulot ! As-tu apprécié tes deux premières semaines ?

— J'ai adoré. Et surtout grâce à toi. Tu m'as vraiment facilité les choses pour que je m'adapte.

Il la dévisagea longuement avant de répondre :

— Je pense que tu t'adapterais partout.

Ils prirent le chemin du retour. Andy avait décidé d'emprunter un chemin à travers les fourrés, un raccourci qui les conduirait jusqu'en haut de la colline, près de leur immeuble. Mais quand il s'arrêta à l'ombre d'un arbre aux palmes majestueuses et la prit dans ses bras, elle fixa ses yeux assombris.

— Tu me fais le coup de la panne ?

Il déposa un baiser léger sur ses lèvres.

— Tu en as envie ?

Incapable de répondre, elle se coula contre lui. Puis elle s'écarta juste assez pour murmurer :

— Andy, je ne suis pas sûre d'être douée pour ça.

— Et pourquoi donc ? demanda-t-il en embrassant sa joue puis le creux sous le lobe de son oreille.

— Le mariage ne m'a pas réussi. J'aimais Nick, mais bizarrement, ce n'était pas suffisant, et je me suis sentie perdue. Ma mère était en Amérique du Sud à cette époque, mais elle n'aurait pas pu m'aider, vu qu'elle n'a jamais connu de relation durable. Quant à mes amis... Comment pouvais-je leur demander comment leur couple fonctionnait ?

Andy l'embrassa de nouveau.

— Nick n'était pas facile à vivre, reconnut-il.

— Ça n'explique pas mon échec, dit-elle en sentant sa gorge se nouer au souvenir de ces années pénibles. Vraiment, je ne sais pas si c'est une bonne idée.

Il s'écarta, gardant un bras autour de sa taille pour la guider sur le chemin.

— Je ne pense pas que tu aies perdu ta personnalité dans l'expérience, dit-il doucement. Pour moi, tu es restée exactement la même. Plus sage, mais toujours aussi farouche quand il s'agit de défendre une cause qui te tient à cœur. Et tellement dévouée envers les patients…

— Ça ne veut pas dire que le mariage est fait pour moi, grommela-t-elle.

— Comme je te l'ai dit, je n'ai moi-même pas convolé en justes noces, donc je ne peux pas juger. Mais est-ce que nous sommes obligés de voir si loin ? Si on essayait la passion à court terme ?

Elle était tentée, certes. Terriblement tentée, même. Cependant, quelque chose la retenait.

— Nous sommes collègues, Andy.

— Mais suffisamment professionnels pour savoir cloisonner métier et vie privée, non ? Sam, si on oubliait l'avenir pour vivre notre histoire au présent ?

Elle aurait voulu voir son visage, mais le sentier était devenu si étroit qu'il était obligé de la devancer d'un pas, sans qu'il ait pour autant lâché sa main.

« Passion », « histoire au présent ». Les mots tentants tournaient en boucle dans son esprit, tandis qu'une pulsion traîtresse la poussait à s'engouffrer avec joie dans la perspective qu'il venait d'énoncer. Mais sauraient-ils sortir indemnes de l'expérience ? C'était toute la question.

Ils atteignirent le haut de la colline et retrouvèrent la réalité urbaine des rues éclairées, de la circulation et des immeubles.

— Tu n'es pas obligée de te décider maintenant, dit Andy en lui prenant la taille. Réfléchis pendant… Voyons, quelques minutes ? Une heure, peut-être ?

Il souriait, sûr d'être parvenu à ses fins. Mais elle restait prudente.

— Demain, dit-elle. Et comme je ne suis pas du tout certaine que nous soyons capables de sauvegarder les apparences à l'hôpital, je te donnerai ma réponse quand tu rentreras demain soir.

— Pourquoi pas à la fin de ton service ?

— Non, je dois voir des concessionnaires pour trouver une voiture. Donc, il faudra attendre le soir. Je préparerai le dîner, si je peux utiliser ta cuisine.

Elle voyait ses traits à présent, et elle devina qu'Andy se retenait de dire quelque chose.

Quoi donc ? Qu'il voulait l'accompagner pour choisir une voiture ? Qu'elle pouvait emprunter la sienne ?

Mais il en resta là.

Une relation entre eux était-elle possible ?

Pourquoi pas, s'ils la conjuguaient au présent...

7

Sam aimait bien les gardes du matin. Tout était calme encore dans le service, la plupart des enfants dormaient, et ceux qui s'éveillaient tôt parlaient plus facilement.

C'était le cas de Kayla, dont le diabète s'était stabilisé. Sam lui expliqua qu'elle avait rendez-vous dans la journée avec une infirmière spécialisée qui lui montrerait comment faire la prise de sang qu'elle pratiquerait elle-même plusieurs fois par jour et comment utiliser la seringue avec laquelle elle s'injecterait l'insuline. Elle resta quelques minutes de plus avec elle, lui assurant qu'elle serait bientôt capable d'effectuer ces gestes sans stress.

Puis ce fut l'heure de rendre visite à Grant, qui devait sortir du coma artificiel le jour même. L'enjeu était très important, et dans l'immédiat il fallait gérer le choc de l'enfant à son réveil quand il découvrirait une grande partie de son corps plâtrée et ses jambes prisonnières d'une attelle suspendue et d'un harnais en métal.

— Comment vais-je lui expliquer ça ? demanda sa mère, assise à son chevet.

Sam lui adressa un sourire rassurant.

— Avec un peu de chance, il se dira qu'il ressemble à une créature de science-fiction, une expérience qu'il racontera à ses camarades d'école. Il va être dans les vapes pendant un jour ou deux, donc ne vous alarmez pas. Tous les tests le montrent, il n'y a aucun dommage important au cerveau, seulement un œdème léger qui s'est bien résorbé. Il faudra juste éviter qu'il s'ennuie, car il ne va pas bouger pendant un certain temps. A-t-il une console portable et des jeux vidéo qu'il peut utiliser alité ?

Sa mère exhala un long soupir.

— Oh oui, d'habitude il y joue même tout le temps. En fait, je me sens coupable. C'est à cause de ça qu'il faisait du vélo dehors. Je lui ai dit que, s'il ne lâchait pas sa maudite console pour prendre un peu l'air, je la lui confisquais pour de bon.

— C'est tout à fait sensé, vous ne devez pas vous blâmer, dit Sam doucement.

Elle espérait que ces paroles soulageraient un peu la mère de Grant. Elle parlait en connaissance de cause, sachant qu'elle aussi était indirectement responsable de la mort de Nick.

Elle passa ensuite dans la chambre d'Abby.

La jeune fille avait suffisamment récupéré pour être transférée en pédiatrie. Sam notait des instructions dans le dossier, quand un frisson lui parcourut le dos, et elle sut qu'Andy était entré dans la pièce.

— Tu es en avance, dit-elle, sans se détourner de peur de trahir son trouble.

— Je voulais voir Abby avant qu'elle ne quitte notre unité, répondit Andy en s'approchant du lit. Heureuse de sortir enfin d'ici, Abby ?

La jeune fille lui offrit un sourire radieux.

— Vous allez me manquer, tous. Vous avez été si gentils avec moi. Surtout vous, docteur Wilkie !

En sortant dans le couloir, Sam ne put s'empêcher de le taquiner.

— Toutes les adolescentes craquent pour vous, docteur Wilkie ! dit-elle en lui donnant un coup de coude.

— Sam ! Garde tes distances, ordonna-t-il à voix basse.

Mais la lueur sensuelle de son regard bleu démentait ses paroles rudes.

— Que viens-tu faire ici si tôt ?

Elle tenait un dossier devant elle, comme s'ils avaient une conversation normale entre collègues.

— De la paperasse en retard, répondit-il d'un ton bref.

Mais elle suspectait qu'il avait une autre raison d'être là. Il avait voulu la voir ! Mon Dieu, comment allaient-ils assurer leur service alors que l'air entre eux semblait chargé de tension électrique ?

— Va remplir tes dossiers, dit-elle dans un souffle.

Elle avait besoin qu'il s'éloigne d'elle pour pouvoir penser clairement. Mais Andy parti, elle se rendit compte qu'elle n'était guère plus avancée. Pourquoi n'avait-elle pas perçu cette atmosphère vibrante la veille, quand ils avaient parlé si sérieusement ? S'ils étaient allés au lit ensemble, elle aurait été satisfaite physiquement, et elle n'aurait pas eu cette envie folle de lui arracher ses vêtements dans un couloir d'hôpital ce matin !

Dans un effort de volonté, elle réussit à écarter ses pensées d'Andy pour se focaliser sur les patients. Avec un peu trop d'application sans doute, car la mère de Ruby lui demanda d'une voix paniquée si sa fille allait bien.

— Oui, très bien, madame. Je me demandais seulement si elle était prête à rejoindre le service de pédiatrie ou s'il valait mieux attendre demain.

— Je préférerais demain pour que je puisse lui apporter ses vêtements de tous les jours, dit la mère. J'ai visité l'unité de pédiatrie. Les enfants sont en tenue de ville et non en pyjama.

— Alors, ce sera demain, dit Sam en souriant. Vous avez raison, elle sera beaucoup plus à l'aise si elle est habillée comme les autres.

Cette conversation anodine lui permit de se ressaisir : elle n'allait penser qu'au travail jusqu'à la fin de sa garde !

Mais cette garde tourna au cauchemar avec un appel des urgences : ils avaient un troisième cas de rougeole.

Peter Collins, un jeune garçon de onze ans, ne paraissait

pas particulièrement malade, mais Sam savait que son état pouvait vite se détériorer.

— Mais je ne suis pas si malade ! protesta-t-il comme on le transférait dans son service.

— Nous ne voulons pas que tu répandes la maladie, Peter, répondit Sam en prenant connaissance des informations que les urgentistes avaient rassemblées.

— Je vois ici qu'il a eu tous ses vaccins. Celui contre la rougeole y compris ? demanda-t-elle en se tournant vers Mme Collins qui demandait à son fils de se tenir tranquille.

— Oui, j'en suis sûre. Il fallait présenter les certificats de vaccinations à son entrée à l'école.

— Cela expliquerait qu'il soit moins malade que nos deux premiers patients. Nous essayons de tracer la source de la contamination. Peter est-il allé à la foire qui a eu lieu ici il y a quelques semaines ?

— Oui, avec nous tous, répondit Mme Collins. C'était peu après son anniversaire, et il avait reçu de l'argent pour aller sur tous les manèges.

— Te souviens-tu quelles attractions tu as essayées ? demanda Sam au garçon.

— Les autotamponneuses, le train fantôme et le palais des glaces. C'était génial !

Elle acquiesça pensivement.

Au moins les autorités disposeraient-elles de quelques indices.

Quittant Peter et sa mère, elle se rendit dans le bureau pour communiquer ces informations au centre de surveillance des maladies infectieuses.

— Nous allons contacter les familles concernées, répondit la femme au téléphone. Sauf les parents de la petite Rosa que nous ne voulons pas importuner dans un moment pareil. Puis nous rendrons ces données publiques. Donc, attendez-vous à voir débarquer la presse et les caméras de télévision.

— Mon chef s'en chargera, répondit Sam d'un ton assuré.

Son interlocutrice se mit à pouffer.

— Si vous arrivez à pousser le Dr Wilkie à parler devant les caméras, alors vous êtes une femme très persuasive !

— Pas question. Jamais de la vie ! déclara Andy d'un ton catégorique quand Sam l'informa que des journalistes allaient arriver.

— Mais pourquoi ? demanda-t-elle, surprise par sa réponse véhémente.

— Je ne fais pas ce genre de choses, un point c'est tout ! Nous sommes un petit hôpital régional. Une fois que la presse te met la main dessus et t'utilise comme expert ou porte-parole, ils ne te lâchent plus ! Ils te poudrent le nez et te braquent leurs projecteurs dans les yeux, ce qui te donne l'air d'un lapin hagard. J'ajouterai dans mon cas « efflanqué et stupide ». Alors, non merci ! Le directeur de l'hôpital peut le faire. Il affrontera la presse mieux que moi.

Elle le regarda avec insistance, nullement impressionnée par son discours.

— Quoi ? s'exclama-t-il avec brusquerie.

— Tu as dû faire l'expérience au moins une fois pour savoir que tu ressemblais à ce genre de lapin, dit-elle, amusée.

— Oui, quand Nick est mort, répondit sombrement Andy. J'étais à l'hôpital ce jour-là. Certaines personnes savaient qu'il était mon ami, et on a lancé un journaliste à mes trousses.

Il n'eut pas besoin de voir l'expression de Sam pour mesurer qu'il venait de lui jeter à la figure toute l'horreur de ce jour-là.

Bonté divine ! Qu'est-ce qu'il lui avait pris de dire ça si brutalement ?

— Sam, je suis désolé… Sincèrement désolé, dit-il en se cachant le visage dans ses mains.

— Je comprends, dit-elle d'une voix désincarnée. Je suis sûre que tu trouveras quelqu'un pour faire ce communiqué à ta place.

Sur quoi, elle quitta la pièce.

Cette relation ne marcherait jamais, pensa-t-il, désemparé. Quels que soient les sentiments qu'il avait pour elle, le passé serait toujours entre eux, tapi dans l'ombre, prêt à surgir à tout moment.

En proie à une angoisse incontrôlable, Sam était sortie en hâte de l'hôpital.

Comment aurait-elle pu imaginer qu'une simple taquinerie réveillerait des souvenirs si douloureux ?

Elle s'était remise de Nick. Elle ne l'oublierait pas, pas plus que l'amour qu'elle avait eu pour lui ni les bons moments passés ensemble. Mais il était temps d'avancer, et Andy faisait partie de ce plan. Du moins, pour une durée limitée.

Sur ces réflexions, elle entra chez le concessionnaire.

L'homme qui l'accueillit s'appelait Tom Carey. Beau parleur et efficace, mais terriblement assommant. Heureusement, elle avait déjà repéré la voiture qu'elle désirait : le 4x4 jaune au fond de la salle d'exposition.

— Avez-vous vraiment besoin d'un tel véhicule ? Une petite berline ne vous conviendrait-elle pas mieux ? demanda l'intarissable vendeur.

— Pas si je veux explorer la région autour de Port pendant mes congés, répondit-elle, fière d'employer le mot que les gens du coin utilisaient pour désigner leur ville. Même si je n'ai pas l'intention de faire du tout-terrain, je serai plus à l'aise avec une voiture qui supporte bien les routes de campagne.

Tom l'invita à jeter un coup d'œil à l'habitacle.

— Voulez-vous faire un bout de route pour l'essayer ?

Elle s'empressa d'accepter.

C'était merveilleux de conduire une voiture aussi maniable et suffisamment haute pour dominer les autres véhicules.

— Je l'adore, dit-elle au vendeur. Puis-je avoir le pare-brise teinté inclus dans le prix ?

Celui-ci acquiesça et, après avoir rempli la liasse de documents nécessaires, elle quitta la concession, heureuse de son acquisition.

Se rappelant la gêne survenue entre elle et Andy, elle se rendit au centre commercial et fit des courses en prévision d'un bon dîner à deux. Elle arrêta son choix sur un gigot d'agneau, se doutant qu'un célibataire devait rarement s'offrir ce genre de plat.

L'angoisse qui l'avait submergée dans le bureau n'avait pas totalement disparu. Mais elle n'avait pas tempéré le désir brûlant qui l'avait traversée plus tôt. Et elle voulait tout faire pour retrouver l'alchimie sensuelle qui les unissait.

Rod lui ayant remis une télécommande du garage, elle s'y engagea et gara la voiture sur l'emplacement prévu.

Quand Andy rentrerait à son tour dans le parking, devinerait-il que c'était la sienne ?

Rassemblant ses provisions, elle prit l'ascenseur pour monter directement au onzième étage. Une fois dans la cuisine, elle fit mariner le gigot dans un mélange de thym et de citron et prépara les légumes. Elle mettrait le tout au four dès le retour d'Andy. À cette perspective, une salve de frissons la parcourut, et elle fut tentée d'ouvrir le vin qu'elle avait acheté et de se servir un verre pour se calmer les nerfs.

Non, mieux valait descendre chez elle pour prendre une douche et se changer, décida-t-elle.

Mais comme elle attendait l'ascenseur, les portes coulissèrent, livrant passage à Andy, qui l'enlaça immédiatement avec fougue.

— J'étais sûr d'avoir tout gâché en remettant ces souvenirs-là sur le tapis, dit-il avec humilité. Je ne mesurais pas ce que je disais. J'étais tellement déterminé à ne pas passer à la télé !

Des lèvres, il lui effleura le cou avant de capturer sa bouche. Leur baiser s'approfondit, et elle y répondit avec joie, sentant l'excitation renaître en eux.

— J'allais descendre prendre une douche, dit-elle faiblement.

— Moi aussi, j'en ai besoin.

Par un accord tacite, ils se ruèrent vers la salle de bains de l'appartement. Dans la cabine, ils se caressèrent et s'embrassèrent, prolongeant le plaisir jusqu'à ce que, n'y tenant plus, ils s'unissent sous le jet puissant. Leurs corps délicieusement lisses rendaient les sensations plus intenses.

— Hum... Le dîner sera un peu tardif, dit-elle en reprenant son souffle.

Tout en s'essuyant les cheveux, elle admira le corps nu magnifiquement musclé d'Andy.

— Je dois aller me changer, ajouta-t-elle. Mais je n'ose pas descendre chez moi, juste enveloppée d'une serviette.

Andy s'éclipsa et revint dans la salle de bains, tenant un T-shirt et un bermuda.

— Il y a un élastique à la taille, donc ça restera bien en place... Enfin, peut-être pas pour longtemps, dit-il en l'enveloppant d'un regard sensuel.

Rougissante, elle se hâta d'enfiler les vêtements puis alla dans la cuisine enfourner le gigot et les légumes.

— Tu as aussi prévu le vin ? constata Andy en entrant derrière elle, juste vêtu lui aussi d'un bermuda et d'un T-shirt.

Il déboucha la bouteille puis lui tendit un verre, accompagnant son geste d'un baiser furtif.

— Si nous allions nous asseoir ? suggéra-t-elle en se dirigeant vers le balcon, consciente que la situation deviendrait vite incontrôlable s'ils restaient dans la pièce.

Andy la suivit.

— Merci d'être venue, Sam, dit-il en levant son verre comme pour porter un toast. J'avais peur que tu n'aies changé d'avis. Mais tu seras contente d'apprendre que j'ai fait l'interview. J'ai su que je t'avais blessée ce matin en ravivant les souvenirs du drame, alors juste après ton départ je me suis soumis à cette mascarade de lapin fardé. Si tu veux voir ça, on doit pouvoir capter la diffusion au dernier journal de la chaîne locale.

— Si nous sommes devant le poste à cette heure-là, répondit-elle avec un sourire suggestif.

Elle s'empourpra, étonnée de sa propre audace.

Waouh ! Elle se mettait à flirter… Elle n'avait pas fait ça depuis longtemps, et certainement pas avec Nick, qui détestait les frivolités de ce genre. Mais Andy lui adressa un clin d'œil complice, et elle en ressentit un vif plaisir mêlé d'excitation.

Andy contemplait l'océan, plongé dans l'obscurité.

Il se sentait en paix, et il savait qu'il devait ce bien-être à la femme assise près de lui. Par un hasard du destin, Sam était de retour dans sa vie, et il comptait profiter de leur arrangement à court terme.

Il comprenait sa réserve face à l'engagement. Il avait suffisamment connu Nick pour savoir qu'il n'aurait pas aimé travailler avec lui. Avec Nick, tout n'était que défi et compétition d'où il devait à tout prix sortir vainqueur. Andy s'était accommodé de la situation dans la mesure où gagner n'avait jamais été sa priorité. Il était simplement déterminé à faire de son mieux. Alors, arriver second ou même trentième, quelle importance ? Quant à ses relations sentimentales, elles s'étaient soldées chaque fois par un désastre. Il avait fini par se demander si tout cela en valait la peine et par ne plus s'impliquer auprès d'une femme.

— Tu veux en parler ? demanda soudain Sam.

— Parler de quoi ? dit-il, peu désireux de lui confier ce qui lui trottait dans la tête.

— De ces pensées qui défilent dans ton esprit. Je lis sur ton visage qu'elles ne sont pas toutes joyeuses. Je me trompe ?

Il haussa les épaules.

— Juste des trucs qui vont et viennent. Rien de profond ou de réfléchi. En fait, rester assis là avec toi me convient parfaitement, répondit-il en souriant.

Sam avait posé les pieds sur la rambarde du balcon. En

contemplant ses longues jambes étendues, il sentait l'excitation le gagner.

— Veux-tu que je t'aide à quelque chose pour le dîner ? Retourner la viande, aller chercher les couverts ?

— Non, reste assis et détends-toi, dit-elle avant de boire une gorgée de vin. Après le dîner, si tu veux, je t'emmènerai faire un tour avec ma nouvelle voiture.

— Tu en as acheté une ? Pourquoi ne l'as-tu pas dit ? Nous serions descendus la voir.

— Ah oui ? dit-elle avec un sourire mutin.

Il ne put s'empêcher de rire au souvenir de leur étreinte sous la douche. Mais le manque d'enthousiasme de Sam au sujet de cet achat l'étonnait. Lui-même plaçait l'acquisition d'une voiture très haut sur l'échelle des choses satisfaisantes, au même rang au moins que les plus belles vagues de surf.

Mais Sam ?

Il la contempla de profil tandis qu'elle admirait la lune au-dessus des flots.

Sam était différente. Elle était à l'aise avec elle-même. Il sentait qu'elle possédait un calme intérieur qui lui permettait d'affronter toutes les surprises de la vie. Certes, la mort de la petite Rosa l'avait bouleversée, mais sans affecter son travail ni son empathie pour les autres patients et leur famille. Il savait que, déjà, tous l'estimaient et lui faisaient confiance implicitement, et il en était heureux pour elle.

Cependant, quelque chose lui disait que, à sa place, Nick se serait montré jaloux de sa popularité.

Sam dégustait son vin à petites gorgées, se délectant du calme de ce début de soirée et de la présence d'Andy. Bientôt, elle se lèverait pour vérifier la cuisson du dîner, mais pour l'heure, elle se réjouissait d'être si bien en sa compagnie et de goûter ce lien invisible entre eux qui se passait de mots.

— Vraiment, je ne peux pas me rendre utile ? demanda Andy.

Elle se tourna vers lui en souriant.

— Tu as faim, c'est ça ? Mais on ne peut pas faire cuire un gigot à la va-vite. Ne t'inquiète pas, je m'en occupe dans un petit moment. En attendant, on peut rester là quelques minutes.

Elle se tut et se remémora leur confrontation du matin et leur réconciliation quand Andy était rentré.

C'était la preuve que cela pouvait fonctionner entre eux. Mais quand leur brève histoire arriverait à son terme, saurait-elle renoncer à lui aussi facilement ? Elle en doutait.

Pour ne pas laisser ces idées sombres s'installer, elle se leva résolument et retourna dans la cuisine. Après avoir sorti le plat du four et enveloppé le gigot d'une feuille d'aluminium, elle appela Andy pour lui demander de dresser la table pendant qu'elle s'occuperait de remplir les assiettes.

Il apparut et la prit par la taille pour l'entraîner dans une valse autour de l'îlot central. Puis, la relâchant, il prit une poignée de couverts et retourna sur le balcon.

Ravie de cette fantaisie, elle retrouva le sourire.

Le dîner se changea vite en une fête sensuelle. Ils se donnèrent la becquée en échangeant des caresses. Puis, en proie à un désir croissant, ils s'éclipsèrent vers la chambre sans attendre la fin du repas.

Sam s'éveilla à 3 heures. Elle se leva avec précaution pour ne pas tirer Andy du sommeil et enfila ses vêtements de la veille. Elle descendit chez elle, prit une douche et se mit au lit.

Il lui restait deux bonnes heures de sommeil avant que la sonnerie du réveil ne vienne lui rappeler qu'une nouvelle journée de travail l'attendait.

Sam avait passé en revue les changements survenus durant la nuit et noté tous les incidents qui requéraient son attention. Colin Forbes, le neurologue, se présenta au moment où elle terminait sa première tournée des malades.

Celui-ci se tenait derrière le poste infirmier et parcourait le dossier du jeune Grant.

— Il était conscient immédiatement après l'accident ? s'enquit-il une fois les présentations faites.

— Oui, et il répondait aux questions des ambulanciers, assura Sam. En raison de la gravité de ses blessures, les chirurgiens qui l'ont opéré ont décidé de le placer en coma artificiel pour favoriser le processus de guérison.

— Quand l'ont-ils ramené à la conscience ?

— Hier en fin d'après-midi, mais il n'y a eu aucun changement, l'état comateux s'est prolongé, dit Sam en affichant les scanners et les radios de Grant sur l'écran de l'ordinateur à disposition.

— Ont-ils fait une IRM ? demanda Colin.

Comme elle secouait la tête, le spécialiste enchaîna :

— Faites-en une maintenant et demandez qu'on me la communique. Allons voir le garçon.

Sam conduisit le spécialiste dans la chambre de Grant.

Sa mère était là et lisait une histoire à son fils inconscient.

— C'est une bonne chose, lui dit Colin. Plus un patient dans le coma est stimulé, mieux c'est. Continuez à lui parler, à le toucher, et faites-lui respirer des odeurs. Ça ne peut pas lui faire de mal, et ça l'aidera sûrement.

La mère de Grant s'empressa d'acquiescer.

— Quel homme charmant ! dit-elle à Sam comme le médecin sortait de la pièce.

Sam ne put que l'approuver. Elle adhérait totalement à sa méthode de stimulation, pourtant contestée par d'autres médecins.

Un autre patient suscitait son inquiétude : le petit Jake, dont l'éruption cutanée s'était étendue. Il était peu probable qu'il ait contracté la rougeole, étant donné qu'il était à l'isolement. Néanmoins, elle se rendit à son chevet et lui ouvrit la bouche, essayant de découvrir des taches rouges révélatrices parmi les ulcères causés par la chimiothérapie. Avant la transplantation de moelle osseuse, il se trouvait chez lui, et il était possible qu'on l'ait emmené à la foire pour le distraire un peu.

— Oh non, jamais de la vie ! répondit sa mère. Nous l'avons gardé à la maison, à l'écart des autres enfants et de la foule. Nous voulions qu'il soit dans les meilleures conditions possibles pour la greffe.

Sam examina l'enfant avec précaution.

Seul son torse était couvert de boutons, ce qui éliminait d'emblée l'hypothèse de la rougeole.

— Le donneur aurait-il eu une infection ? demanda Mme Andrews.

Sam secoua la tête.

— On teste et traite les cellules d'un donneur pour s'assurer qu'elles ne présentent aucune infection. Pour une raison inconnue, votre fils a mal réagi à la transfusion.

— À l'inverse, fit une voix derrière elle, c'est peut-être une simple éruption cutanée qui se dissipera en quelques jours.

Andy était entré dans la pièce sans qu'elle ait ressenti de frisson avant-coureur, incroyable !

En revanche, Mme Andrews souriait, preuve qu'il n'avait rien perdu de son don de mettre les patients et leurs parents à l'aise.

Ils quittèrent ensemble la chambre de Jake, et Sam lui parla de la visite du neurologue et de l'IRM qu'il avait demandée pour Grant.

Andy fronça les sourcils.

— Ils auraient trouvé quelque chose sur le scanner avant l'opération.

— Sauf s'il s'agissait d'un tout petit saignement qui aurait continué. Il n'est pas sous anticoagulants, mais...

— Tu as raison. On a pu manquer ça, conclut Andy.

Ils virent soudain deux policiers venir vers eux.

— Grant Williams, dit l'un d'eux. Nous devons l'interroger au sujet de l'accident. On nous a prévenus qu'il serait conscient aujourd'hui.

— C'est ce que nous espérions aussi, répondit Sam. Mais même s'il avait repris conscience, il ne serait pas en mesure de répondre à vos questions. Vous devez comprendre que, lorsqu'il sortira du coma, il sera somnolent et aura l'esprit confus.

— Vous confirmez, docteur ? demanda l'un des policiers en s'adressant cette fois à Andy, comme s'il avait besoin d'un avis masculin !

— Le Dr Reilly a la responsabilité de ce patient, et elle est donc la mieux placée pour vous parler de son état.

Sam sentit sa vexation s'alléger quelque peu. Les deux hommes partis, elle remercia Andy pour son soutien.

— Oh ! de rien, répondit-il en souriant. En fait, je l'ai fait pour éviter à ce pauvre homme une de tes remarques bien senties. Je voyais déjà le rouge te monter aux joues.

— Traître ! dit-elle d'une voix sourde. Mais je me fais du souci pour Grant. Nous avons dû rater quelque chose.

— Attendons le rapport du neurologue avant de nous inquiéter. Le gosse a aussi besoin de temps après ce qu'il a vécu.

Une infirmière arriva avec une demande des urgentistes. Ils réclamaient un pédiatre pour examiner un enfant pris d'une crise d'épilepsie.

Sam se porta aussitôt volontaire. Juste avant d'entrer dans l'ascenseur, elle capta le regard admiratif d'Andy.

Dans un effort de volonté, elle écarta toute pensée d'Andy pour passer en revue ce qu'elle savait de l'épilepsie.

Le petit garçon, Ahmed, était âgé de quatre ans, lut-elle dans le dossier médical qu'on lui remit. Elle fut soulagée de lire que le neurologue qui avait vu Grant était aussi le spécialiste de l'enfant.

— Sa mère lui a donné une dose de benzodiazépines, et les ambulanciers lui en ont administré une autre par intraveineuse, lui confirma l'interne. Il est sous assistance respiratoire. Nous lui avons donné un bolus de glucose, mais il est toujours… Enfin, vous voyez.

Le corps raidi du petit garçon se convulsait violemment, et ses membres étaient affreusement contractés.

— Transférons-le en soins intensifs, dit-elle.

Peut-être Colin Forbes se trouvait-il encore dans l'hôpital ? Elle le trouva au poste central, en train d'examiner la radio de Grant.

— Regardez, dit-il en tournant l'écran vers elle. Ici !

Il pointa son stylo sur une masse sombre située à l'arrière du crâne.

— Le pauvre garçon a été percuté si violemment que le contrecoup lui a causé une lésion, juste une petite contusion qui a saigné. Nous savons que la voiture l'a heurté du côté droit. Son cerveau a donc subi une violente secousse contre le crâne à gauche. Comme cette partie-là ne saignait pas après l'accident, ça n'a pas été repéré.

— Cela pourrait expliquer son manque de réaction ? demanda-t-elle.

Le Dr Forbes haussa les épaules.

— Peut-être. Un cas de commotion retardée est toujours possible. Mais attendons de voir. Cela pourrait se régler en un jour ou deux.

Sam lui parla d'Ahmed et des premiers soins qu'il avait reçus.

— Quel traitement voulez-vous mettre en place maintenant ? s'enquit le médecin.

Elle n'en revenait pas. Lui, l'éminent neurologue, il lui demandait son avis ?

Elle prit une profonde inspiration.

— J'ai suggéré à l'urgentiste de lui donner immédiatement un antiépileptique. Si ça ne marche pas une fois effectué son transfert ici, du paraldéhyde dilué.

Colin Forbes ébaucha un sourire bref.

— Vous n'avez absolument pas besoin de moi. Mais comme Ahmed est un de mes patients, je tiens à le voir. J'aimerais parler à sa mère pour savoir ce qui a déclenché la crise et si elles sont plus fréquentes.

Le chariot qui transportait l'enfant arrivait. Quand il fut

installé dans une chambre, on mit en place des électrodes sur sa poitrine tandis qu'une infirmière vérifiait la perfusion.

Sam lut dans le dossier que le médicament antiépileptique lui avait été administré. De fait, le corps d'Ahmed était moins rigide, mais ses membres restaient contractés.

— Commencez le paraldéhyde, dit Colin Forbes. Et tenez-moi au courant de son état.

8

Les journées s'écoulaient, rythmées par les nouvelles admissions et les sorties de quelques patients, tandis que les enfants les plus malades restaient hospitalisés. C'était le cas de Grant. Bien qu'il ait repris conscience, il était gravement blessé, et Colin Forbes tenait à surveiller son traumatisme crânien. Mais c'était Jake qui inspirait le plus d'inquiétude. L'origine de ses rougeurs était toujours inconnue, et s'il ne montrait pour l'instant aucun signe de rejet, il était loin de se remettre.

À la suite du changement de planning, Sam avait enchaîné les gardes de nuit, de sorte qu'elle avait très peu vu Andy. Parfois, ils partageaient un repas ensemble s'il rentrait avant qu'elle ne parte à l'hôpital.

Elle venait de terminer sa sixième nuit et n'avait qu'une envie : regagner ses pénates et dormir une journée entière, voire deux ou trois. Cependant, avant de partir, elle décida de rendre visite à Jake.

Son état était stationnaire. Comme elle passait dans le sas en sortant de la chambre, elle vit qu'Andy se trouvait là. Même dans la combinaison blanche en papier, il était incroyablement séduisant, et elle sentit son cœur manquer un battement.

— Comment va notre petit bonhomme ? demanda-t-il alors que son regard bleu lui délivrait un message beaucoup plus sensuel.

Elle retira son masque pour lui offrir un vrai sourire. Elle ouvrait sa blouse de protection quand une violente nausée l'envahit. Arrachant sa tenue, mais encore parée des gants et des surchaussures, elle se rua hors de la pièce et gagna en toute hâte les sanitaires du personnel.

Penchée au-dessus de la cuvette, elle se soulagea, puis le front en sueur, elle s'assit à même le carrelage.

Elle devait se lever et remettre de l'ordre dans sa tenue, mais pour l'instant elle se sentait vidée de son énergie, incapable de bouger.

L'en-cas qu'elle avait pris pendant la nuit l'avait-il barbouillée ? Elle avait juste avalé deux tasses de thé avec des biscuits, puis un café un peu plus tard et un sandwich acheté au distributeur du couloir. Un sandwich à quoi ?

Elle ne s'en souvenait plus, mais la garniture lui avait sûrement retourné l'estomac.

Se remettant sur pied, elle jeta gants et surchaussures et se lava le visage au lavabo.

Andy l'attendait de l'autre côté de la porte.

— Tout va bien ? s'enquit-il quand elle ouvrit le battant.

— Oui. J'ai dû manger quelque chose qui ne me convenait pas.

— Ou tu as attrapé un virus quelconque, peut-être même l'as-tu ramené du Sud-Est asiatique. Tu dois rentrer, Sam. Il ne faut pas courir le risque que tu transmettes un truc contagieux aux enfants.

— Je rentre de toute façon. C'est la fin de ma garde, mon congé de quatre jours commence maintenant. Mais ça m'étonnerait que j'aie attrapé quoi que ce soit avant d'arriver ici, parce que cela remonte à plusieurs semaines. Non, c'est un truc que j'ai mangé. Dès que j'aurai dormi, ça ira mieux.

Il s'approcha, et elle sut qu'il voulait l'enlacer. Elle avait envie de sentir ses bras autour d'elle, mais c'était impossible, ils se trouvaient dans la salle de pause.

— Je passerai te voir à mon retour de l'hôpital, dit Andy

en lui touchant l'épaule. Pour l'instant, rentre et repose-toi. Nous parlerons plus tard.

Sur quoi, il se détourna et quitta la pièce.

Restée seule, elle se sentit faible et mal en point. Comme elle n'avait pas pris sa voiture la veille pour venir travailler, elle se mit en route en pestant contre elle-même.

Elle n'avait même pas terminé ses mises à jour pour l'équipe qui prenait le relais ! Elle avait laissé tomber tout le monde !

Elle se rendrait dans un laboratoire en ville et demanderait à subir les tests disponibles en cas d'infection virale ou bactérienne contractée à l'étranger…

Mais pas aujourd'hui. Elle avait trop besoin de dormir.

Le lendemain matin, Sam se sentait si bien qu'elle appela Andy pour lui annoncer qu'elle était en pleine forme. Mais au milieu de la conversation, une nausée l'assaillit. Sur un rapide au revoir, elle coupa la communication et courut vers sa petite salle de bains.

Un quart d'heure plus tard, assise sur le carrelage frais, elle commença à s'interroger. Une réponse s'imposait à son esprit, mais elle refusait de l'envisager.

Ce ne serait quand même pas…

Oh non ! Comment pouvait-elle être enceinte après cette première nuit où elle avait cherché l'oubli et la consolation dans le sexe ? Certes, il y avait eu d'autres nuits depuis, mais elle avait repris la pilule, et Andy avait tenu à utiliser un préservatif au début, le temps qu'elle tolère le contraceptif.

Mon Dieu, qu'allait-il penser ?

Redoutant une autre scène comme celle qu'avait causée sa première grossesse et qui avait conduit à la tragédie, elle sentit un grand froid l'envahir.

La meilleure chose à faire était encore de lui préparer un bon dîner, se dit-elle résolument. Créer une ambiance douillette et détendue pour lui annoncer la nouvelle. Mais d'abord, elle avait une décision à prendre.

Que ressentait-elle ? Que désirait-elle ?

La réponse à la première question était simple : elle était folle de joie. La seconde ne se posait même pas, elle désirait cet enfant. Elle avait déjà perdu un bébé. Et même s'il n'avait guère été plus gros que le poing en elle, elle avait rêvé de le tenir dans ses bras.

Oui, elle garderait cet enfant. Ce serait sans doute compliqué, mais une femme active a plusieurs options de nos jours, et l'hôpital de Port disposait probablement d'une crèche.

Maintenant qu'elle avait réglé l'essentiel, une joie secrète sourdait au fond d'elle. Ce serait le début de sa famille tant désirée, le premier petit-enfant pour sa mère !

Follement heureuse, elle s'entoura de ses bras.

Elle garda le sourire tout au long de la journée. Incapable de tenir en place, elle fit les courses et prépara le dîner. Mais comme l'heure du retour d'Andy approchait, elle pensa soudain qu'il avait son mot à dire sur la question. C'était aussi son bébé, après tout...

S'il ne voulait pas d'enfant ou ne se sentait pas prêt à être père, elle ne voyait pas d'inconvénients à élever seule leur petit. Il aurait juste à décider s'il désirait ou non faire partie de sa vie.

À cette pensée, son enthousiasme retomba d'un cran.

Comment Andy réagirait-il ? Serait-il horrifié ?

Stop ! Ça ne servait à rien d'essayer de prévoir sa réaction. Elle finirait par être tellement angoissée qu'elle serait incapable de prononcer un mot.

Sam se retint d'annoncer la nouvelle à Andy pendant le dîner. Elle prit soin de remplir le lave-vaisselle et de laisser la cuisine impeccable, puis elle alla rejoindre Andy sur le balcon après s'être servi un verre d'eau pétillante.

Il lui prit la main pour l'attirer à lui, mais elle résista, pensant que mieux valait garder un peu de distance entre eux.

Toutes les phrases qu'elle avait préparées, toutes les introductions qu'elle avait répétées, elle les avait oubliées.

— Je suis enceinte, déclara-t-elle d'un ton abrupt.

Elle vit les traits d'Andy se figer, mais il lui restait tant de choses à dire qu'elle n'y prêta pas attention.

— Il ne s'agissait pas d'un virus. La dernière fois aussi, j'étais malade. Les nausées matinales... Je serai heureuse d'élever cet enfant seule, mais si tu préfères t'impliquer dans sa vie, ça me va aussi. Je sais que la maternité sera difficile à concilier avec mon travail, mais je m'arrangerai, parce que je veux continuer mon métier et...

Il leva la main pour arrêter ce flot de paroles.

— Quelle dernière fois ? Et comment peux-tu dire que ça t'est égal si je m'implique ou non ? Nous devons discuter d'abord, Sam. Et sérieusement.

Décontenancée, elle attendit. Andy gardant le silence, elle sentit l'angoisse remplacer peu à peu la joie qui l'avait envahie plus tôt.

— Alors, parle, dit-elle, soulagée de constater que sa voix ne tremblait pas.

Il tenait toujours sa main et la serra doucement avant de répondre.

— C'est compliqué. Mais sincèrement, Sam, tu ne dois pas mettre ce bébé au monde.

Plongée dans une horreur sans nom, elle le dévisagea, sous le choc.

Elle s'était attendue à tout : à son refus de s'impliquer, à sa colère. Mais qu'il lui demande d'avorter sans même discuter...

Oh ! non. Pas ça !

Elle eut l'impression d'être projetée trois ans en arrière, quand Nick lui avait fait le même genre de réponse, en plus brutal : « Tu dois t'en débarrasser ! »

Et dix minutes plus tard, il était mort, et leur bébé aussi.

Un brouillard rouge envahit son esprit. Elle devait partir ! Se réfugier dans son studio pour panser ses blessures et se rappeler la joie qu'elle avait ressentie avant cette confrontation désastreuse.

Dégageant sa main, elle se rua vers l'intérieur, traversa le salon et courut vers la porte d'entrée, vaguement consciente qu'Andy se levait pour la suivre, renversant sa chaise au passage.

Au lieu d'attendre l'ascenseur, elle emprunta l'escalier de service.

Andy la laissa partir.

Elle avait encore trois jours de congé avant sa prochaine garde de nuit, calcula-t-il. Peut-être se sentirait-elle assez bien pour reprendre le travail ?

Oh ! bon sang ! Pourquoi pensait-il aux horaires de Sam ? Il fallait aller la voir ! Lui parler, lui expliquer, clarifier la situation...

Une parole qu'elle avait prononcée lui revint à l'esprit soudain.

« La dernière fois aussi... »

Quand était-elle tombée enceinte auparavant ?

Certainement pas pendant son mariage, car Nick avait tenu à ce qu'ils terminent tous les deux leur spécialisation avant de songer à fonder une famille. Il avait été catégorique sur ce point. À moins que...

Sam avait dit qu'elle avait probablement provoqué l'accident parce qu'ils se disputaient. Or, rien n'aurait pu mettre Nick plus en colère que d'apprendre qu'elle était enceinte sans qu'il en ait décidé d'abord.

Ça, c'était le passé. À présent, il y avait d'autres problèmes à résoudre.

Sam avait eu un visage rayonnant en lui annonçant la nouvelle. Et lui, qu'avait-il fait ? Sa réponse avait été la plus cruelle qui soit. Mais comment lui expliquer ? Comment lui dire que les tests génétiques identifiaient au mieux quatre-vingt-dix pour cent des porteurs de la maladie ?

Bon sang, l'histoire se répétait ! Il avait déjà vécu cette situation : la première fois, c'était après ses fiançailles avec Cally. Ensuite, il y avait eu Annabel, et il avait tenu à la prévenir *avant*. Toutes deux lui avaient assuré qu'elles l'aimaient profondément, mais ni l'une ni l'autre n'avaient accepté de l'épouser. Supporterait-il de voir Sam le quitter une fois qu'il l'aurait mise au courant ? Surtout maintenant qu'il savait que cette histoire de passion à court terme ne rimait à rien, parce qu'il la désirait et l'aimait plus que tout au monde, et sans doute depuis longtemps.

Il ferma les yeux pour tâcher de réfléchir, mais son esprit refusait de fonctionner. La peur de la perdre dominait ses pensées. Il fallait qu'il la voie, qu'il lui parle...

Allongée sur son lit, Sam fixait le plafond, les mains posées sur son ventre en un geste protecteur.

Elle avait été stupide de réagir comme une enfant gâtée qui n'obtient pas ce qu'elle désire. Elle devait remonter chez Andy. Il avait forcément une bonne raison pour parler ainsi.

En même temps, les souvenirs vieux de trois ans l'affectaient profondément. L'amertume de Nick, son attitude implacable, la colère, puis le choc effroyable...

Tôt ou tard, elle devrait avoir une conversation avec Andy. Mais pas ce soir. Elle était trop irrationnelle pour le moment, parce que le passé et le présent se mêlaient et que ces deux histoires n'en formaient plus qu'une.

Il lui restait trois jours de congé. Elle allait dormir, lire, se promener sur la plage, faire le tour de la ville. Le lendemain soir, elle serait prête à affronter Andy. Elle lui expliquerait qu'elle envisageait d'élever seule leur enfant et qu'il n'avait pas besoin de s'impliquer.

Ne pas s'impliquer ? Elle connaissait suffisamment Andy

pour savoir qu'il ferait un père fantastique. Alors, c'était peut-être elle qui n'était pas prête pour une relation à deux ?

Seigneur ! Elle devait arrêter ces réflexions sans fin. Son esprit tournait en boucle. Elle ferait mieux de se plonger dans la lecture d'un roman jusqu'à ce qu'elle trouve le sommeil.

Mais les mots d'Andy faisaient sans cesse écho en elle.

« Sam, tu ne dois pas mettre ce bébé au monde... »

Ce fut Rod qui réveilla Sam en frappant un coup discret à sa porte.

Les yeux lourds de sommeil, les cheveux emmêlés, elle sortit du lit et entrebâilla le battant.

— Andy est là, dit-il. Il veut te voir juste une minute avant de partir travailler.

Il la regardait d'un drôle d'air. Jetant un coup d'œil au miroir de la garde-robe, elle se rendit à l'évidence : elle était affreuse !

Brusquement, une nausée survint, et elle murmura une vague excuse avant de fermer la porte et de foncer vers la salle de bains.

Assise une fois de plus sur le carrelage, elle s'entoura de ses bras.

Elle s'en sortirait, se répéta-t-elle. Elle surmonterait bientôt ces désagréments et organiserait une vie heureuse pour elle-même et pour son bébé.

Elle trouva le texto en se réveillant au milieu de la matinée.

J'ai réservé une table au Restaurant du Phare pour 20 heures ce soir. Emporte un châle, et nous pourrons dîner en terrasse et discuter à notre aise. Je frapperai chez Rod à 19 h 45. Donne-moi une réponse, s'il te plaît.

Oui, ils devaient discuter. Mais le message était si distant. On aurait dit un échange entre collègues plutôt qu'entre deux amants. Il est vrai qu'ils n'avaient jamais parlé d'amour...

Elle s'en sentit brusquement malheureuse, comme si l'amour s'était invité dans leur projet sentimental à court terme, de son côté du moins. Voilà pourquoi ce message impersonnel lui faisait si mal.

Qu'à cela ne tienne, se dit-elle, le cœur serré. Le plus important, c'était de protéger le bébé qu'elle portait, ce petit être qu'elle aimerait sans réserve, comme sa mère l'avait fait avec elle.

Elle essaya d'avaler un toast et une tasse de thé en guise de petit déjeuner. Si elle arrivait à garder cette nourriture, elle irait faire un tour à la plage, décida-t-elle.

Andy vérifia son téléphone.

La réponse de Sam tenait en un seul mot :

OK.

Ce message laconique l'irrita. Il aurait préféré ne rien recevoir. Ce « OK » ne voulait rien dire !

Il supporta sa journée de travail sans trop savoir comment. Il était satisfait de constater une amélioration chez la plupart des patients, mais certains entrants présentaient des problèmes graves, et parmi eux un quatrième cas de rougeole.

Heureusement, au centre de surveillance des maladies infectieuses, on avait obtenu des résultats. Le malade à l'origine de la contamination avait été identifié et isolé. Il s'agissait d'un vieil homme de Port qui, bien que malade, n'avait pas gardé le lit.

— C'était juste une angine et quelques boutons, avait-il répondu au responsable sanitaire venu l'interroger. Je n'ai pas fait le rapprochement.

Ce fut la seule diversion de cette longue journée, qui se termina par une réunion des chefs de service. Comme celle-ci traînait en longueur, il finit par se lever. Il s'excusa, disant qu'il devait se rendre à un autre rendez-vous. Ses collègues le regardèrent avec surprise, car tous supposaient qu'il n'avait aucune vie en dehors de l'hôpital.

Ils ne se trompaient pas sur ce point – jusqu'à récemment.

Il rentra chez lui en voiture, le ventre noué. Incapable de réfléchir, il tâcha de se concentrer sur des questions pratiques. Quelle chemise allait-il mettre ?

Cela n'avait aucune espèce d'importance, mais il fallait bien se raccrocher à quelque chose.

Sam attendait près de la porte, en proie à la nervosité. En entendant frapper, elle ouvrit aussitôt.

Pour ce moment, elle avait imaginé une foule de scénarios, tous très formels comme le texto qu'elle avait reçu. Aussi fut-elle prise au dépourvu quand Andy l'enlaça avec fougue.

— Oh ! mon amour ! Je suis désolé, murmura-t-il en la berçant contre lui.

— C'est le hall d'entrée, vous êtes donc dans un espace public, fit une voix derrière Andy.

Rod affichait un large sourire en les enveloppant d'un regard entendu.

Ils s'écartèrent immédiatement, et Sam s'empourpra violemment, à la fois embarrassée et furieuse contre elle-même de cette réaction puérile.

— Viens, allons-y, dit-elle en prenant la main d'Andy.

En voyant sa voiture garée sur une aire de stationnement-minute, elle fronça les sourcils.

— Je croyais qu'on y allait à pied ?

— Nous parlerons pendant le trajet. Et il faut absolument que nous parlions.

Il pivota pour lui faire face, et elle nota que son regard bleu était rempli d'anxiété.

— Ce n'est pas le bébé, lui assura-t-il. Avoir un enfant, c'est ce que je désire le plus au monde.

Il lui ouvrit la portière, et elle s'installa sur le siège passager, incapable de comprendre ce revirement.

— Il y a une chose dont je dois te prévenir, ajouta-t-il en prenant place derrière le volant.

Elle attendit. L'angoisse qui s'était envolée dans l'étreinte chaleureuse d'Andy montait de nouveau en elle.

Ils roulèrent jusqu'au phare. La lune scintillait sur l'océan en contrebas, et le tableau nocturne était parfait. Tout comme le restaurant avec ses nappes blanches amidonnées, l'argenterie et les verres en cristal qui reflétaient l'éclairage des lustres. La terrasse donnait sur l'océan, et l'on apercevait le long de la côte les lumières regroupées des hameaux.

Ce fut seulement quand le serveur s'éloigna après avoir noté leurs commandes qu'Andy brisa le silence tendu qui s'était installé.

— C'est un problème génétique, dit-il enfin. Je suis porteur de la fibrose kystique ou mucoviscidose. J'avais une petite sœur qui avait déclaré la maladie, et j'ai donc été testé. Ça veut dire que tu devrais subir ce test aussi. La plupart des gens ne savent pas qu'ils ont la maladie, à moins d'avoir un parent malade.

— C'est ce qu'il t'est arrivé ? demanda-t-elle en pensant à tous les enfants atteints de cette maladie qu'elle avait soignés par le passé. Tu avais une sœur ? Ça veut dire qu'elle... ?

Elle vit la tristesse envahir le regard d'Andy.

— Oui. Sarah est morte.

Il balaya d'un geste les questions qu'elle s'apprêtait à lui poser, et elle comprit qu'il voulait d'abord parvenir au bout de ce qu'il avait à dire.

— Les tests identifient seulement quatre-vingt-dix pour cent des porteurs du gène. Il existe des mutations qui sont impossibles à déceler.

Il parlait d'une voix saccadée, et elle lui prit la main, mesurant combien c'était difficile pour lui. En même temps, les pensées tourbillonnaient dans son esprit.

Le taux de survie pour la mucoviscidose était heureusement important, et si un malade bénéficiait d'une greffe cœur-poumon, il avait de bonnes chances de mener une vie normale. Mais cela entravait considérablement la vie d'un enfant, et elle ne voulait même pas imaginer qu'un des siens puisse passer par là.

— Donc, je me ferai dépister en espérant ne pas être porteuse, dit-elle. Et je suppose qu'on ne peut rien contre le risque que je fasse partie de ces cas impossibles à déceler ?

Andy hocha la tête d'un air grave.

— En effet. Si tu es dans ce groupe-là, nous devrons aussi tester le fœtus. Par PVC ou par amniocentèse. Il faut quand même savoir que, si nous sommes tous deux porteurs, il n'y a qu'une chance sur quatre pour que le bébé ait la maladie.

Elle regarda Andy fixement.

Il vivait avec cette réalité depuis longtemps, et les mots, les chiffres lui venaient aisément. PVC pour « prélèvement des villosités choriales », traduisit-elle. Une biopsie effectuée sur le placenta près de l'endroit où il se rattache à l'utérus.

D'instinct, elle posa une main sur son ventre, comme pour protéger son bébé de cette méthode intrusive.

— Tes parents le savaient ? s'enquit-elle.

Andy secoua la tête.

— Non. Parmi leurs parents et grands-parents, personne ne se souvenait d'un enfant malade à la naissance. Pour eux, ça ne changeait rien. Sarah était là, et c'était un vrai bonheur. Elle était si drôle, si intelligente, et si indifférente à toutes les difficultés qu'elle devait affronter chaque jour. Nous l'aimions tellement..., dit-il d'une voix chargée d'émotion.

Sam lui pressa les doigts avec compassion.

Une autre fois, ils parleraient plus longuement de Sarah, mais ce soir elle voulait se concentrer sur l'enfant qu'elle portait. *Leur* enfant.

Si elle n'était pas porteuse, il y avait peu de risques qu'elle fasse partie des cas rares, non ? Et si elle en était...

Elle frissonna et écarta cette pensée.

Elle voulait croire que tout irait bien, mais elle ne savait rien de son père ni de sa famille paternelle.

— Si je ne suis pas porteuse, où est le problème ?

— Sam, il faudra quand même tester le bébé. Rappelle-toi qu'il y a un petit pourcentage de personnes qui présentent une mutation rare que les tests ne révèlent pas.

Elle soupira, incapable de tout assimiler. Baissant les yeux, elle se mit à triturer son couteau.

— Attendons de voir, dit-elle enfin. Pour l'instant, rien n'est sûr, nous n'en sommes qu'au stade des hypothèses. Quel que soit le résultat de mon test, je demanderai qu'on en effectue un sur le fœtus. À partir de là, j'aviserai. D'accord ?

Andy ne put s'empêcher de sourire.

Sam refusait de se laisser entraîner dans de sombres perspectives et de s'inquiéter de choses qui ne se produiraient peut-être pas. Elle prenait les problèmes à bras-le-corps. Il la trouvait adorable.

On leur apporta les plats, et ils mangèrent avec appétit, appréciant la nourriture savoureuse et le cadre exceptionnel du restaurant. Mais il savait que leur bavardage anodin n'estompait pas leur conversation précédente et que Sam continuait de réfléchir.

Quand le serveur eut débarrassé et leur eut tendu la carte des desserts, elle aborda une nouvelle fois le sujet.

— Il y a énormément de recherches entreprises sur la mucoviscidose à présent. Les traitements s'améliorent constamment.

Il n'en revenait pas. Il lui avait annoncé des nouvelles effrayantes, mais elle revenait invariablement aux points positifs. Même si un petit mot le froissait : « je », « je vais ». Pourquoi ne disait-elle pas « nous » ? Ne voulait-elle pas partager cette aventure avec lui ? L'épouser et former une famille avec le bébé à naître et peut-être avec d'autres ? Était-ce parce qu'elle ne l'aimait pas, ou à cause de la maladie ?

Son cœur se serra douloureusement.

Il brûlait de lui poser la question, mais la crainte de sa réponse était plus forte que la curiosité.

Il préféra changer de sujet.

— En parlant de tes nausées matinales, tu as dit que tu avais été malade aussi « la dernière fois ». Quand était-ce ?

9

Était-ce le moment de tout dire à Andy ?

Tout en étudiant la carte des desserts, Sam réfléchissait à cette question, incapable de se décider. Enfin, consciente de la tension croissante qui régnait entre eux, elle posa la carte et regarda Andy au fond des yeux.

— C'était le sujet de ma dispute avec Nick, dit-elle, la gorge nouée. Juste avant l'accident…

Les mots enfouis pendant si longtemps avec les souvenirs tragiques étaient durs et blessants comme des cailloux. Ils contenaient tant de douleur et de culpabilité que, au début, elle pouvait à peine les prononcer. Puis, lentement, ils s'enchaînèrent d'eux-mêmes.

— Nick a dit qu'un bébé m'empêcherait de poursuivre une carrière. Pour moi, cet argument était stupide car je désirais plus que tout fonder une famille. Ça m'a mise dans une colère folle.

Elle scruta le visage d'Andy, tâchant d'y lire de la compréhension ou même de la compassion, mais les émotions qui la submergeaient elle-même l'empêchaient de discerner son expression.

— Je n'ai pas eu de vraie famille, tu comprends. Il n'y avait que ma mère et moi. Je pensais que Nick savait combien je désirais avoir des enfants. J'en avais parlé assez souvent.

Andy hocha la tête, visiblement gêné. Avait-il su quelque

chose à propos de Nick ? Mais elle devait aller jusqu'au bout de sa confession.

Elle prit une profonde inspiration.

— Il m'a dit que je devais me… m'en débarrasser. Ce sont ses propres mots. Puis il m'a assené encore et encore que ça détruirait ma carrière et la sienne. Pour moi, c'en était trop. J'ai répliqué qu'il ne me connaissait pas, qu'il ne savait pas à quel point je tenais à avoir une famille. J'étais furieuse, je lui ai lancé des paroles que je n'aurais jamais dû dire. Je l'ai accusé de vouloir contrôler ma vie depuis le début. J'étais folle de rage, je hurlais comme une possédée. Pas étonnant qu'il ait accéléré !

— Sam…

Elle écarquilla les yeux.

Les traits d'Andy exprimaient l'inquiétude et l'empathie. Quand il lui prit les mains, les souvenirs ardents de sa colère d'autrefois se dissipèrent, et elle lui agrippa les doigts pour se raccrocher au présent.

— Tu ne peux pas continuer à t'en vouloir, dit-il d'une voix que l'émotion rendait hachée. Ce soir-là, à l'hôpital, j'étais sous le choc, et je m'en suis pris à toi. Je ne me le pardonnerai jamais. Mais tu n'es pas responsable de ce qui est arrivé. Oui, ce que tu as dit a dû bouleverser Nick, mais il avait trente-cinq ans, il était capable de l'entendre sans réagir de façon stupide. C'est lui qui a appuyé sur l'accélérateur et provoqué l'accident. Tu n'y es pour rien.

— Mais j'ai perdu le bébé, dit-elle tandis que les souvenirs la hantaient de nouveau. J'aurais pu quitter Nick, divorcer, élever mon enfant et choisir un autre métier. Jamais je n'ai considéré mon travail comme une « carrière ». Je déteste ce mot ! Pas une seconde je n'ai réfléchi à un fichu plan de carrière !

— Je le sais, mon cœur, dit doucement Andy.

Le mot tendre la troubla jusqu'au plus profond d'elle-même, et son cœur se mit à battre plus vite.

— Un dessert ? suggéra-t-il.

Elle secoua la tête, se répétant le mot doux comme un tendre secret, même si elle savait que ce n'était probablement rien d'autre qu'une marque de gentillesse de la part d'Andy, une façon de la rassurer.

— Donc, quoi qu'il arrive, tu veux garder le bébé ? demanda-t-il à cet instant.

Revenant à la réalité, elle acquiesça d'un hochement de tête.

— Oui. Le test nous dira s'il est en bonne santé. Et ensuite… Oh ! Andy !

Elle se sentait pitoyable de le regarder avec ces yeux suppliants. Mais comment prenait-on une décision aussi difficile et aussi intime ?

— Je vais régler l'addition, et nous allons marcher un peu, dit-il.

Ils se dirigèrent vers la falaise au-delà du phare.

Cherchant à oublier ses propres problèmes, elle demanda doucement :

— Tu as failli te marier par deux fois, n'est-ce pas ? Veux-tu m'en parler ?

Andy la lâcha et croisa les mains dans son dos.

— Deux échecs, chaque fois à cause de cette histoire de mucoviscidose.

Visiblement, il ne voulait pas s'étendre sur le sujet.

Parce qu'il ressentait toujours quelque chose pour l'une de celles qu'il avait aimées ?

De son côté, elle avait aimé Nick, mais elle n'aurait pas hésité à le quitter pour avoir l'enfant qu'elle désirait tant. Et maintenant, il y avait cette menace de mucoviscidose… Oh ! pourquoi la vie était-elle si compliquée ?

— Hé ! Tu vas tomber de la falaise si tu ne ralentis pas !

La voix d'Andy la tira de ses réflexions. Debout devant le garde-fou, elle se détourna et revint vers lui.

— Désolée. Tant de choses me trottent dans la tête. Je ne peux pas m'empêcher d'y penser.

— Je sais, mon cœur, dit-il, si doucement qu'elle se sentit fondre.

Elle se rapprocha et passa ses bras autour de lui. Elle le garda contre elle et attendit, espérant…

Quoi ? Des mots d'amour ?

— Sam, fais le test, et à partir de là, nous verrons, dit-il en s'écartant légèrement pour contempler son visage.

Le sien restait dans l'ombre et ne trahissait rien.

La magie s'était envolée. En silence, ils retournèrent vers la voiture.

« À partir de là, nous verrons. » Que feraient-ils ensuite ? Ils pourraient avoir cet enfant si le test était négatif. Mais pour les autres ? Et la famille qu'elle désirait ? Une fécondation *in vitro*, peut-être.

Elle se laissait encore emporter dans des spéculations. Elle voulait une famille, mais Andy n'avait rien dit à ce sujet. Peut-être qu'il ne voulait même pas faire partie de celle-ci…

Perdus dans leurs pensées, ils n'échangèrent pas un mot pendant le trajet de retour. Comme la voiture entrait dans le parking souterrain, elle songea qu'il était temps de rompre ce silence insupportable. Leur relation à court terme n'avait pas vraiment commencé qu'elle semblait déjà s'éteindre.

— Connais-tu un bon cabinet médical dans le quartier ? J'aurais besoin d'un rendez-vous pour le test.

Ce n'était pas la meilleure façon de briser la tension, mais sa question avait au moins un intérêt pratique.

Andy dut être sensible à son effort, car il répondit aussitôt.

— Il y en a un dans le centre-ville, pas très loin de l'hôpital.

Après une brève hésitation, il ajouta :

— J'irai avec toi.

— Andy, ce n'est qu'une prise de sang. Peut-être même seulement un prélèvement de salive.

Il avait coupé le moteur et entrouvert la portière, si bien que la lumière inondait l'habitacle. Elle nota ses traits tendus.

— Tout ira bien, dit-elle en posant une main sur la sienne.

— Si tu es sûre de ne pas vouloir de moi...

— Andy, inutile de se monter la tête maintenant. Il s'agit d'une simple prise de sang.

Sans répondre, il sortit de la voiture et vint lui ouvrir la portière.

Elle était perplexe. Pourquoi était-il aussi anxieux ? Repensait-il à son ex qui lui avait brisé le cœur ? L'avait-elle quitté au moment où il lui avait demandé de faire le test ? Était-il encore amoureux d'elle ?

Bloquant ce flot de pensées déroutantes, elle accepta la main qu'il lui tendait pour descendre du véhicule.

L'instant d'après, il l'enlaça étroitement.

— On peut dire que l'ambiance est retombée comme un soufflé, dit-il contre son oreille.

Elle sentit son souffle tiède contre sa joue, et un frisson exquis la secoua tout entière. Quand les lèvres d'Andy lui effleurèrent le cou, elle se demanda quel mal il y aurait à entamer enfin leur aventure passionnée pour de bon.

Ce serait une terrible erreur ! lui cria la voix de la raison. Son cœur était déjà beaucoup trop impliqué !

— Nous ferions mieux d'y aller avant que Rod ne vienne nous dire que c'est un parking public, dit-elle en se dégageant.

Là-dessus, elle se mit à courir vers la sortie.

Elle avait conscience qu'elle n'avait même pas remercié Andy pour le dîner et que son attitude était au comble de l'impolitesse, mais elle avait hâte de se réfugier dans la solitude de son studio exigu pour réfléchir aux révélations qu'Andy lui avait faites ce soir et à tout ce qu'elles impliquaient.

En voyant Sam disparaître par la porte coupe-feu, Andy se rendit compte une fois de plus qu'il ne savait pas où il en était avec elle.

Une chose était sûre : il l'aimait, et depuis longtemps. Cela remontait certainement à la première fois où Nick et lui l'avaient rencontrée au pub. Oui, ce jour-là, il avait fait l'expérience de son premier et unique coup de foudre. Ensuite, en tant qu'interne assignée au service des urgences, il l'avait trouvée lumineuse et pleine de vie. Mais elle lui était inaccessible. C'était Nick qui lui faisait la cour, c'était Nick qu'elle avait épousé, les yeux remplis d'étoiles.

Tout ça était si loin... Ce qu'il ressentait pour elle à présent ressemblait davantage à une douleur profonde, comme si elle restait intouchable à ses yeux. Quant à lui ouvrir son cœur...

Il secoua la tête, désabusé.

Il avait aimé Cally, puis Annabel, mais celles-ci avaient fui dès qu'il avait mentionné la maladie dont il était porteur. Elles avaient refusé de le choisir pour être le père de leurs enfants.

Et maintenant, où en était-il ?

Question débile. Réfléchir ne servait à rien, la décision appartenait à Sam.

Le lendemain, Sam obtint un rendez-vous au centre médical pour le matin même. La ville de Port étant prisée des touristes, on employait du personnel supplémentaire en cette période de fêtes. À midi, la prise de sang avait été effectuée, et on l'informa que le dépistage sur le fœtus serait pratiqué par un gynécologue qui consultait à la clinique de Port.

Comme elle était venue en voiture, elle décida d'aller jusqu'à la clinique pour repérer les lieux.

Celle-ci était en fait un pavillon hospitalier.

Après avoir longé la façade, elle roula au hasard des rues, traversant des quartiers récents et arborés.

En entendant son téléphone sonner, elle se gara.

Andy !

— Ça s'est bien passé ?

— Oui, simple et rapide, comme tu peux l'imaginer. Les résultats ne sont pas instantanés, et il faudra attendre un peu.

Je suis passée devant le bâtiment de la clinique, et j'ai continué vers les banlieues alentour. La ville se développe rapidement.

— Oui. Après l'hôpital et l'université, un centre de recherches vient de s'installer. Personne ne sait ce qu'on y fait vraiment, et les rumeurs les plus folles circulent à ce sujet : des robots capables de contrôler les pulsions humaines, des hamburgers à base d'insectes...

— Tu ne connais personne qui travaille là-bas ? demanda-t-elle, intriguée.

— Si, mais comme ils gardent jalousement leurs secrets, tous les fantasmes sont permis. Et à propos de fantasmes... On se voit ce soir après ma garde ?

Elle se mit à rire.

— Bien sûr !

Elle n'aurait pas le temps de réfléchir à tout ce qu'elle avait appris depuis la veille, mais tant pis. Comment résister au plaisir d'une soirée avec Andy ?

Ce soir-là, Andy fut retenu par l'admission d'un bambin de deux ans qui avait avalé des piles boutons.

— Nous allons procéder à une endoscopie, expliqua-t-il aux parents angoissés. Cela se fera sous anesthésie locale. Le chirurgien va introduire un tube dans l'estomac pour retirer les piles minuscules et voir si la paroi de l'estomac n'est pas endommagée. Votre fils sera somnolent ensuite, mais rassurez-vous, il ne s'agit pas d'une opération majeure.

Après avoir conduit le couple dans la salle d'attente où on leur servit du thé et des biscuits, il accompagna le chirurgien en salle d'opération puisqu'il pratiquerait lui-même l'anesthésie.

— Je vois huit piles boutons à la radio, dit le chirurgien. Sait-on combien il en a avalé ?

— Le père pense qu'il y en avait peut-être dix dans le bocal.

— À quoi servaient-elles ? demanda l'infirmière qui les assistait.

— Un grand-père du couple vit au domicile. Il porte des prothèses auditives et a pour habitude de laisser traîner les piles partout. Les parents se dépêchent de les ramasser et de les ranger dans un bocal, mais…

Andy haussa les épaules. Les accidents de ce genre arrivaient malheureusement trop souvent.

— Je vais les extraire, annonça le chirurgien. Mais certaines ont pu glisser dans le tube digestif et dans l'intestin grêle.

Andy hocha la tête, sachant que les corps étrangers de cette taille nichés dans les replis de l'intestin ne forment qu'une infime boursouflure sur la radio.

— Espérons qu'il n'y en ait que huit, et faisons pour le mieux, dit-il, s'efforçant d'être positif.

En réalité, il commençait à nourrir les mêmes craintes que Sam au sujet des enfants et de ce qu'il peut leur arriver de fâcheux.

Parce qu'il allait être père ?

Cette idée le rendit heureux au point qu'il ne put réprimer un sourire, même s'il restait un long chemin à parcourir avant que Sam et lui ne puissent envisager sereinement cette naissance.

Sam et lui, lui et Sam… Y avait-il une chance pour qu'ils forment un vrai couple et vivent ensemble un jour ?

— Voilà, c'est terminé, déclara le chirurgien. Andy, gardez-le en soins intensifs pour vingt-quatre heures par précaution. Mais je ne vois aucun dommage sur la paroi de l'estomac, donc ce petit bonhomme sera vite sur pied.

Andy resta en salle de réveil avec l'enfant pour s'assurer par lui-même qu'il récupérait bien. Peut-être aussi saisissait-il cette excuse pour ne pas rentrer tout de suite chez lui.

Il devait parler à Sam, et pas de la mucoviscidose cette fois. Mais il était presque sûr qu'elle ne pensait qu'à ça et qu'elle ne prêterait pas l'oreille à la déclaration qu'il voulait lui faire. Ou pire, qu'elle l'ignorerait totalement.

Il la trouva assise sur le canapé du salon, des documents éparpillés autour d'elle.

— Il fallait que je comprenne, expliqua-t-elle avec gravité. Je sais maintenant que, même si nous sommes tous deux porteurs, il n'y a qu'une chance sur quatre pour que notre bébé ait la maladie. Tu me l'avais dit, mais c'était si confus dans ma tête jusque-là. Quoi qu'il en soit, nous avons le droit d'être optimistes, tu ne trouves pas ?

— Ce n'est pas toi qui disais qu'on reparlerait de tout ça après avoir reçu les résultats ? dit-il d'un ton moqueur.

En dépit de cette taquinerie, son cœur bondissait de joie. Sam venait de dire « notre bébé » !

Il s'approcha, se frayant un passage entre les notes et les articles qui jonchaient le sol, et lui prit les mains pour la forcer à se lever. Doucement, il l'enlaça, la serrant contre son torse jusqu'à ce qu'il la sente se relâcher enfin après la fatigue émotionnelle que ses recherches lui avaient causée.

— Viens te coucher, dit-il contre ses cheveux.

Comme elle s'apprêtait à protester, il la bâillonna d'un baiser.

— Écoute, nous ne savons rien pour le moment. Alors, pour ce soir…

Ses lèvres glissèrent le long de son cou pâle vers le haut de ses seins et cherchèrent à s'aventurer plus bas, sous le débardeur large qu'elle portait.

Sam se laissant faire, il titilla un mamelon du bout de la langue. Elle frémit tout entière et l'agrippa, pressant son corps souple contre le sien. Il sentit ses lèvres brûlantes butiner son cou, tandis que ses doigts fébriles déboutonnaient sa chemise.

Enfin, elle releva la tête, et leurs bouches s'unirent dans un baiser passionné. Quand leurs langues se mêlèrent, il sentit son excitation monter en flèche. Sans cesser de s'embrasser, ils se déshabillèrent mutuellement et basculèrent sur le canapé.

Ses pieds s'enchevêtrèrent dans son pantalon, mais cela lui était égal. Rien ne comptait plus que le contact de leurs peaux nues, les caresses affolantes de Sam et le désir puissant qui montait en lui comme un flot tumultueux. Doucement, il introduisit un doigt dans la chaude moiteur de sa féminité.

— Oui ! Andy, je t'en prie...

Répondant à cette invite, il plongea en elle.

Sam exulta, épousant sa fougue dans des déhanchements sauvages. Puis elle se figea brusquement, le regard éperdu, et son cri de plaisir déchira l'air de la pièce. À la même seconde, il libéra le flot grondant de son désir et la rejoignit dans l'extase, mêlant sa jouissance à la sienne.

Le souffle saccadé, ils restèrent un long moment enlacés, savourant la passion qui venait de les traverser.

Puis il se redressa sur un coude.

— Sam, répète après moi : « J'oublierai la génétique jusqu'à ce que je reçoive les résultats. »

Elle lui sourit, sa belle crinière rousse ébouriffée autour de son visage empourpré, ses yeux verts plus brillants que jamais.

— Considère que c'est fait, répondit-elle d'une voix rauque. Je suis trop lessivée pour penser à quoi que ce soit. Demain matin, je serai de nouveau moi-même. Normale, sensée...

Il refusait de la voir partir. Ni maintenant, ni jamais !

— Tu restes avec moi cette nuit ?

Il la vit hocher la tête en esquissant un sourire somnolent.

C'était une invite plus que suffisante pour la soulever dans ses bras et la porter jusqu'à la chambre.

Sam leva les yeux vers Andy, en proie à une délicieuse torpeur. Cependant, elle avait conscience qu'il manquait quelque chose à sa vie.

Comme elle roulait sur le côté, prête à sombrer dans le sommeil, elle sentit qu'Andy remontait le drap sur elle. Alors, elle sut exactement ce qu'elle attendait de lui : l'amour.

10

Sam s'éveilla et découvrit que la place auprès d'elle était vide. Elle se souvint vaguement d'une sonnerie pendant la nuit et de la voix étouffée d'Andy.

Elle s'étira langoureusement dans le lit spacieux, consciente de l'odeur musquée qui imprégnait son corps et ravie de retrouver sur sa peau sensible le souvenir des caresses d'Andy.

Mais des bruits à l'extérieur de la chambre indiquaient qu'il était de retour.

— Debout, paresseuse ! Le petit déjeuner sera servi dans quinze minutes, lança-t-il à travers la porte.

Elle bondit hors du lit et se rendit dans la salle de bains. Une fois douchée, elle s'enveloppa dans une serviette et alla récupérer son débardeur, sa jupe et ses sous-vêtements dans le salon.

Les œufs au bacon accompagnés de petits pains chauds étaient servis sur le balcon. Un pot de miel et des confitures trônaient déjà sur la table. Quoi de plus appétissant, après une nuit de passion ?

Elle prit place, en proie à un délicieux bien-être, jusqu'à ce que l'odeur du bacon lui donne un haut-le-cœur.

Elle fila vers la salle de bains.

— Un toast non beurré ? dit Andy d'un ton compatissant en la voyant réapparaître.

Elle acquiesça d'un hochement de tête.

— Tu peux retourner sur le balcon, dit-il. J'ai enlevé les assiettes, mais j'ai laissé le miel, au cas où tu aurais envie de quelque chose de sucré.

La brise fraîche qui venait de l'océan avait dissipé l'odeur gênante.

Confortablement installée dans un fauteuil, elle se relaxa enfin. Du moins, avant de se souvenir qu'elle devait retourner au centre médical chercher les résultats de son analyse.

— Andy, nous n'avons pas parlé de ce que nous ferions si le test se révélait positif, dit-elle soudain.

— Parce que c'est inutile, répondit-il fermement. Nous pourrions discuter pendant des heures, tout cela reste hypothétique pour le moment. Alors, à quoi bon gaspiller notre énergie ? Attendons, et nous parlerons ensuite. D'accord, mon cœur ?

Encore ce petit mot tendre qui faisait naître l'espoir.

Comme pour mieux la convaincre, Andy vint se placer derrière elle et lui massa doucement l'épaule. Puis il caressa ses cheveux, faisant couler les boucles rousses entre ses doigts.

Il soupira. Tournant la tête, elle rencontra son regard tourmenté.

— Après Annabel, j'avais décidé qu'il valait mieux que je ne me marie pas et que je n'aie pas d'enfant. Mais voilà, aujourd'hui tout est différent. Sam...

Il hésita, puis ajouta très vite :

— Il est temps que je retourne travailler.

Il se pencha et l'embrassa sur les lèvres.

Pourquoi ce baiser ? se demanda-t-elle, décontenancée. Il venait de dire qu'il ne voulait pas se marier !

Les questions tournant en boucle dans son esprit, elle se leva, débarrassa les couverts et chargea le lave-vaisselle. Après quoi, elle descendit chez elle.

Elle avait besoin d'aller nager, de s'occuper d'une manière ou d'une autre pour ne plus penser à Andy et à la décision qu'il avait prise bien avant qu'elle ne fasse irruption dans sa vie. Celle de ne jamais se marier.

— Vous êtes sûr ? demanda Sam étourdiment.

Elle regretta aussitôt sa question. Cela l'agaçait prodigieusement quand un patient prononçait ces mots-là, et elle se mettait à la place du médecin.

Mais il sourit en lui tendant le document.

— Voyez, dit-il en pointant du doigt deux colonnes de chiffres. Aucune mutation observée.

Elle scruta les résultats imprimés en rouge.

Les colonnes de chiffres étaient parfaitement identiques.

— Une bonne nouvelle, non ?

Bien sûr, il restait encore le prélèvement de tissu embryonnaire à effectuer, mais elle était presque certaine que tout irait bien.

— Oh oui, docteur ! Excellente, répondit-elle avec un large sourire, avant de ranger la feuille dans sa sacoche.

— J'en suis heureux. Prenez bien soin de vous.

En quittant le centre médical, elle regretta de ne pas avoir posé davantage de questions. Sur le risque qu'elle puisse être un porteur rare non identifiable ou sur le dépistage prénatal. Mais elle réglerait ça plus tard. Pour l'instant, elle voulait seulement envoyer un message à Andy, qui devait être impatient de connaître les résultats.

À cette pensée, elle pila net sur le trottoir.

Qu'en savait-elle au fond ? Elle ignorait totalement ce qu'il ressentait par rapport à sa grossesse.

Elle posa une main sur son ventre pour protéger la nouvelle vie qu'elle portait.

Elle mettrait ce bébé au monde avec ou sans Andy, mais elle devait se rendre à l'évidence : elle avait beau désirer une famille, cela ne voulait pas dire qu'il partageait cette opinion. Et même si cela était, voulait-il fonder une famille avec elle ?

Ils n'avaient pas échangé le moindre mot d'amour. Oh ! il l'avait bien appelée « mon cœur » ! Mais de la même manière qu'il aurait dit « ma chère Sam ». Du reste, elle ne lui avait pas avoué ses sentiments non plus.

Par peur d'être rejetée ?

Célibataire depuis trois ans, elle n'avait pas recherché de relation durable, pensant qu'elle avait une part de responsabilité dans l'échec de son mariage avec Nick. Et elle n'avait certainement pas pensé à l'amour...

Oh là là, que la vie était compliquée !

Sam était occupée à préparer le dîner quand Andy rentra.

— Alors, quand nous marions-nous ? annonça-t-il en lui tendant un grand bouquet de bleuets.

Il l'embrassa sur la joue et ajouta en souriant :

— Le fleuriste de l'hôpital n'avait plus que des fleurs bleues. Il doit y avoir une majorité de filles, en ce moment.

Totalement décontenancée, elle repoussa le bouquet.

— Tu es chez toi, Andy. Tu sais où sont rangés les vases, si tu en as, répondit-elle froidement. Et depuis quand est-il question de mariage ?

— Sam, nous allons nous marier, c'est évident ! Je veux faire partie de la vie de cet enfant, et le mariage est la solution la plus simple pour ça, non ? Et ce n'est qu'un début, nous pouvons fonder une famille.

Elle enfourna le ragoût de poulet aux lentilles et se tourna vers lui.

— Dans le mariage, il n'y a pas que les enfants.

— C'est vrai. Il y a la vie de couple, les espoirs, les rêves, les hauts et les bas, je suppose, le soutien mutuel dans les bons et les mauvais moments et la confiance qu'on s'accorde...

Elle soupira.

Devait-elle insister ? Lui dire ce qu'elle ressentait ? Mais si Andy ne l'aimait pas en retour, ils seraient embarrassés l'un et l'autre. « Embarrassés » ? Pour sa part, elle serait totalement dévastée.

Bon sang ! Elle était suffisamment mature pour parler ouvertement de ses émotions sans se mettre dans tous ses états comme une gamine de quinze ans.

Prenant une profonde inspiration, elle regarda Andy, les yeux brillants de défi.

— Et l'amour, Andy ? Quelle place fais-tu à l'amour ?

Sans répondre, il traversa la cuisine et fouilla dans un placard. Finalement, il trouva un grand bocal qui avait dû contenir des fruits en conserve. Il le remplit d'eau et y plongea le bouquet. Il n'avait pas ôté le lien autour des tiges, mais elle était beaucoup trop tendue pour le lui faire remarquer.

Les mains libres à présent, Andy revint vers elle et l'enveloppa d'un regard indéfinissable. Sur son visage affleurait un mélange d'émotion et de crainte.

— Sam, dit-il enfin, je t'ai aimée depuis le premier instant où je t'ai vue dans ce pub à Sydney. Tu as épousé Nick, et j'étais heureux pour vous deux, mais ça n'a pas freiné ce que je ressentais pour toi, alors je me suis tenu à l'écart. Aujourd'hui, tu es là, plus belle que jamais, et tu portes mon enfant. Et je suis encore trop lâche pour te parler de mes sentiments.

Doucement, il l'enlaça et poursuivit.

— Cette question sur l'amour que tu viens de poser, je n'ai pas osé la formuler, au cas où tu ne serais pas prête à aimer de nouveau. Mais mon amour est assez grand pour nous deux, si tu veux bien l'accepter.

Il la serrait contre son torse à présent, et elle enfouit le visage contre son cou, submergée par l'émotion.

— Tu ne me l'as jamais dit, dit-elle d'une voix étouffée.

— Trop lâche, je sais. Si tu m'avais rejeté, je ne l'aurais pas supporté.

Elle passa les bras autour de son cou.

— Te rejeter ? Jamais ! Andy, bien sûr que je t'aime. Comment pourrait-il en être autrement ?

Elle renversa la tête pour voir le sourire qui naissait au coin de ses lèvres.

— Tu es l'homme le plus gentil et le moins égoïste que j'aie jamais rencontré, reprit-elle. Tu ferais tout pour aider les autres, ça se voit dans ta façon d'exercer la médecine. Tu es chaleureux, protecteur, séduisant… Tu es Andy, et je t'aime comme une folle !

Un baiser passionné vint sceller cette déclaration. Ce n'est qu'un peu plus tard qu'elle osa poser la question vitale qui lui brûlait les lèvres.

— Si j'avais été porteuse, tu m'aurais quittée ?

Andy la regarda au fond des yeux.

— Je n'en aurais pas été capable, Sam. Pas en t'aimant autant. Mais nous aurions eu une conversation sérieuse au sujet des enfants. Sachant combien tu désires en avoir, cela aurait peut-être changé les choses…

Il marqua une pause, et elle crut que son cœur s'arrêtait de battre.

— Tu aurais pu partir, comme les autres, ajouta-t-il enfin.

Elle se coula contre lui et l'étreignit avec force.

— Tu ne pourras jamais m'éloigner de toi, Andy. Je t'aime plus que tout. À partir de maintenant, tu es coincé avec moi.

Puis lui caressant la joue, elle ajouta :

— Étant donné que je peux toujours faire partie de cette catégorie de porteurs non identifiables, nous ferons dépister notre bébé et tous les autres que nous aurons.

— J'aime t'entendre évoquer « tous les autres » bébés, murmura-t-il contre ses lèvres.

Et le baiser qui suivit en dit plus long que des mots. Ce fut une vraie promesse d'engagement et d'amour. De l'amour profond qui les unirait toujours.

Épilogue

Andy et Sam se marièrent trois semaines plus tard sur la falaise au-delà du phare, avec l'océan en toile de fond et devant leurs invités émus – la famille d'Andy au grand complet et la mère de Sam.

Ils prononcèrent leurs vœux les yeux dans les yeux.

— Je t'aime, murmura ensuite Andy en se penchant pour l'embrasser.

— Je t'aime aussi, répondit-elle avant que leurs lèvres ne s'unissent.

Comme le cortège se dirigeait vers le Restaurant du Phare, elle eut la surprise de voir toute une petite foule s'avancer vers eux.

Tous ses amis du passé étaient là ! Andy avait retrouvé chacun d'eux et avait tout organisé pour qu'ils viennent partager leur joie.

Alors, elle se sentit définitivement chez elle parmi ceux qu'elle aimait et qu'elle n'avait plus revus depuis trois ans. En revenant en Australie, elle avait trouvé un vrai foyer auprès d'Andy Wilkie, l'homme de sa vie.